2
고블린 슬레이어
GOBLIN SLAYER!
anyone roll the
© 2016 Noboru Kannatuki

"그런 건 의논이라고 안 해요."
"그런 거예요!"

© 2016 Noboru Kannatuki
"그런 건가."

"법의 신전에
잘 오셨습니다."
지고신에게 사랑 받는 대주교(아크비숍)— 검의 처녀.
10년 전, 되살아난 마신왕을 토벌한 금 등급. 제2위의 모험가.

"고블린을
퇴치하러 왔다."

"어, 아, 와, 저기……!
보, 보셨어요?"

Contents

GOBLIN SLAYER!

He does not let anyone roll the dice.

제1장 『모험과 일상과』 ……… 013

막간 「신과 신이 고조되는 이야기」 ……… 077

제2장 『물의 도시의 소귀 살해자』 ……… 079

막간 「그 무렵 두 사람의 이야기」 ……… 109

제3장 『우발적 조우(랜덤 인카운트)』 ……… 111

막간 「젊은 임금님 이야기」 ……… 151

제4장 『모험과 모험 사이』 ……… 155

제5장 『죽음으로 나아가라』 ……… 175

제6장 『수수께끼』 ……… 229

제7장 『속삭임과 기도와 영창』 ……… 243

막간 「어느 모험가가 다른 모험가에게 참견하는 이야기」 ……… 259

제8장 『책갈피를 끼우다』 ……… 261

막간 「사교집단이 살해(Slay)되는 이야기」 ……… 289

제9장 『이름을 말해선 안 되는 괴물』 ……… 291

제10장 『마의 함정의 폐도시』 ……… 323

제11장 『가서, 돌아오리』 ……… 355

고블린 슬레이어

GOBLIN SLAYER!

He does not let anyone roll the dice.

2

저자 카규 쿠모
일러스트 칸나츠키 노보루

영원토록 그 이름 빛나리라
지고한 분께 사랑 받는 검의 처녀
여섯의 황금(黃金) 하나의 성녀(聖女)
정의(正義)의 천칭 무위(武威)의 검 그 손에 쥐고서
말을 가진 자 모두를 사랑하기 때문에
그 기도 신성한 기적을 이루고
마신을 치고자 여섯 황금이 함께 싸우니
지켜낸 뒤에는 법을 다스리는 비호자가 되리라
영원토록 그 이름 빛나리라
지고한 분께 사랑 받는 검의 처녀……

제1장 『모험과 일상과』

Goblin Slayer
He does not let anyone roll the dice.

“싫다면 돌아가도 괜찮거든?”

낮인데도 어두운 숲 속에 시원스런 목소리가 청량하게 퍼졌다.

나무, 이끼, 덩굴. 복잡하게 뒤엉킨 식물이 백석으로 지은 삭은 건물 잔해를 밟고서 군림하는 세계.

신화시대, 혹은 말을 가진 자들이 최초로 나타난 시대에 세워졌을 도시의 흔적.

흘러가는 세월의 무게를 당해낼 수 있는 자는 없다. 그것은 엘프(숲 종족)조차 인정하는 사실이지만…….

웅장하고 화려했던 조각은 부서지고, 정확하게 사각형을 그리던 바닥 돌에도 금이 갔다. 그 모습은 마치 무참한 패자 같았다.

천장처럼 무성하게 뒤덮인 나뭇가지와 나뭇잎 사이로 스며드는 빛은, 빛이라고 부르기도 어려울 만큼 어슴푸레했다.

주민들을 대신하는 초목들 탓에 이제는 그저 폐허가 된 과거의 도시.

그곳에서 제각각의 장비를 갖춘 5인조가 대열을 갖추어 나아가고 있었다.

말할 것도 없이 모험가들이었다.

목소리의 주인은 선두에서 탐색을 맡은 사냥꾼 차림의 소녀였다.

그녀에게는 하이 엘프(상위 숲 종족)의 증거인 긴 귀가 흔들리고 있었다.

대궁을 메고서 민첩하게 걷는 엘프 궁수였다.

“나로서는 강요해 봤자 아무 의미 없으니까.”

“뭘 말인가.”

지독히도 담담한 무기질적인 목소리가 대답했다.

대열의 두 번째— 지저분한 철 투구와 가죽 갑옷을 입은 흄(인간) 전사(파이터)였다.

허리에는 어중간한 길이의 검을 찼고, 작은 원형 방패를 팔에 고정했다. 허리띠에는 천 가방이 매달려 있었다.

시골에서 막 상경한 꿈꾸는 젊은이라도 이것보다는 그나마 장비가 나을 것이다.

그의 모습은 참으로 볼품없고 미덥지 못했다. 그러나 발걸음과 몸놀림은 방심할 수 없었다.

보는 사람에게 기묘한 인상을 주는 전사였다.

“이 모험, 말이야.”

엘프 궁수는 돌아보지 않았다. 그녀의 긴 귀가 쉬지 않고 위아래로 흔들리며 움직였다.

대부분의 엘프는 태생적으로 탐색자(레인저)의 재능을 가진다.

본직이 아니더라도 척후(스카우트)로서는 레아(들판 종족)와 더불어 가장 뛰어난 종족이었다.

그녀는 체중이 느껴지지 않는 가벼운 몸놀림으로 커다랗게 삐쳐나온 나무뿌리를 뛰어넘었다.

“싫지는 않다.”

엘프 궁수의 귀가 움찔 튀어 올랐다.

"그렇게 약속을 했다. 보수 지불을 거부할 생각은 없다."

엘프 궁수의 귀가 축 늘어졌다.

남자의 태도를 보고 세 번째 모험가가 살며시 한숨을 쉬었다.

일행 가운데 가장 가녀리고 몸집이 작으며, 미숙하고 젊은 인간 소녀였다.

소녀는 양손으로 석장을 쥐고 사슬 갑옷 위에 신관복을 입고 있었다. 여신관이었다.

여신관은 못 말리겠다고 말하듯 검지를 흔들면서 전사의 태도를 탓했다.

"에이, 그러면 안돼요. 그런 태도는 좋지 않아요."

"……그런가?"

"그래요. 모처럼 배려를 해주신 거니까요."

"그런가."

전사가 조용히 말하고 입을 다물었다. 철 투구 안쪽에서 어떤 표정을 짓고 있는지는 알 수 없었다.

잠시 지나자, 무기질적인 면갑이 엘프 궁수를 돌아보았다.

"그런 건가?"

"……나한테 묻지 말아줄래?"

엘프 궁수가 볼을 부풀리며 대답했다.

사실 목장 방어전의 보수로 「모험」을 약속한 뒤부터 엘프 궁수는 신바람이 났다.

그러나 그렇다고 그것을 정면에서 인정해줄 셈은 없었다.

"소용없다, 소용없어."

크크. 통통한 드워프(난쟁이)가 실로 유쾌하게 웃으면서 수염을 쥐었다.

대열 네 번째를 맡은 모험가. 동양풍 의상을 입은 술사— 드워프 도사였다.

키만 따지면 여신관보다 작지만, 몸집이 작다고 하기에는 바위처럼 단단했다.

주문술사는 빈약하다는 게 상식이지만, 드워프는 타고난 바탕이 다르다.

그렇지만 팔다리가 짧은 건 어쩔 수 없는지 짐승들이 낸 길을 어렵사리 걷고 있었다.

"그 녀석은 『카미키리마루』가 아니더냐? 하루 이틀 된 고집이 아닐 게다."

"……그렇네. 오르크볼그였지."

엘프 궁수가 대답하며 한숨을 쉬었다.

"드워프 말이 맞는 건 맘에 안 들어."

"길쭉귀야. 너는 괜한 한 마디가 문제로구나."

흥. 드워프 도사가 콧방귀를 뀌더니 이어서 벙긋 웃었다.

"그리 잔소리가 많아서야 남편감이 없겠지. 2천살짜리 노처녀 과부인 게로군."

"우으……."

그녀의 귀가 떨렸다.

"그런 거 필요 없어. 애당초 나는 아직 젊거든?"

"오냐, 그렇구나."

드워프 도사가 잘 걸렸다는 듯 짙게 웃었다.

"분명히, 그 『모루』를 보니 어린애로구나."

"『술통』인 주제에!"

엘프 궁수가 예쁜 눈썹을 치켜세우더니 빙글 뒤로 돌아 드워프 도사를 노려봤다.

양손으로 빈약한 가슴을 가리면서 뭐라고 한 마디라도 대꾸하려고 입을 열자—.

"이미 시간 너머로 물러난 자들의 도시라고 하나, 예절을 지켜야 하지 않겠는가?"

—쉬릭. 날카로운 숨결이 그것을 막았다.

목에 부적을 걸고 있는 리자드맨(도마뱀 인간)이었다.

대열의 최후미(最後尾) — 그야말로 — 에서 꼬리(尾)를 흔들며, 턱 사이로 숨결을 내쉬는 거한.

민족의상을 입고서 기괴한 손놀림으로 합장을 한 그는 무시무시한 용을 선조로 받드는 리자드맨 승려였다.

"이곳은 인외의 영역이네. 경계를 게을리하지 않는다 해도, 괜한 소란을 피울 일은 없는 게 좋지 않겠나."

"……어흠. 소란이 조금 과했구먼."

"으, 뭐야. 드워프가 일일이 시비를 걸어대니까……."

"탐색자 선생."

「그런 거잖아」라는 말은 이어지지 못하고 사라졌다.

리자드맨 승려가 파티의 리더는 아니었다.

그러나 엘프 궁수는 그 험상궂은 표정을 정면에서 거스를 생각은 없었다.

"먼저 가서 이끌어주게. 저 커다란 나무뿌리를 넘으려면 고생깨나 할 테니."

"……네에."

"술사 선생도, 척후의 주의력을 돌리는 건 그만 하게나."

"알고 있네, 알고 있어."

묵직한 어조로 설교하자 엘프 궁수가 풀이 죽어 긴 귀가 늘어졌다. 하지만 드워프 도사는 별로 신경 쓰는 기색이 아니었다.

못 말릴 위인일세. 리자드맨 승려는 커다란 눈을 빙그르 돌렸다.

여신관이 무심코 키득키득 웃었다.

엘프 궁수와 드워프 도사는 늘 투닥거리며 소란을 피운다. 여신관은 그 모습을 좋아했다.

—싸움을 할 정도로 사이가 좋다는 거군요.

"엿, 차."

엘프 궁수가 그녀의 키만한 나무뿌리를 한 발, 두 발, 세 발 만에 뛰어 올라 넘어가 버렸다.

곡예 같은 가벼운 몸놀림. 문자 그대로 사람 같지 않은 민첩성이다.

"능숙하군."

전사가 그 움직임을 보고 낮게 말했다.

"그렇지?"

엘프 궁수가 자랑스럽게 대답하더니, 뿌리 너머에서 등반용 밧줄을 던졌다.

전사는 밧줄을 두세 번 당겨 확인한 뒤 뿌리에 발을 디디고 몸을 끌어 올렸다.

도저히 갑옷과 투구를 입었다고는 생각하기 어려운 가벼운 몸놀림, 속도도 빠르다. 탐색자의 소양이 있는 움직임이었다.

"좋아. 괜찮군."

뿌리 위에 올라선 그가 투구를 빙글 돌려 아래쪽을 보았다.

"다음, 와라."

"아, 네!"

여신관이 대답하고 뒤따라 올라갔다.

그녀는 석장을 등 뒤로 돌려놓고, 서툰 기색으로 밧줄을 붙잡아 신중하게 뿌리에 발을 대고 몸을 끌어 올렸다.

"하지만…… 영차. 이렇게 커다란 도시가 유적이 되어 버렸네요…… 앗!"

미끌. 이끼에 발이 미끄러져 떨어질뻔한 여신관의 손목을 전사가 거침없이 붙잡아 끌어올렸다.

"조심해라."

가죽 장갑을 낀 손에 붙잡힌 여신관의 팔은 부러지지 않을까 싶을 정도로 가늘었다.

"죄, 죄송합니다……."

기어들어가는 목소리로 대답한 여신관이 뿌리 위에서 얼굴을 붉히며 고개를 숙였다.

약간 아픈 손목을 살며시 쓰다듬었다. 불평은 할 수 없었다.

"안 다쳤으면, 내려가겠다."

"……네."

전사의 손에 이끌려 지탱 받으면서 여신관도 나무를 뛰어넘었다.

두 사람이 뿌리 너머에 내려오자 엘프 궁수가 고개를 기울이며 물었다.

"괜찮아?"

"네. ……역시, 조금 더 몸을 단련하는 편이 좋을까요?"

"그야, 뭐, 어느 정도는?"

엘프 궁수가 귀를 흔들면서 벙긋 웃더니 의미심장하게 시선을 움직였다.

"드워프처럼 둥글둥글해지면 안 되겠지만."

"시끄럽구나, 길쭉귀야. 내가 이래봬도 드워프 기준으로는 표준 체격이니라."

뿌리 너머에서 드워프 도사가 굵직한 목소리로 외쳤다.

"그리고 시간의 흐름엔 아무도 이길 수 없는 법이다. 엘프의 거처도, 우리들의 동굴도, 모두…… 말이다앗."

리자드맨 승려가 밀어 올려줘서 위에 오른 드워프 도사가 결심을 굳히고 줄기에서 뛰어내렸다.

쿵. 둔탁한 소리와 함께 엉덩방아를 찧는 것처럼 착지.

그다지 훌륭하다고는 할 수 없는 꼴이다. 엘프 궁수가 노골적으로 표정을 찌푸렸다.

"좀 더 우아하게 못해?"

"다리 길이가 다르지 않느냐~. 엘프는 늘 그렇구먼. 언제나 저희들 중심으로 생각하지."

"분하면 《폴링 컨트롤(강하)》 술법이라도 써보지?"

"크~악! 이런 데서 술법을 낭비하라니, 엘프는 절약이란 개념이 없는 게냐!"

"후후, 그만하세요."

여신관이 미처 감추지 못한 웃음을 흘리면서 두 사람 사이에 끼어들었다.

"너무 소란을 피우면 또 혼날 거예요?"

"있지. 그렇게 어린애 상대하는 것처럼 말하지 않아도……."

"어허."

낮게 으르렁대듯 중얼거리는 소리. 엘프 궁수의 긴 귀가 움찔 떨렸다.

"엘프일지라도 영원은 아닐진저. 영원한 것은 아마도『영원』뿐이 아니겠는가……."

리자드맨 승려가 그렇게 말하며 손톱과 꼬리를 활용하여 술술 뿌리를 기어올랐다.

그리고 교묘한 움직임으로 내려와 훌쩍 착지했다. 소리는 커다랗지만 훌륭한 움직임이었다.

"어디 여기서 한 번 하이 엘프가 영원한지 아닌지 시험해보는 것도 재미있지 않을까 생각하네만?"

"……사양할게."

그는 장난끼가 가득한 표정을 지었다.

그러나 비늘이 없는 자들의 눈으로 보면 커다랗게 아가리를 벌린 거대 도마뱀이다.

엘프 궁수는 사색이 되어 고개를 붕붕 옆으로 저었다.

"그래서."

전사가 말했다.

"고블린은 어디 있지?"

"……이렇다니까."

말이 안 통해. 엘프 궁수는 어깨를 축 늘어뜨리고 한숨을 내쉬었다.

"일부러 오르크볼그를 위해서, 고블린이 있을 법한 유적을 골랐더니만."

조금이나마 감사해도 되지 않아? 그러자 전사가 「흐흠」 하더니 말을 이었다.

"즉, 나를 배려한 것인가."

"……아, 정말, 그래 그거야."

"그렇군."

모두 도착하기를 기다리던 전사는 한 번 고개를 끄덕이고 앞서 걷기 시작했다.

엘프 궁수가 황급히 뒤를 쫓아서 그를 추월해 척후로 나섰다.

물론 전사도 척후로 나서기에 부족하지는 않았다.

성큼성큼 거침없는 난폭한 걸음걸이지만 신기하게 발소리가 울리지 않았다.

나뭇가지 하나 밟지도 않고 돌멩이 하나 걷어차지 않는다. 탐색자에 뒤지지 않는 훌륭한 재주였다.

"뭐, 그리 조바심을 내지 않아도 되네, 소귀 살해자 선생."

리자드맨 승려가 옷자락 품에서 두루마리를 꺼내더니 계속 걸으며 펼쳤다.

열화 되고 마모됐으며 잉크는 번져 있었다. 반쯤 잔해 같은 그것은 이 도시의 지도였다.

그는 자칫 찢어지지 않도록 신중하고 조심스럽게 손톱으로 훑으면서 지도를 살폈다.

"……안쪽에 신전이 있는 것 같군. 소승은 거기까지 조사해야겠다고 생각하네만, 어떤가?"

"찬성이다."

전사가 멈춰 서서 노면— 과거에는 바닥 돌이었던 것을 손가락으로 훑어보고 발자국을 찾으며 담담하게 고개를 끄덕였다.

"고블린이 있을지도 모른다."

"머릿속에 그것밖에 없어?!"

엘프 궁수가 질색하며 불평했다.

"그밖에 뭔가 필요한가?"

"좀 더 이런 거 있잖아! 신비! 비밀! 수수께끼! 전설!"

엘프 궁수는 전방을 경계하면서 양손을 커다랗게 휘둘렀다.

"—같은 거, 그런 거는?"

"그럴 상황이 아니다."

"……믿기지 않는 녀석이야."

"그런가."

무덤덤하게 대답하자 엘프 궁수가 입술을 삐죽 내밀었다. 긴 귀도 움직였다.

"여봐라, 길쭉귀야. 돌을 연마할 때 조바심 냈다가는 깨져 버리는 법이니라."

그녀가 토라진 어린애처럼 굴자 드워프 도사가 수염을 만지작거리며 웃었다.

"시간을 들이거라, 시간을. 정말이지 엘프인 주제에 성급한 녀석이로고."

"드워프는 느긋하게 계속 먹고 마시니까 살찌는 거야."

"시끄럽다. 술 들어가는 배는 따로 있느니라. 오히려 너는 조금 더 부풀리는 편이 좋지 않겠느냐?"

그는 반론을 신경 쓰는 기색 없이 허리에 찬 술 주머니의 화주를 벌컥벌컥 들이켰다.

"하기사, 길쭉귀 처녀가 하는 말도 틀린 것은 아니다마는."

꺼억. 드워프 도사가 천박하게 트림을 하자 엘프 궁수가 째려 보았다.

"카미키리마루. 너도 뭐 이렇게, 입신출세를 하면 이래저래 일하기 쉬울 거라 생각지 않느냐?"

"생각한 적은 있다."

전사는 자세를 낮춰 벽에 몸을 기대고, 모퉁이 너머를 살피며 짧게 대답했다.

"오호."

예상 밖의 대답에 드워프 도사가 가벼운 탄성을 질렀다. 전사는 이어서 좌우를 살피고 앞으로 나아갔다.

"공적을 올려 금 등급이 되어, 보다 광범위한 모험가에게 영향을 주는 것도 방법이긴 하다."

"그럼 왜 안 하느냐?"

드워프 도사가 물었다.

"그 동안에도 고블린이 마을을 공격하니까."

옆에서 전방을 경계하던 엘프 궁수가 두통을 견디듯 고개를 저었다.

"인간은 미래를 생각지 않는 자가 있다고 들었지만, 다들 이런 거야?"

"이 사람이 특수한 것뿐이라고 생각해요."

여신관이 못 말리는 사람이라는 뜻을 담아 웃었다.

이렇게 같이 다닌 지 몇 개월. 처음에는 그녀도 당황하기 일쑤였다.

"하지만 전보다는 여러 가지 이야기를 해주고 있어요."

"……."

전사는 입을 꾹 다물고 난폭한 걸음걸이로 탐색을 계속했다.

여신관은 그 뒤를 쫓아가면서도 웃음을 잃지 않았다. 그도 그럴 것이…….

"그리고, 꽤 알기 쉬운 사람이잖아요?"

"아, 그건 알겠어."

엘프 궁수가 고개를 끄덕이더니 키득키득 소리 내어 웃었다.

드워프 도사와 리자드맨 승려는 슬쩍 눈짓을 주고 받으며 소리를 죽여 씨익 웃었다.

잠시 지나, 과거에는 대로였을 길을 빠져나간 그들이 목적지에 도착했다.

나무들 사이가 탁 트이며 나타난 광장이었다.

그 안에 마치 동굴처럼 생긴, 지하로 이어지는 백석으로 지은 입구가 간신히 보이고 있었다.

나무 그늘 아래 어두운 곳, 덤불 속과 땅을 꼼꼼하게 조사한 전사가 크게 숨을 내쉬었다.

"파수꾼이 없는 것 같군."

이 숲에 들어선 이후, 괴물은커녕 짐승의 기척이나 흔적조차 일절 보지 못했다.

"아, 그러면 고블린이 없다는 거군요!"

어쩐지 가라앉은 목소리로 말하는 전사를 여신관이 밝게 격려했다.

"그렇다고 단정할 수는 없다."

대답은 무기질적이었다. 그러나 그녀는 그것에 좌절하지 않았다.

종종걸음으로 뒤를 따르는 모습이 마치 병아리 같았다.

"놈들이 이런 **잠자리**를 놓칠 리가 없어."

"……없으면 좋은 거잖아."

고블린 따위. 엘프 궁수가 불평했지만 전사는 무시하고 말했다.

"어느 둥지에서 굴을 파서 이제 막 이어졌을지도 모른다."

전사의 말에 응한 건 아니지만 엘프 궁수가 얼굴을 찌푸리며 말했다.

"저기…… 무슨, 냄새 안 나?"

그 말에 리자드맨 승려가 완만하게 고개를 옆으로 저었다.

"유감이지만, 이런 숲 속에서 소승들은 코가 잘 안 듣는다네. 어떤 냄새인가?"

"뭐랄까, 그…… 달걀 썩은 냄새……?"

"……있군."

전사가 조용히 말했다. 거기에 호응한 모험가들이 각자의 무기를 고쳐 잡았다.

엘프 궁수는 주목(朱木)의 가지에 거미줄 현을 건 대궁에 나무눈 촉의 화살을 메겼다.

리자드맨 승려는 선조에게 기도하며 송곳니를 술법으로 벼린 칼을 쥐었다.

드워프 도사는 촉매가 들어 있는 주머니에 손을 넣었고, 여신관은 석장을 양손으로 쥐었다.

모험가들은 재빠른 움직임으로 달려가 구멍 입구를 둘러쌌다.

"어떡할까요? 들어가나요? 그렇다면 미리 수호의 기적을—."

"아니."

여신관은 불안하게 말했지만 전사는 곧바로 고개를 옆으로 저었다.

"이 유적— 신전인가? 뒷문은 있나? 지도에는 어땠나."

"내가 본 것에는, 없는 것 같더군."

리자드맨 승려가 뇌리에 지도를 떠올려보며 수긍했다.

"물론, 오랜 유적이다 보니 어디가 무너지지 않았다고 할 수는 없을 걸세."

"그러면 끌어낸다."

전사가 원형 방패를 고정한 왼손으로 가방을 뒤졌다.

그가 꺼낸 것은 뭔가를 손바닥만한 크기로 굳혀놓은 옅은 노란색 덩어리였다.

불쏘시개 조각과 함께 끈으로 둘둘 묶어서 공 모양으로 만들어놨다.

"……그것, 은— 분명히, 송진…… 이죠?"

"그래."

"그리고, 유황……."

"이 연기는 무거워서 아래로 가라앉는다."

전사는 조용히 말하면서 한 손으로 재주 좋게 부싯돌을 때리더니 연기 구슬에 불을 붙였다.

순식간에 피어오르기 시작한 연기를 들이마시지 않도록 주의하며 그것을 구멍 속으로 던져 넣는다.

"그리고 독성이 있다. 죽지야 않겠지만……."

그렇게 말하며, 전사는 작달막한 검을 칼집에서 뽑았다.

"이제 기다리면 된다."

연기 구슬에서 피어 오른 연기가 굴러 떨어지듯 유적 안으로 들어갔다.

모험가들이 기가 막힌 표정과 두려움이 뒤섞인 표정으로 서로 마주 보더니 한숨을 쉬었다.

"……참으로, 무시무시한 일을 저지르는 녀석이로다."

드워프 도사가 말했다.

"그런가?"

"자각도 없는 게냐."

—효과는 금세 나타났다.

소란스런 비명소리와 함께 연기 벽을 뚫고서 자그마한 형체가 뛰쳐나왔다.

어린아이 정도 크기의 추악한 얼굴의 괴물— 소귀, 고블린이었다.

"흥."

그는 고블린이 가죽 몸통 보호대를 입은 걸 보더니 손도끼로 장작을 패듯 검을 때려 박았다.

충격. 비명. 피보라.

두개골에 검이 박힌 채 하늘을 바라보는 고블린을 거침없이 차서 쓰러뜨리고, 고블린의 손에서 무기를 빼앗았다.

짤막한 반월도. 검붉게 얼룩진 그것을 가볍게 휘둘러보고 고개를 끄덕였다. 나쁘지 않다.

고블린이 동굴에서 휘두르기 위해서 마련한 무기는 그의 손에 잘 익었다.

"놈들의 장비가 좋다. 조심해라."

"……이런 건 내가 아는 모험이 아냐."

"다른가?"

"달라."

엘프 궁수가 얼굴을 찌푸리면서 활을 당기고 쏘았다.

나뭇가지가 자연스럽게 화살이 된 그것은 빨려 들어가듯 신전으로 날아갔다.

비명이 세 번 울렸다.

연기 안쪽에서 뛰쳐나오려던 고블린 세 마리가 한 발에 꿰뚫려 바닥에 쓰러지며 나왔다.

"고블린과 싸울 거면, 하다못해 유적 안으로 들어간 다음에 하면 안 돼?"

"뭐, 평소와 같다고 하면 같군."

몸부림치는 고블린들에게 덤벼든 리자드맨 승려가 칼을 휘둘러 결정타를 날렸다.

"소귀 살해자 선생과 탐색을 하게 된다면, 역시 이렇게 될 각오를 해야 할 걸세."

"그래도 괜찮나 싶지만요……."

여신관이 난처한 표정으로 전사를 슬쩍 보았다.

전사는 반월도를 역수로 쥐고서 고블린의 목에 꽂아 넣고 있었다.

목젖을 찢어내면서 뽑아낸 그것을 즉시 던졌다.

칼날이 회전하면서 허공을 날아 연기 속으로 사라지자 고블린의 비명이 다시 들렸다.

그의 손놀림은 잔혹할 정도로 기계적이었다.

"이대로 가면 주문은 필요가 없겠구먼."

드워프 도사가 조약돌에 슬링(투석끈)(Sling)을 감으면서 말했다.

전위가 놓쳤을 때를 대비하고 있는 것이지만 참 느긋한 동작이었다.

"그래."

전사가 이제 막 목을 베어 죽인 고블린의 단검을 들어 칼날을 확인하더니 고개를 끄덕였다.

칼날에는 정체를 알 수 없는 거무죽죽한 독액을 발라놓았다.

여신관은 그걸 보고 움찔 몸을 떨었다. 전사는 고블린의 옷으로 독액을 닦아냈다.

그는 단검을 벨트에 끼우며 드워프 도사에게 말했다.

"술법은 돌입한 다음을 위해서 아껴둬라."

전사는 신전 입구를 노려보았다.

고블린의 주검이 이미 잔뜩 흩어져 있었지만 연기 안쪽에서 새로 나올 기색은 없었다.

전멸한 것인가, 피난을 한 것인가…….

"놈들은 끈질기다."

전사는 고블린의 유해에서 처음에 박아 넣은 검을 뽑아 피와 기름을 닦아내고 칼날을 점검했다. 문제없었다.

그는 망설임 없이 검을 칼집에 꽂아 넣고 고개를 끄덕였다.

"독성 연기가 잦아들면 들어간다."

"다시 한 번 말하지만, 이건 내가 아는 모험이 아니야."

"그런가."

"모험 아니야! 그러니까 약속은 아직!"

"알았다."

전사는 짧게 말하고서 신전 입구로 다가갔다. 그 뒤를 그의 파티가 따랐다.

—흄의 전사와 신관, 엘프의 궁수, 드워프의 도사, 그리고 리자드맨의 승려.

이 기묘한 모험가들이 처음 모인 뒤로 벌써 별들이 절반 정도 돌았다.

언제 끝날지 모르게 이어지는 질서와 혼돈의 싸움에 몇 번째인지 모를 결판이 나고 얼마가 지난 뒤.

그들은 이렇게 변경도시 근처에 있는 유적이나 동굴을 탐색하고 다녔다.

오래도록 이어지는 싸움 속에서 잊혀진 요새, 신전, 유적, 동굴은 이 세상에 수없이 많다.

혼돈에 속한 자들이 그곳에 몰래 잠복하여 때가 되기를 기다리고 있을 지도 모른다.

경계하고 대비해야 하지만— 무시무시한 상대는 딱히 괴물들만 있는 것은 아니다.

서로 노려볼 여유를 되찾은 왕들은 이것을 야인들에게 맡기기로 했다.

특이할 것 없었다—. 싸움이 끝나자 모험가들이 일상으로 돌아온 것이다.

모험가라면 크든 작든 미지의 영역에 대한 호기심이 있다.

괴물을 타도하고 재보를 손에 넣어 입신출세. 그것은 모험가들의 꿈이었다.

그것을 위해 탐색에 나서는데 보수까지 받는다면 꿩먹고 알먹고다.

물론 이 자리에 있는 전사에게는 고블린이 숨어 있는 동굴이든, 고대의 유적이든 큰 차이가 없었다.

오르크볼그, 카미키리마루, 소귀 살해자. 갖가지 이름으로 불리는 전사.

지금 결단을 내리고 동굴로 발을 들인 그는 **아직** 모험가가 아니었다.

“고블린 놈들은, 몰살시킨다.”

—그는, 고블린 슬레이어다.

§

천정을 지난 태양이 저물기 시작한지 조금 지난 저녁이었다.

그가 돌아왔다는 것을 처음 깨달은 것은 목장 주인이었다.

저녁놀에 물든 목초지 옆, 도시로 이어지는 오솔길.

그는 그곳을 성큼성큼 거침없는 걸음걸이로 천천히 걷고 있었다.

평소처럼 지저분한 철 투구와 가죽 갑옷, 어중간한 길이의 검, 작은 원형 방패를 고정하고 있었다.

짐승을 막기 위한 울타리를 수리하던 목장 주인이 미약하게 풍기는 쉿내에 얼굴을 찌푸리며 일어섰다.

"……돌아왔군."

목장 주인이 작게 중얼거렸다.

벌써 바로 옆까지 다가온 그는 조용히 고개를 끄덕였다.

"네. 일이 끝나서 말입니다."

"그렇군……."

무뚝뚝하게 응한 그를 보고 목장 주인이 말없이 고개를 옆으로 저었다.

무슨 생각을 하는지 도무지 알 수 없는 철 투구에서 시선을 돌렸다.

어렸을 때부터 알고 있는— 알고 있어야 할 그에게 목장 주인은 할 말이 없었다.

목장 주인은 그가 거북했다.

이해는 할 수 있고 함부로 대하고 싶지도 않지만, 곁에 두고 싶은 인물은 아니었다.

벌써 몇 년이나 지나지 않았냐, 라고 무심코 중얼거리게 된다.

고향이 고블린의 습격을 받았다는 것은 재해, 천재지변 같은 것이 아니던가?

도망치는 수밖에 없는 것에서 한 번 목숨을 건졌고, 두 번째에 저항할 수 있었다.

그거면 되지 않나?

“네.”

그는 알고 있다는 듯 고개를 끄덕였다.

“그렇다면, 좀 적당히 해라. ……그 애가, 불쌍하니까.”

“……. 선처하겠습니다.”

목장 주인의 말에, 그는 조금 망설이면서 대답했다.

불편하군. 목장 주인이 생각했다.

그가 아무것도 신경 쓰지 않는 남자라면 목장 주인도 신경 쓸 필요 없었다.

그것을 깨달았는지 그는 담담한 어조로 말을 이었다.

“죄송하지만, 헛간을 빌리겠습니다.”

“……늘 있는 일이잖아. 일일이 말할 것 없이 좋을 대로 써라.”

그는 툭 내던지는 대답을 등으로 받으며 목장 주인을 스쳐지나갔다.

목장 부지 안으로 들어가 외양간 뒤쪽으로 돌아갔다. 지푸라기 산을 넘어서 더욱 나아갔다.

그곳에 낡은— 안 쓴지 오래된 폐허 같은 헛간이 있었다.

지붕과 벽에 뚫린 구멍은 간신히 막아놨지만 그저 널빤지를 덧대고 못질한 것뿐이었다.

모양새는 좀 난폭하지만 그가 묵묵히 수리한 결과였다.

목장 주인의 딸, 그의 소꿉친구인 소치기 소녀는 자기가 하겠다고 했었다.

그러나 빌려서 쓰는 이상 당연히 그가 고쳐야 한다고 생각했다.

"아~앗!"

그가 헛간 문에 손을 댔을 때 등 뒤에서 어린애 같은 쾌활한 목소리가 들렸다.

돌아보니, 이쪽을 가리키는 소녀— 소치기 소녀가 있었다.

그녀는 그에게 가슴을 흔들며 달려오더니 팔을 붕붕 휘둘러댔다.

"어서 와아! 에~이, 돌아왔으면 나한테 한 마디 해주면 좋잖아!"

"방해할 생각은 없었다."

"인사는 방해하는 게 아닌걸."

"그런가."

거침없이 고개를 끄덕이는 그에게 소치기 소녀가 검지를 척 내밀었다.

그가 바라보자, 그녀는 「나 화났어」라고 써 붙인 듯 볼을 부풀렸다.

"알았으면 인사 제대로 해야지!"

그는 잠시 입을 다물었다. 그리고 천천히 고개를 끄덕였다.

"……다녀왔다."

"응, 어서 와."

소치기 소녀가 생긋 웃었다. 태양처럼 눈부시다.

"아까도 들었다."

붙임성 없게 대답한 그는 낡아서 삐걱거리는 문을 열고 헛간에 들어갔다.

소치기 소녀도 그 뒤를 이어서 미끄러져 들어왔다.

그는 멈춰 서더니 빙글 뒤로 돌아서 소치기 소녀를 보았다.

"……일은 어쩌고?"

"쉬는 시간?"

"그런가?"

"그래요."

그는 딱히 흥미가 없어 보였다. 그저 거친 손놀림으로 가방을 풀어 바닥에 던졌다.

그리고 부싯돌로 대들보에 걸어둔 낡은 램프에 불을 붙였다.

—불빛에 드러난 헛간 안은 동굴 내부 같은 모습이었다.

바닥에는 돗자리를 깔았고, 선반이 비좁게 설치되어 정체 모를 잡화들이 늘어서 있었다.

약병, 약초부터 기괴한 ㄹ자형 무기, 읽을 수 없는 글자로 기록된 고서, 무슨 짐승의 두개골…….

그 밖에도 소치기 소녀는 용도를 알 수 없는 것들이 수없이 많았다.

아마 모험가들도 그가 그것으로 뭘 할 셈인지 예측할 수 있는 자는 적으리라.

"위험하다."

"아, 응."

호기심에 구경하는 소치기 소녀에게 말하고 그는 바닥 중앙에 털썩 주저앉았다.

허리띠에서 검을 풀어 칼집째로 던져놓고 철컥철컥 방어구를 풀었다.

소치기 소녀는 그 옆에 오도카니 쪼그려 앉아서 어깨 너머로 그의 손을 보았다.

“있지, 뭐 할 거야?”

“투구가 찌그러진 곳을 고치고, 갑옷의 연결구를 교환하고, 사슬 갑옷을 수선하고, 검을 갈고, 방패 테두리를 연마한다.”

“다른 건 그렇다 치고…… 방패 테두리? 그런 거 연마하는 게 의미가 있어?”

“여차할 때 도움이 된다.”

“흐응…….”

그의 손놀림은 의무적이고 꼼꼼했다.

망치를 휘두르고, 금속 부품을 풀어내 교환하고, 철사를 구부려 사슬로 만들고, 숫돌로 검과 방패를 문지른다.

무기야 부러지든 1회용으로 쓰든 고블린들에게서 조달하면 되지만, 방어구는 그렇지 않다.

고블린 놈들이 목숨을 맡기기에 충분할 정도의 철 투구를 장비하는 일은 드물다.

가령 장비를 하고 있어도 그것을 벗겨 착용할 정도의 시간이 없었다.

애당초 방어구가 깨진 시점에서 자칫하면 치명상을 입었을 가능성이 높다.

그로서는 무엇보다 중요하고 목숨이 걸린 작업이었다.

그 모든 작업을, 뭐가 그리 즐거운지 소치기 소녀가 생글생글 웃으며 보고 있었다.

“……재미있나?”

“은근히. 네가 뭐 하는지 흥미가 있어요.”

에헴. 소치기 소녀가 풍만한 가슴을 과장스레 내밀며 말했다.

그리고 눈빛을 반짝거리며 그의 곁으로 바짝 붙어 앉았다.

"그래서 말이야. 이번 모험은 어땠어?"

달콤한 우유 같은 향기가 풍겼다.

그는 생각보다 무미건조한 목소리로 말했다.

"고블린이 있었다."

"그렇구나."

"그래."

그는 작업을 계속하면서 짧게 대답했다.

"수가 많았다."

짧게 말을 덧붙인다.

소치기 소녀는 그의 뒷모습을 가만히 바라보더니—.

"에잇."

—갑자기 등 뒤에 묵직하고 부드러운 감촉이 느껴지자 그는 한숨을 쉬었다.

소치기 소녀가 등 뒤에 달라붙었다. 그 자세로 그의 머리를 막 헝클어뜨렸다.

그는 작업하던 손길을 멈추고 의문스레 그녀를 돌아보았다.

"……뭐지?"

"아니, 수고했어요~ 하는 거야."

소치기 소녀는 미안한 기색도 없이 웃었다.

"위험하다."

"괜찮아 괜찮아."

"괜찮지 않다."

"그거 말고는 무슨 재미있는 일 없었어? 어떤 곳이었는데?"

그는 입을 다물었다. 말을 해 봤자 소용없다고 생각한 걸지도 모른다.

그리고 연마를 끝낸 방패를 벽에 세워두고서 선반을 뒤졌다.

몇 개의 병과 장갑, 굴러다니던 막자와 사발을 챙긴다.

가죽 장갑을 끼고서 병의 뚜껑을 열자 말라붙은 기묘한 뱀이 들어 있었다.

"으와……."

바로 뒤에 있던 소치기 소녀가 중얼거렸지만 그는 신경 쓰지 않고 그것을 사발 안에 넣었다.

"만지지 마라. 만지면 독이 오른다."

"응……. 그래서? 그러니까……."

"숲 속의, 유적이었다."

"유적이구나아……. 고블린 퇴치?"

"아니."

그는 고개를 옆으로 저었다.

"……다른 사람이, 같이 가자고 했다."

호오. 소치기 소녀는 고개를 끄덕이고, 그는 병 속에 든 것들을 사발 안에 털어 넣었다.

뱀. 그리고 빨간 분말— 향신료. 그밖에 건조시킨 풀. 자극적인 것들.

저울도 제대로 안 쓰고 눈짐작으로 넣었지만 그는 익숙하게 조합

해나갔다.
다음으로 그것을 막자로 빻아서 가루로 만들고 뒤섞으면 된다.
"……뭐라던가, 옛날 도시였다."
"이름, 기억 안나?"
"미안. 흥미가 없었다."
"하긴 이 근처에는 그런 거 많으니까. 변경이라서."
뱀을 빻아서 분말이 된 것을 확인한 그는 가까운 선반을 뒤졌다.
그가 꺼낸 것은 달걀— 목장에서 나는 달걀의 껍질이었다.
목장에서 닭을 사육하고 있기는 하지만 매일 정기적으로 낳는 것은 아니었다.
생각보다 귀중한 달걀을 깬 다음, 껍질을 정성 들여 맞추어 본래 형태로 만들었다.
그리고는 유일하게 뚫어놓은 구멍으로 사발의 내용물을 쏟아 넣었다.
"그러고 보니."
신중하게, 껍질 안을 채우는 분말을 바라보던 그가 문득 중얼거렸다.
"커다란."
"응."
소치기 소녀가 맞장구를 쳤다.
"커다란, 나무뿌리가, 튀어나와 있었다."
"커다래? 어느 정도?"
"네 키만 했다. ……넘느라, 고생했다."

"하아~. 그거 굉장하네에."

어린애 같은 감상을 말하자, 그녀도 어린애처럼 감탄했다.

마을에서 도시로 와서, 목장에서 오래 산 그녀는 그런 것을 본 적이 없었다.

이제는 그녀보다 그가 훨씬 더 세상에 대해 많이 알고 있을 것이다.

그녀는 그것이 쓸쓸하기도 하고 기쁘기도 했다.

이윽고 분말로 가득 찬 달걀을 기름종이로 감싸 봉인하면서 그는 혼잣말처럼 말했다.

"그리고, 고블린이 있었다."

그의 어조는 무덤덤했지만 하염없이 진지했다.

"……묘했다. 놈들 묘하게 장비를 잘 갖추고 있었다."

으흠. 소치기 소녀가 턱에 손가락을 대고 생각했다.

"요전 전쟁에서 도망친 거 아냐?"

"그렇다면 입구에 파수꾼 정도는 세운다."

"으으음……. 하긴 네가 모르는 거면 나도 모르지."

한차례 끙끙거린 다음에 두 손을 번쩍 들더니 뒤로 쓰러졌다.

어두컴컴한 천장에서 램프가 치이익 소리를 내며 타고 있었다.

"더러워진다."

"괜찮아~. 별로 상관없어."

소치기 소녀가 헤실 웃으며 대답했다.

"있지."

그녀가 몸을 뒤집으면서 그가 있는 쪽으로 굴러왔다.

"내일 혹시 쉬는 날이야?"

"아니."

그는 완성된 달걀 껍질을 가방에 넣으면서 조용히 고개를 저었다.

"길드의, 접수원이 와달라고 하더군."

"그렇구나. 아까워라아."

그래. 그는 짧게 고개를 끄덕이고 말했다.

"고블린 퇴치일지도 모른다."

§

"아뇨, 고블린 퇴치는 아니고— 아, 그렇다고 돌아가지 마세요!"

조합 응접실 문에 손을 대고 있던 고블린 슬레이어는 귀찮다는 태도로 돌아섰다.

호화로운 소파, 푹신한 융단. 벽 하나를 가득 메운 괴물이나 마족의 머리, 낡은 무구.

왕년의 모험가들이 손에 넣은 전리품에 둘러싸인 남자가 담담하게 대답했다.

"하지만, 고블린이 아니지 않나."

"네, 뭐, 그게…… 그렇긴, 한데요……."

소파에 오도카니 앉아 있던 접수원 아가씨가 당장이라도 울 것 같은 표정으로 그를 보고 있었다.

그녀는 서류 다발을 꼭 끌어안으며 가늘게 말했다.

"……역시, 고블린이 아니면, 안 되……나요?"

고블린 슬레이어는 입을 다물었다. 투구 안쪽의 표정은 알 수 없었다.
잠시 지나, 그는 조용히 한숨을 쉬었다.
그리고 몸을 돌려 성큼성큼 소파 쪽으로 다가와 거친 움직임으로 앉았다.
그는 맞은편에 앉은 그녀의 얼굴을 보며 말했다.
"짧게 부탁하지."
"—아, 네!"
접수원의 표정이 어린애처럼 확 밝아졌다.
그녀는 재빨리 서류를 정리하여 다시 책상 위에 늘어놓았다.
양피지에 적혀있는 내용은 어느 모험가들의 이력이었다.
이름, 종족, 성별, 기능, 그리고 지금까지 받은 의뢰 내용 등이 자세히 적혀 있었다.
"고블린 슬레이어 씨한테 입회인을 부탁하고 싶어요."
"입회인……."
고블린 슬레이어는 납득하며 고개를 끄덕였다.
"승급 심사로군."
모험가의 등급은 백자부터 백금까지 10단계로 나뉜다.
등급 조정의 기준은 지금까지 받은 보수 금액과 공헌도, 그리고 인격.
이것을 합쳐서 『경험점』이라고 부르는 자도 있는데, 틀린 건 아니었다.
다시 말해서 얼마나 대중과 사회에 도움이 되었는지를 가늠하는 기준이니까.

그러나 한편으로, 당연한 거지만 모험가는 전투기술을 가진 탕아들이다.

모험가는 실력과 함께 당사자의 인격이 중요시된다.

따라서 상위 모험가가 입회한 자리에서 심사— 다시 말해서 면접을 받게 된다.

그래서 예를 들어 신원을 알 수 없는 굉장한 실력의 풍운아가 단번에 은이나 금이 된다.

……이런 이야기 같은 일이 일어나는 건 무리다.

혹여 여성들만 동료로 삼는 남성 모험가도 승급은 상당히 어렵다.

실태가 어떻든지 여자 버릇이 안 좋은 모험가에게 중요한 의뢰를 맡기려는 사람은 적기 때문이다.

아무리 실력이 있어도, 실력밖에 없는 어리석은 자는 평생 백자에 머문다.

우수한 모험가일수록 주위의 눈길을 신경 쓰고 신용에 부끄럽지 않은 태도를 취하고자 한다.

—역사상 몇 명밖에 없었던 백금, 극히 일부의 예외는 빼고서 말이지만.

"……그러나."

고블린 슬레이어가 의문스레 말했다. 그로서는 드문 일이었다.

"내가 해도 되는 건가?"

어머. 접수원이 아무렇지도 않게 대답했다.

"무슨 말씀을 하세요. 당신도 은 등급인걸요?"

"조합이 멋대로 정한 일이다."

고블린 슬레이어가 말했다.

하지만 접수원은 자신만만하게, 마치 자기 일인 것처럼 자랑스럽게 말했다.

"그러니까 그만큼 다들 감사하고 있다는 거예요."

고블린 슬레이어가 다시 입을 다물었다.

잠시 천장을 올려다보던 그는 이내 서류를 움켜쥐듯 집었다.

"……누구 심사지?"

"앗, 고맙습니다!"

그녀는 함박웃음을 지으며, 머리채가 튕겨 오를 기세로 고개를 끄덕였다.

"파티를 짜고 있는 분들인데, 강철부터 청옥, 8위부터 7위까지 심사를 하는 건데요……."

§

"이, 이번에야말로, 이번에야말로 부디, 꼭, 승급을…… 제발…… 제발!"

면접실로 이어지는 복도. 대기하고 있던 모험가들 사이에서 중얼중얼 기도하는 소리가 들렸다.

기도하는 사람은 여기저기 기운흔적투성이의 승복을 입은 중년 남자였다.

아마도 승려— 아니, 단순한 승려는 아니리라.

연령에 비해서 탄탄한 체격. 옆에는 오래 사용한 흔적이 남은 육

척봉. 무승일 것이다.

삭발은 했지만 향유가 없어서 그런지 머리털이 짧게 돋아나 있었다.

"아저씨, 시끄러워! 승려라고 염불 외지 마. 신경 거슬려!"

눈매가 날카로운, 척 보기에도 전사다운 풍채의 젊은이가 외쳤다.

말투는 거칠지만 그 또한 긴장한 듯 몸을 움직이고 있었다.

그때마다 오래 쓴 철 갑옷과 전투 도끼가 부딪혀서 금속이 스치는 소리가 났다.

녹이 슬지는 않았지만 상당히 낡았다. 별로 좋은 물건은 아니었다.

"젠장. 하다못해 좀 잘 닦고 올 걸 그랬나……."

"어쩔 수 없어. 아저씨는 우리들 중에서 유일하게 가족이 있잖아. 신한테 기도하고 싶은 것도 당연하지."

도끼 전사가 욕지거리를 하자 마술사풍 여성이 타이르듯 말했다.

"그리고, 닦아도 별 차이 없잖아."

여기저기 헤진 로브에서 살짝 뾰족한 귀가 드러나 있었다. 그녀는 하프 엘프였다.

요술사가 쉬지 않고 경을 다루는 주문서도 꽤 낡은 사본이었다.

떨어져 나가려는 표지를 억지로 풀로 붙여 수선해 놨다.

"에이, 다들 진정해. 화를 낸다고 뭐가 되는 것도 아니잖아……."

그리고 헤실거리며 웃는 작은 몸집의— 아니, 키가 다른 사람의 절반밖에 안 되는 청년이 말했다.

가죽 갑옷은 흠이 없었고 허리에는 단검을 찼다. 그리고 발에는 모피를 덧댄 부츠를 신고 있다.

그는 들판 종족의 척후— 레아 척후였다.

"그거야, 그렇기는 한데……."

도끼 전사가 말했다.

"강철이랑 청옥을 비교하면 의뢰든 보수든 격이 다르잖아?"

"승급하면 하수도 쥐 퇴치 같은 일은 작별할 수 있지."

요술사가 도끼 전사의 말을 이어주자, 그는 평소에 도끼를 휘두르는 속도로 말을 이었다.

"우리도 빚진 거 이자 이상으로 벌 수 있어. 아저씨도 생활이 걸려있고. 필사적이란 말이다."

"나도 그래. 주문서는 비싸니까 기도해서 승급할 수 있다면 얼마든지 기도할 거야."

요술사가 어쩐지 달관한 듯 말했다. 그리고는 로브 안쪽에서 레아 척후를 노려보았다.

"그런데, 너는 남 일처럼 말한다."

"아아, 아하하하……."

레아 척후가 머리를 긁적이면서 쑥스럽게 웃었다.

"그야 나는, 저기, 위험한 거나 그런 거, 역시 무섭잖아……. 빚도 없고."

"나약하긴."

"겁쟁이."

도끼 전사와 요술사 두 사람이 기가 막힌 기색으로 중얼거려도 레아 척후는 어깨만 으쓱거렸다.

그때 면접실에서 접수원 아가씨의 밝은 목소리가 들렸다.

"네, 그럼 다음 분 들어오세요."

"아, 내 차례다!"

레아 척후가 가벼운 몸놀림으로 일어섰다.

삭발 무승이 그를 떠받들 듯 매달렸다.

"부탁해, 부탁한다. 똑바로 해라……!"

"알았다니까. 참 시끄럽긴."

레아 척후는 귀찮은 기색으로 손을 떨쳐내고서 면접실 문을 열고—.

"……우왓."

눈이 휘둥그레졌다.

면접실에는 세 사람이 기다리고 있었다.

길드 직원이 한 명, 새침한 표정의 접수원 아가씨다. 언젠가 엉덩이를 두들겨서 울려줄 테다.

또 한 사람, 길드의 제복을 입은 가녀린 체격의 여자가 한 명.

누구였더라? 레아 척후는 고개를 갸웃거렸다. 어디서 본 것 같기도 하고, 아닌 것 같기도 한데.

그리고 상위 모험가 한 명— 문제는 이 사람이 기이한 모습이었다.

싸구려 철 투구. 지저분한 가죽 갑옷. 모험을 나서는 것도 아닌데 이런 장비를 갖췄다.

검과 방패는 없었지만 잘못 볼 리 없었다.

"고, 고블린 슬레이어……."

"안될 이유가 있나?"

"아, 아니……."

레아 척후가 무뚝뚝한 그에게 잘 보이려는 듯 웃더니 등 뒤의 문을 닫았다.

잘라 말해서 레아 척후는 고블린 슬레이어란 남자가 싫지 않았다.

고블린 퇴치라는 편한 일만 하면서 은이 된 남자다.

돈을 벌고 싶다. 유명해지고 싶다. 칭찬 받고 싶다. 하지만 죽는 것도 무서운 것도 싫다.

분명히 그도 자기랑 비슷한 생각일 거다. 틀림없다고 생각했다.

그래도 저 무표정하기 짝이 없는 철 투구는 좋아할 수 없지만…….

고블린 슬레이어는 맞은편에 앉은 레아 척후를 보고 있었다.

레아 척후는 몸을 부르르 떨었다. 싫어하진 않지만 거북하긴 했다.

"저, 저기, 그래서 뭐였지? 승급심사였지?"

레아 척후가 헤실헤실 얄팍하게 웃으면서 양손바닥을 재빨리 비볐다.

"그냥 한 방에 청옥, 취옥을 넘어서 홍옥…… 아니지, 동까지 올려줘."

"아뇨, 그럴 수는 없어요."

접수원이 생긋 웃으며 대답했다.

그녀는 앞에 둔 서류를 파라락 넘기면서—.

"그 가죽 갑옷이랑 부츠, 새로 마련하신 건가 봐요? 눈에 띄네요."

"아, 역시 그래?"

레아 척후는 씨익 입가를 일그러뜨리며 웃더니 작은 발을 탁상 위로 올렸다.

새로운 부츠는 흠집 하나 없었고 잘 닦였다. 빛을 빨아들이는 것처럼 검은색이었다.

"꽤 상등품이야. 광택 제거도 해서 나한테 딱이라니까."

"호오."

그래서 그는 눈치 못 챘다—.

"어째서 다른 분들과 같은 의뢰를 받고 계신데 당신만 요즘에 씀씀이가 좋은 걸까요?"

—그녀의 목소리가 지독히도 사무적이며 평탄하다는 것을.

"보수 총액과 비교해 봐도 이건 이상하네요. 계산 실수가 아니면 좋겠는데요."

레아 척후가 움찔거리며 몸을 긴장시켰지만 접수원은 담담하게 말을 이었다.

"의뢰달성 보고도 동료 여러분들과 달리, 혼자서만 애매한 부분이 많아요."

"아, 그게, 그건, 저기……."

레아 척후는 황급히 발을 탁상에서 내렸다.

오른쪽을 보고, 왼쪽을 보았다. 도망칠 길이 없었다.

그는 반사적으로 머리를 굴려서 혀가 움직이는 대로 지껄였다.

"사, 사실은 그게, 요즘 친가에서 돈을 보내준 게 있어서—."

"거짓말."

단호하게. 지금까지 입 다물고 있던 직원이 말했다. 딱 잘라내는 어조였다.

레아 척후는 웃는 표정을 유지하면서도 내심 혀를 찼다.

천칭과 검을 조합한 지고신의 성인(聖印)이 그녀의 가슴에 달려 있었다.

"지고신의 이름을 걸고 지금 그 말은 틀림없이 거짓말."

《센스 라이(거짓말 감지)》의 기적. 젠장, 염탐꾼이군!

낯선 것도 당연했다.

직원인 동시에 법과 정의를 다스리는 지고신의 사제— 감독관이잖아.

이럴 수가. 감시를 했나? 언제부터?

"다 알고 있어요."

접수원이 여보란 듯 서류를 파라락 넘기며 말했다.

"지난번 유적 탐색을 한 뒤로 장비를 새로 마련하셨네요……. 아아, 그걸 해버리셨군요."

그녀는 생긋 웃더니 손뼉을 치며 고개를 끄덕였다.

"정찰한다며 혼자 앞서가서 보물 상자를 발견하고, 알맹이를 가로채서 팔아 버린 거죠!"

"으……."

정확했다.

유적 탐색을 할 때는 괴물은 물론이고 함정 또한 치명적인 위협이었다.

레아 척후가 척후로 나선 것도, 동료들이 그것을 인정한 것도 당연한 전개였다.

그는 신중하게 유적 안으로 들어가서 모퉁이 몇 개를 조사했다. 그리고…….

거기서 보물 상자를 발견했다.

함정은 없었고 자물쇠도 쉽게 풀었다. 안에는 오래 전 것이지만 금화가 수십 닢.

텅 빈 보물 상자는 드문 일이 아니었다. 그리고 그의 배낭에는 아직 여유가 있었다.

"아니, 그, 그, 그게, 나는……."

레아 척후는 난처한 기색으로 웃더니 꾸중들은 어린애처럼 머리를 긁적이고 고개를 끄덕였다.

이제는 그냥 얼른 사과하는 편이 더 나을 거라고 판단한 것이다.

"어쩌다 그만…… 죄송합니다."

"정말이지, 이런 경우는 곤란해요."

접수원이 생긋 웃으며 그의 사죄에 대답했다.

눈앞의 서류를 파라락 넘기는 건 그냥 포즈다.

뭐든 다 알고 있다는 것을 확실히 전하기 위한 것.

길드 내부에 여관이나 술집이 있는 것은 그저 하위 모험가를 지원하기 위해서가 아니었다.

돈의 흐름은 어떤 때든 거짓말을 하지 않는다.

"당신 같은 사람이 있으니까 레아나 척후 분들에게 편견이 생기는 거예요."

—아이 참. 정말이지. 그녀는 고개를 좌우로 저었다.

"일단, 초범이니까……. 백자로 강등에다 이 도시에서 모험가 활동 금지군요."

"자, 잠깐 기다려! 이상하잖아?!"

레아 척후는 무심코 탁상에 몸을 내밀며 외쳤다.

"고작해야 보물 상자 하나 슬쩍 한 것 가지고 내쫓겨야 된단 말이야?!"

"네에?"

접수원의 대답은 차가웠다.

그녀는 기가 막힌단 기색으로 — 실제로 기가 막혔다 — 고개를 기울였다.

"『고작해야』라뇨. 바보 아닌가요? 신용은 돈으로 되찾을 수 없는 거예요."

신용, 신뢰를 배신한 사람에게 모험가의 자격은 없었다.

물론 거친 일이 주체인 직업이다 보니 과거를 묻지 않는다. 따라서 그만큼 소행이 불량한 자도 있었다.

다툼이 끊이지 않는다—. 그렇기 때문에 가능한 한 성실해야 하는 것이다.

모험가는 어차피 신용이나 신뢰가 없으면 무뢰한에 지나지 않는다.

그리고 모험가 길드가 다루는 상품이 다름 아닌 신용과 신뢰였다.

승급할 수 있을 정도로 유능하고 초범이기 때문에 온정을 베푸는 것인데, 이 모험가는 그것을 이해하지 못하는 걸까?

"이쪽으로서는『보수를 얼버무린 죄로 강등 처분했습니다』라고 발표한 다음 잔류하셔도 상관없어요."

"으……."

레아 척후는 말문이 막혔다. 그는 기지를 부려보고자 필사적으로 머리를 굴렸다.

다들 하는 짓—. 안 된다. 결국 심판 받는 것은 변함이 없었다.

누군가에게 협박을 받아서 했다고 하면—.

"섣부른 생각을 해도 소용없어."

……무리다. 정의를 다스리는 사제가 눈을 시퍼렇게 뜨고 있었다.

그래서— 그는 유일한 돌파구로 자신의 동류를 찾았다.

"이, 이봐, 부탁해. 고블린 슬레이어. 같은 도시의 모험가잖아?"

매달리는 눈빛. 아양 떠는 웃음. 두 손을 비비면서 애원했다.

팔짱을 끼고서 지금까지 한 마디도 안 했던 인물이 참으로 귀찮다는 태도로 대답했다.

"모른다."

그 대답은 단적이었다.

"나는 입회인이다. 그 이상도 이하도 아니다."

"하지만. 하지마안…… 모험가잖아."

"그렇고말고."

고블린 슬레이어는 매달리는 레아의 얼굴에 시선을 주었다.

"그 모험가를 속이지 않았나."

"……윽!"

레아 척후가 문자 그대로 얼굴이 새빨개져서 두 사람을 노려보았다.

그의 뇌리에 한순간 허리의 단검을 뽑아서 접수원에게 덤벼드는 자신의 모습이 스쳤다.

못할 것도 없었다.

"……."

—그러나, 그러려면 고블린 슬레이어를 넘어야 해.

적어도 본래는 파티로 도전하는 고블린 사냥을, 단독(솔로)으로 할 정도의 강한 전사를 말이다.

레아 척후가 정면으로 덤볐을 때 승산이 얼마나 될까?

"……."

소귀 살해자의 철 투구에서 시선이 박혔다. 레아 척후는 마른 침을 삼켰다.

그는 척후답게 머리 회전이 빠르고 어리석지도 않았다.

"……두고 보잣!"

그는 치미는 감정에 따라 말을 내뱉더니 의자를 박차고 면접실을 뛰쳐나갔다.

쿠당. 커다란 소리를 내며 닫히는 문 앞에서 접수원이 안도의 한숨을 쉬었다.

"거절할게요. ……하아~. ……무서워라아……."

흐물흐물. 접수원이 얼굴에 붙이고 있던 웃음을 지우며 힘없이 엎드렸다.

레아 척후가 마지막에 그녀를 노려보았을 때, 접수원은 무심코 몸을 떨었다.

고블린 슬레이어가 없었다면 어떻게 되었을지…….

"……감사합니다, 고블린 슬레이어 씨."

그녀는 땋은 머리를 늘어뜨린 그대로 옆에 앉은 철 투구를 올려다보았다.

"아니."

고블린 슬레이어는 조용히 고개를 옆으로 저었다.

"나는 아무것도 안 했다."

"그렇지 않아요. 옛날에 큰 도시의 조합에서 연수를 받을 때는 정말 심했다니까요?"

접수원이 탁상에 엎드린 그대로 살며시 웃었다.

"입만 열면 음담패설을 해대는 천박한 사람이나, 척 보기에도 여자애 꼬시는 게 목적인 사람이나……."

"많지. 대도시 쪽에 굉장히."

감독관도 한숨을 쉬면서 천칭검의 표식을 살짝 쓰다듬었다.

"저희는, 그런 사람을 혼자서 상대해야 하니까……그래요."

작게 고개를 끄덕이고 책상에 손을 짚더니 똑바로 몸을 일으켰다. 땋은 머리칼이 흔들렸다.

"역시 신뢰할 수 있는 사람이 입회인을 해주면 그만큼 안심할 수 있어요!"

"그런가."

"네, 그럼요."

그녀는 고블린 슬레이어에 대해 말할 때 언제나 자신이 가득한 표정을 짓는다.

그는 그것을 보고 잠시 입을 다물더니 천천히 자리에서 일어섰다.

"……끝났다면, 나는 돌아간다."

"아, 네. 사례금은 접수처로 가면 나올 테니……."

"알았다."

성큼성큼 거침없는 발걸음으로 문을 향해 걷는 고블린 슬레이어.

그 등을 보고 있던 접수원은 다음 순간에 무심코 말했다.

"저, 저기."

저질러 버렸다. 말해 버렸다. 접수원의 뇌리에 후회가 일어났다.

문손잡이에 손을 댄 고블린 슬레이어가 천천히 돌아보았다.

"뭐지?"

접수원은 주저했다.

말을 걸었을 때 낸 용기는 그걸로 가볍게 소비되고 말았다.

그녀는 한 번 입을 열었다가, 결국 할 말만 입에 담았다.

"……수고하셨습니다."

"그래."

문손잡이를 돌린 그가 조용히 말했다.

"마찬가지다. 수고했다."

덜컥. 소리를 내며 문이 닫혔다.

남겨진 접수원은 다시 탁상에 엎드렸다.

"하후우……."

서늘한 상판이 볼에 닿으니 기분 좋다.

"수고했어."

동료인 감독관이 긴장된 표정을 느슨히 풀고서 접수원의 등을 톡톡 두드렸다.

"그렇지만, 저 사람은 또 무슨 일 저지를 것 같아."

"……하지만, 살아남은 모험가는 귀중하니까요. 명료한 범죄행위도 아니고……."

오히려 모험가란 테두리를 떨쳐내고 정말로 무법자가 되는 것도 곤란하다.

"하긴 질서이자 선부터, 혼돈이자 악까지. 모험가의 성향은 폭넓으니까."

"어디까지나 모험가로서는 허용범위지만요……. 수고하셨어요."

"아니야. 지고신의 사제로서 당연한 사명이니까 문제없어."

감독관이 손을 흔들며 생긋 웃었지만 접수원은 그저 한숨을 쉬었다.

"법의 신께서 보시기에, 지금 제 대응은 어떨까요?"

"정의의 신이라고 하면 대부분의 사람들이 오해를 하고, 연극 같은 데서도 자주 나오는 말인데—."

어흠. 감독관이 그야말로 연극처럼 헛기침을 한 번 했다.

"악을 심판하는 것이 아니라, 악이 있음을 깨닫게 해주는 것이야말로 정의야."

법은 도구이며, 질서는 보다 잘 살기 위한 것이다. 그 이상도 이하도 아니다.

따라서 지고신이 계시를 내리는 일은 없다.

신의 말에 따르는 것이 아니라 자신의 의사로 생각하고 판단하란 것이다.

접수원은 버릇없이 탁상에 엎드린 채 맥 빠진다는 표정만 지으며 친구를 보았다.

"그거 훌륭한 생각이네요."

"실천할 수 있다면 그렇지. 나는 아직 멀었어. 검의 처녀님과 비교하면 한참이나."

"그거야, 비교 대상이 못 되죠."

검의 처녀.

그 이름이 들리기 시작한 것도 벌써 10년 전이다.

접수원이 열둘인가 열세 살쯤 되던— 마신왕 중 하나가 되살아난 해였다.

백금 등급의 모험가, 용사가 나타나지 않고 사람들이 열심히 싸우던 무렵의 전설.

제2위인 금 등급 모험가 파티가 과감하게 마신왕에게 도전했다. 그리고…….

"마신왕을 쓰러뜨렸다. 그 중 한 사람, 위대한 지고신의 하인, 검의 처녀."

감독관이 꿈꾸는 소녀처럼 볼을 붉히며 숨을 내쉬었다.

"정말로 동경하게 만드는 분이야."

조용히 중얼거리며 감독관이 말을 잇는다.

"그리고 이쪽은 《센스 라이》만 쓰는 거잖아. 편하다니까. 일 아직 남았지?"

"승급을 기다리는 사람이 많으니까요. 강등 처분도 서류를 준비해야 하고……."

"힘내라 힘."

톡톡. 다시 친구가 등을 두드려주었지만 위안거리는 못 된다.

그러나…… 조금 기운이 돌아왔다.

"네……."

대답을 하며 고개를 끄덕이고 얼굴을 들었는데—.

"그래서, 저 사람이 좋아하는 그 사람?"

심술궂게 생글거리는 친구의 미소와 딱 마주쳤다.

"저, 저기……."

《센스 라이》를 아직도 쓰고 있을까? 접수원은 천장을 올려다보았다. 지고신은 아무 말씀도 없었다.

체념한 그녀는 시선을 슬쩍 흘리면서 솔직하게 고개를 세로로 끄덕였다.

"……그, 그렇, 긴 한데요?"

"흐응—. 뭐 이해는 돼. 대도시에 있을 때부터 저런 목석같은 사람 취향이었지."

"그야, 좀 더, 이렇게 스토익한 모험가는 없을까 생각은 했지만요……."

유감스럽게도 — 지금 생각하면 행운이지만 — 대도시에 있을 때는 그런 만남이 없었다.

그와 그녀는 접수원 아가씨가 연수를 끝내고 이 변경 도시로 배속됐을 무렵부터 알았다.

이제 막 등록한 모험가와 신입 직원으로 만나서…… 그 이후로 그 관계가 이어지고 있었다.

하염없이 고블린을 사냥하는 그는 그것 말고 다른 일에는 눈길도 주지 않았다.

대도시의 껄렁한 모험가들에게 학을 떼던 그녀에게 그 모습은 참으로 신선했다.

"근데 조금 너무 스토익하다고 할까요……."

—이야기를 나눌 수 있는 건 기쁘지만, 하다못해 식사 초대를 해 준다던가…… 아니지.

접수원이 고개를 옆으로 저었다.

모험이 끝난 뒤 산뜻하게 식사 초대를 하는 그 사람?

그래서는 전혀 그답지 않다.

© 2016 Noboru Kannatuki

그렇다고 그녀가 초대할 용기는 아직 없었다. 좀 더 이렇게, 뭔가, 계기가 있으면 좋을 텐데…….

"행복해 보이니 다행이야. ……그래서, 일은 안 해도 돼?"

"……그래요. 바보 같은 생각 하지 말고 일을 해야죠."

그녀는 마음을 가다듬고 천천히 상체를 일으켰다. 책상 위에 쌓인 서류도 정돈했다.

할 일은 많았다.

레아 척후의 전속부터, 도끼 전사, 요술사, 삭발 무승의 승급 처리.

그 밖에도 일상적인 업무가 잔뜩 기다리고 있었다.

어쨌든 눈앞에 있는 일부터 하나씩 매달려서 처리해야 한다.

결심을 굳힌 그녀가 펜을 집고서 잉크 병 뚜껑을 열고 양피지에—.

"어이."

"와햐아아?!"

—갑자기 가까이서 들린 목소리에 펜이 문자 그대로 춤추었다.

쿵쾅거리며 뛰는 심장을 진정시키며 돌아보니 표정을 알 수 없는 철 투구가 보였다.

잉크를 흘리지 않도록 조심하면서 허둥지둥 머리를 정돈하고 숨을 가다듬었다.

싱글거리며 웃는 감독관에게는 나중에 되갚아 주리라 맹세했다.

"어, 어쩐 일이시죠? 고블린 슬레이어 씨."

"뻔하지 않나."

대답하는 그의 목소리가 무기질적이면서도 어쩐지 밝게 들렸다. 손에 의뢰서를 쥐고 있었다.

돌아가다가 게시판에서 떼어 온 걸까? 아니, 의뢰는 없었을 텐데…….

—그리고, 저 서류 형식은…… 지명 의뢰?

누가? 어디서? 그건 알 수 없지만, 멀리서 우편마차로 날아온 특별한 양식이었다.

그것을 본 접수원이 고개를 갸웃거리고 있는데 그는 딱 잘라 말했다.

"고블린 퇴치다."

접수원은 잔뜩 찌푸린 것 같은 웃음을 지었다.

§

"보수는 한 사람 당 금화 한 주머니다. 올 건지 안 올 건지는 좋을 대로 해라."

길드 안의 주점에서 자리에 털썩 앉은 고블린 슬레이어가 그렇게 말을 끝냈다.

아직 한낮이지만 이미 성미 급한 작자들이 술을 마시러 와서 꽤 떠들썩했다.

애당초 모험가의 일은 밤낮의 개념이 희박하다. —전투할 때를 제외한다면, 이지만.

하염없이 유적이나 미궁에 들어갔다가 나왔을 때 밤, 혹은 아침이 된 경우도 흔하다.

아침에 들어갔다가 밤에 돌아올 셈이었는데 사실은 다음날 밤이었다는 우스갯소리도 있다.

상단의 호위를 한다면 낮에 출발하는 일도 있으니, 술집의 불은 꺼지지 않는다.

오늘도 그렇게 점심식사나 술을 즐기는 모험가들로 주점이 북적거렸다.

"……네, 대충 알았어요. 알고 있는 줄 알았는데, 알았어요."

맞은편에서 이야기를 들은 여신관이 관자놀이를 누르며 고개를 끄덕였다.

"그렇군."

"네, 그래요. 당신 행동에 일일이 놀라면 몸이 남아나지 않는다는 걸요."

원탁에는 다른 모험가 세 사람도 있었다. 그의 파티. 그녀의 동료들.

"그러게 말이야."

기가 막힌 기색으로 동의를 표하는 엘프 궁수.

리자드맨 승려는 웃는 얼굴로 꼬리를 흔들며 치즈를 깨물고 있었다.

드워프 도사는 싱글싱글 웃는 표정으로 조끼 안감에 보석을 꿰매느라 바빴다.

"잘 들으세요."

여신관은 신전의 아이들을 타이르는 것처럼 예쁜 검지를 흔들었다.

"전에도 말했지만요, 선택지가 있는 것 같지만 없는 건 의논이라고 하지 않아요."

"선택지는 있지 않나."

"『함께 간다』, 『안 간다』는 그냥 양자택일을 강요하는 것뿐이에요."

"그런 건가."

"그런 거예요."

"……흠."

고블린 슬레이어가 의문스레 고개를 갸웃거렸다.

이해를 한 건지 못 한 건지…….

정말로 아무 생각이 없는 건 아닐까?

여신관의 뇌리에 그런 생각이 스쳤다.

"어차피 우리가 안 간다고 하면 혼자서 갈 거잖아?"

엘프 궁수가 말했다.

"당연하다."

역시 이건 의논이 아냐. 엘프 궁수가 말하며 웃었다.

그러자 꿰맨 보석을 불빛에 비쳐 상태를 확인하며 드워프 도사가 말했다.

"그래도 우리들이랑『의논』을 할 만큼 카미키리마루가 둥글어졌다는 게구나."

"진미. 진미로다. ……허허. 좋은 경향일세."

리자드맨 승려가 입맛을 다시면서 말을 받았다. 들고 있는 치즈는 이미 80퍼센트 정도 먹어 치웠다.

"그러면 저희도 좋을 대로 할게요. 괜찮죠?"

여신관이 옆에 세워둔 석장을 두 손으로 꼭 쥐었다.

"상관없다."

고블린 슬레이어는 담담하게 대답했다.

여신관은 몇 번째일지 모를 한숨을 내쉬고, 눈을 감았다가, 딱 잘라 말했다.

“그러면, 따라 갈게요.”

“…….”

아리땁게 미소 짓는 여신관을 보고 그는 입을 다물었다.

잠시 지나서야, 그는 작게 대답했다.

“그런가.”

그리고 엘프 궁수가 어쩐지 재는 태도로 긴 귀를 흥겹게 위아래로 움직였다.

“요전에 내 모험에도 따라와 줬으니까 말이야. 결국 고블린 퇴치가 되어버렸지만.”

성미가 급한 그녀는 벌써 대궁을 확인하더니, 화살통 안을 점검하고 가방을 어깨에 걸며 자리에서 일어섰다.

흐흥. 엘프 궁수는 빈약한 가슴을 자신만만하게 내밀며 한쪽 눈을 감았다.

“도와주면 대신에 모험 한 번. 괜찮지? 오르크볼그.”

“그래.”

고블린 슬레이어는 고개를 끄덕였다.

“그래도 된다.”

“그리고, 그 독성 연기 뿜는 건 금지야!”

“음…….”

“당연하잖아?”

손가락으로 척 가리키자 고블린 슬레이어가 짧게 신음했다.

잠시 지나, 그가 어물거리며 말했다.

"……효과가 좋다만."

"안 돼. 그리고 화공이나 수공 같은 것도. 다른 방법을 생각하세요~."

"그러나……."

이렇게 되면 엘프 궁수는 문자 그대로 아무 소리도 안 들린다.

"관둬라, 관둬. 길쭉귀를 강아지 꼬리처럼 흔들고 있으니 남의 말이 들리지 않을 게다."

드워프 도사가 불평하자 리자드맨 승려가 유쾌한 듯 눈웃음을 지으며 코끝을 혀로 핥았다.

"소귀 살해자 선생의 뱀 같은 지략도 탐색자 선생 앞에서는 소용없다네."

"……어쩔 수 없군."

고블린 슬레이어는 반론다운 반론도 못하고 입을 다물었다.

그것이 엘프 궁수가 동행하는 조건이라면 하는 수 없다.

—의외로 순순한 사람이라니까요?

여신관이 몰래 웃으면서 엘프 궁수에게 눈짓을 했다. 서로 고개를 끄덕였다.

그 틈에 리자드맨 승려가 턱을 열었다.

"어찌되었건……."

그는 사뭇 깊은 생각을 드러내듯 묵직하게, 뜸을 들이며 말을 이었다.

"그렇다면, 주문술사가 한 명이라도 많은 편이 좋을 걸세."

"이보게, 비늘 친구."

그것을 들은 드워프 도사가 수염을 쓰다듬으며 탓하는 어조로 말했다.

"그 논리에 따르면 나도 가야만 하지 않겠나?"

"어이쿠, 이거 실례했네."

리자드맨 승려가 커다란 눈을 빙글 돌렸다. 드워프 도사는 친근함을 담아서 그의 옆구리를 팔꿈치로 찔렀다.

"정말이지, 하는 수 없구머언. 이거야 정말이지, 나도 거절할 수가 없지 않는고?"

드워프 도사는 괜히 「정말이지」를 반복하면서 바느질하던 손을 멈추고 도구를 정리했다.

거추장스러운 금화를 보석으로 환전하여 도둑맞지 않도록 의복에 꿰매는 것은 드문 일도 아니었다.

손재주가 좋은 드워프 손에 걸리면 어디에 꿰맸는지도 모를 정도다.

겉옷을 입고 드워프 도사가 풍성한 하얀 수염을 손으로 쥐며 씨익 웃었다.

"마침 노잣돈 준비도 끝난 참이니 같이 가 주마."

"어머."

엘프 궁수가 말했다. 그녀는 고양이처럼 눈을 가늘게 뜨며 웃었다.

"싫으면 안 와도 되는데?"

"너야말로 억지로 이유를 갖다 댈 거라면 안 와도 되는데 그러누?"

"으으……!"

긴 귀를 곤두세운 엘프 궁수가 두 손을 탁자에 짚고서 드워프 도사에게 외쳤다.

"이제 슬슬 못 참겠단 말이지……. 드워프, 승부해!"

"허! 길쭉귀 처녀가 배짱이 좋구나. 좀 봐주도록 하마."

드워프 도사가 사납게 웃으면서 탁상에 술병 두 개와 잔을 올려놓았다.

"나는 화주. 너는 포도주. 어떠냐?"

"바라는 바야!"

시끌벅적. 술을 잔에 따르고 두 사람이 나란히 기세 좋게 들이켰다.

"오, 뭐야. 재미있는 거 하고 있구만."

"후, 후후……. 내기할, 래?"

당연히 모험가들이 그런 유쾌한 일을 가만둘 리 없었다.

창잡이가 히죽거리며 끼어들고, 마녀가 모자를 벗어서 내깃돈 관리를 맡았다.

취기가 오른 모험가들 사이에 환성이 오르면서 차례차례 지갑을 열기 시작했다.

"좋아. 나는 그녀에게 걸지. 금화 3닢!"

맨 먼저 여기사가 금화를 던져 넣었다. 옆에서 중장 전사가 못 말리겠다는 표정으로 서 있었다.

"어이, 세게 나오는데. 괜찮냐?"

"후후후, 뜻밖의 구멍을 노리는 거다. 질서이며 선인 나에게는 신들의 가호가……."

"굳이 따지자면 지고신은 도박을 벌하는 거 아냐?"

그럼 나는 드워프다. 아니, 아가씨한테 건다. 더 마셔, 더 마셔라!

기세를 타고 술내기를 시작한 동료들을 보며 여신관이 난처한 어조로 중얼거렸다.

"……말리지 않아도 될까요?"

"어차피 오래 가지 않아 결판이 날 거다."

고블린 슬레이어는 참으로 거리낌 없이 잘라 말했다.

하기야 드워프는 술에 강하고 엘프는 술에 약하다.

생각할 것도 없이 어느 쪽이 이길지 자명했다.

"아닐세, 탐색자 선생도 오기가 있지. 승부는 알 수 없는 법이네."

얼굴이 새빨개져서 포도주를 마시려는 엘프 궁수를 리자드맨 승려가 즐거운 눈빛으로 보고 있었다.

"다으으음! 아지이익 멀었어아!"

"오냐 옜다!"

목소리를 들어보니 이미 혀가 꼬였고 눈이 반쯤 감겼다.

텅. 탁자 위에 올라온 잔에는 포도주가 넘실거리고 있었다.

그녀가 그것을 단숨에 쭉 들이키자 주변에서도 와아 환성이 울렸다.

별 것 아닌, 기억에 남을 정도도 못 되는, 그러나 유쾌한 시간이다.

취해서 탁자에 엎어진 엘프 궁수 옆에서 드워프 도사가 주먹을 쥐고 승리의 함성을 질렀다.

엘프 상대로 술내기로 이긴 게 좋아할 일이냐는 질문은 드워프에게 의미가 없었다.

그렇다면 다음은 나라며 나서는 여기사를 중장 전사가 말렸다. 넌 술버릇이 안 좋아, 라면서.

두 사람의 파티인 소년소녀, 그리고 하프 엘프 청년은 웃으면서 부추겼다.

방관하고 있던 창잡이를 마녀가 부추기자 팔을 걷어붙였다.
그것을 본 여기사도 질 수 없다며 중장 전사를 떠밀었다.
이어서 팔씨름이 시작됐다. 당사자들은 바라던 바가 아니겠지만 질 수는 없었다.
시끌벅적하게 갈채가 퍼졌다. 드워프 도사가 심판을 맡고, 마녀가 다시 삼각모를 내밀었다.
이렇게 되면 이제 멈추지 않는다. 어느 쪽이 이기고, 진다. 다시 동전의 비가 흩날렸다.
창잡이가 이겼다. 중장 전사가 이겼다.
좋아 그럼 다음은 나라며 신입 전사가 외치자 수습 성녀가 그만두라며 옆구리를 찔렀다.
중장 전사는 각오가 좋다며 고개를 끄덕이고, 도망치려던 소년 척후의 목덜미를 붙잡아 끌고 왔다.
아직 한참 미숙(노비스)하지만 남자 둘이 진지하게 팔씨름을 한다.
지켜보는 모험가들은 제멋대로 응원하고, 드워프 도사의 신호와 동시에 승부가 시작되고—.
"……고블린 슬레이어 씨."
슬슬 때가 됐다. 여신관이 그를 살짝 올려다보자 철 투구가 천천히 고개를 끄덕였다.
"그래."
고블린 슬레이어는 자리에서 일어서더니 원탁을 돌아가서 엘프 궁수의 옆구리를 안고서 일으켜 세웠다.
축 늘어져 있었지만 나뭇가지처럼 가녀린 덕분에 가볍게 들어 올릴 수 있었다.

"후, 뮤우……."

"……음."

고블린 슬레이어는 까딱하면 부러질 것 같은 섬세한 몸의 감촉 때문에 잠시 신음했다.

여신관을 슬쩍 보았다. 그녀는 생글생글 웃고 있었다. 하는 수 없군.

"나중에 화내지 마라."

들리지는 않겠지만 말해둔 뒤, 허리를 숙여 엘프 궁수 아래에 몸을 넣었다.

그대로 엉덩이를 받치고 일어서서 반쯤 던지듯 몸을 가누며 등에 업었다.

"으, 냐아……."

"무슨 말을 하는 건지 전혀 모르겠군."

"으응, 후후우……."

공통어인지 엘프 언어인지, 아니면 꿈나라의 말인지.

불명료하게 속삭이는 소리에 무뚝뚝하게 대답하자 엘프 궁수가 녹아내리는 것처럼 웃었다.

"방까지는 데려다 주지."

그는 어린애를 달래듯 엘프 궁수를 가볍게 흔들어주며 담담하게 말했다.

"옷 갈아입히는 건 부탁한다."

"네! 맡겨만 주세요."

여신관은 당연하다는 기세로 주먹을 꾹 움켜쥐며 고개를 끄덕였다.

"허허. 이 시간부터 재우고 내일 마차를 탄 다음에 일을 시작한다면야……."

완전히 구경꾼이던 리자드맨 승려가 목을 쭈욱 뻗으며 느긋하게 말했다.

"숙취 탓에 일이 힘들지는 않을 걸세."

"만약 취기가 남아 있다면 안티도트(해독제)라도 먹여둬라."

"고블린 슬레이어 씨. 그건 좀……."

여신관이 너무 하다고 하자 고블린 슬레이어는 별 것 아니란 듯 말했다.

"농담이다."

여신관과 리자드맨 승려가 마주보더니 소리 내어 웃었다.

고블린 슬레이어의 농담 때문이 아니라, 그가 농담을 했다는 사실이 기뻤다.

그의 기분이 이 정도로 좋은 것은 드문 일이었다.

막간 「신과 신이 고조되는 이야기」

여기가 아닌 어딘가. 훨씬 멀고, 굉장히 가까운 장소에서.

다 됐어요! 《환상》의 여신님이 그렇게 말하며 이마의 땀을 닦았습니다.

《환상》이 척 치켜든 커다란 종이에는 이거 참 넓고도 넓은 미로가 그려져 있었습니다.

던전입니다. 던전인 겁니다. 던전 없이는 모험이라고 할 수 없는 법입니다.

와아. 기쁜 나머지 미로를 들고서 빙글빙글 달리던 《환상》이 문득 멈췄습니다.

아뿔사. 그래요. 던전에는 괴물이 있어야 합니다.

모험이라고 하면 미궁(던전)과 용(드래곤), 동굴(터널)과 거인(트롤)!

함정이 있다면 더욱 좋겠지만, 이를 어찌하면 좋을까요?

《환상》은 일단 시작 삼아서 고블린을 배치해봤습니다. 고블린은 기본이죠.

그렇지만 그 다음이 문제입니다. 이거 참, 어떻게 하죠?

강한 모험가에게는 강한 괴물, 약한 모험가에게는 그에 걸맞은 괴물.

그렇지 않으면 모험이 신나지도 않고 즐겁지도 않습니다.

그때, 남신 하나가 이런 게 있다면서 찾아왔습니다.

《진실》입니다. 《환상》이 정말? 하면서 의심스럽게 보았습니다.

그도 그럴 것이 《진실》은 정말이지 심한 짓을 해댑니다.

의뢰인에게 사악한 생각을 속삭여 매번 모험가를 배신하고는 입막음을 합니다.

모험가들이 10피트짜리 봉으로 함정을 조사하면 11피트 위치에 함정을 둡니다.

일단 보라니까. 《진실》은 허공에서 책 하나를 꺼내 《환상》 앞에 내밀었습니다.

표지를 열고 끝없는 페이지를 살피자 마구마구 나옵니다. 역겨운 괴물과 함정들이 잔뜩!

마치 살아 있는 듯 보이는 그림을 《진실》이 만지자 손바닥에 그것이 나타났습니다.

그리고 미처 말릴 틈도 없는 속도로 괴물과 함정을 미로에 집어넣어 버렸습니다.

아~앗! 《환상》이 소리를 지르자 《진실》이 깔깔 웃으며 말했습니다.

이제 적당한 사교집단에 신탁(핸드아웃)을 내리면 완벽해.

정말로? 《환상》이 중얼거렸지만 이미 늦었습니다.

이미 주사위를 던졌으니까요.

"……앗."

"진짜로?"

그리고, **그**와 **그녀**가 찾아왔습니다.

제2장 『물의 도시의 소귀 살해자』

Goblin Slayer
He does not let anyone roll the dice.

물의 도시.

변경 도시에서 동쪽으로 이틀에 걸쳐 광야를 나아가면 그 오랜 도시가 나타난다.

울창하게 우거진 숲 속, 수많은 지류를 거느린 호수에 떠있는 섬과 그곳에 우뚝 선 상아색 성채.

신화시대의 요새 위에 세워진 이 도시는 입지 덕분에 수많은 여행자들이 모인다.

배가 오고 가며, 상인과 물품이 넘치고, 갖가지 언어가 날아다니는 모습은 혼돈스럽지만 화사했다.

여기는 중앙의 서쪽 끝, 변경의 동쪽 끝이다. 물의 도시는 이 근처에서 가장 커다란 도시였다.

마차가 덜컹거리는 소리를 내며 도개교를 건너고 호수의 중앙 성문을 통과했다.

문에 걸린 문장에는 법을 다스리는 신의 상징이 새겨져 있었다.

천칭과 검을 조합한 법과 정의의 상징.

괴물과 악한이 도사리는 변경에도 법의 위광은 뻗치고 있다.

비록 겉치레라고 해도, 그 사실만으로도 사람들이 안심하고 살아갈 수 있었다.

돌바닥에 몇 백, 몇 천 년에 걸쳐 새겨진 바퀴 자국을 따라서 마차가 달렸다.

잠시 지나 광장의 정류장에 마차가 멈추자 모험가들이 차례차례 뛰어내렸다.

"아~. ……엉덩이 아파……."

엘프 궁수는 마차를 오래 타서 굳은 몸을 풀고자 커다랗게 기지개를 켰다.

하늘 높이 솟은 태양은 이제 곧 머리 위에 이를 것이다. 한낮이었다.

주변에는 여행객을 노리는 노점이 늘어서서 식욕을 부추기는 냄새가 풍겼다.

익어가는 고기에서 떨어지는 지방의 냄새. 갓 구운 과자에서 풍기는 달콤한 향.

어디에나 있을 만한 음식부터 본 적 없는 이국정서가 넘치는 것까지 천차만별이다.

파는 사람들도 그렇다.

기세 좋게 소리를 지르는 드워프 상인이 있나 싶으면 엘프가 연무를 하며 손님을 끌었다.

레아 과일 장수가 민첩하게 달리면서 사과를 팔러 다니고, 흄이 낭랑하게 손님을 불렀다.

저쪽에서 설교를 하고 있는 사람은 리자드맨이다. 게다가 저쪽에는 다크 엘프(어둠 종족)도 가게를 열고 있지 않은가?

"허. 제법 좋은 곳이구먼."

주위를 둘러보며 코를 벌름거린 드워프 도사가 불룩 나온 배를 두드리며 말했다.

“가슴에는 모루, 엉덩이에는 바퀴자국이라. 움푹 패이면 딱 좋겠구먼. 세월은 뭐든 깎아내는 법이니.”

“……땅딸보주제에.”

“후후후. 이래 보여도 나는 드워프 중에서는 멋쟁이로 통하고 있느니라.”

평소처럼 굵직한 목소리로 웃는 드워프 도사를 엘프 궁수가 째려보았다.

괜히 켕긴 여신관이 황급히 손을 뒤로 돌려 살집이 빈약한 엉덩이를 가렸다.

“그, 그보다, 의뢰인을 만나러 가야죠.”

“그래.”

지도자— 고블린 슬레이어에게 배운 억지 화제 전환.

그는 그것을 깨달은 기색도 없이 고개를 끄덕이더니 가방에서 꾸깃꾸깃한 양피지를 꺼냈다.

가방에 난잡하게 넣어놓은 탓에 꽤나 구겨졌지만 신경 쓰는 기색도 없었다.

“법의 신전에 가면 만날 수 있다는군.”

“그럼, 이쪽!”

결판 안 나는 말다툼을 끝낸 엘프 궁수가 우아한 동작으로 손을 뻗었다.

“길을 아나?”

“이 도시는 전에도 온 적 있어.”

그녀가 밝게 웃으며 말하더니 시원스레 걷기 시작했다.

애당초 그녀가 오르크볼그— 고블린 슬레이어의 노래를 듣게 된 것이 이 도시였다.

유연하게 다리를 움직여 잘 아는 길을 걷는 엘프 궁수. 그 뒤를 따르는 네 사람.

발아래엔 바닥돌이 깔려 있고, 마차가 다니며, 운하가 종횡무진으로 뻗어 배들이 지나간다.

유적의 시설을 그대로 활용한 것이지만 이 풍경은 참으로 웅장하고 화려했다.

상점과 여관, 작은 주거에 이르기까지 모든 건물이 미려한 조각으로 장식돼 있었다.

더욱이 길을 가는 사람들의 옷도 변경과 중앙 쌍방의 유행을 받아들여서 깔끔하고 세련됐다.

물의 도시는 도회지란 말이 딱 맞아 드는 분위기였다.

"하지만, 그게, 그러니까. 정말로 이 도시에 고블린 같은 게 있는 건가요……?"

여신관이 옆을 지나는 여성의 드레스와 자신의 낡은 신관복을 비교하며 부끄러움에 고개를 숙였다.

화사하고 아름다운, 아가씨다운 차림새. 그에 비해서 모험과 신전 일로 헤진 옷.

그것이 부끄럽다고 생각했다는 것 자체가 그녀로서는 부끄러운 일이었다.

"있고말고."

고블린 슬레이어는 그것을 눈치채기나 한 건지 그저 단정적으로 말했다.

여신관으로서는 고마운 일이었다. 그는 언제나 망설이지 않는다.

호오. 리자드맨 승려가 흥미롭게 혀를 내밀었다.

“소귀 살해자 선생. 그리 말하는 근거는 무엇인가?”

“고블린 놈들에게 공격 받은 마을과 비슷한 냄새다.”

“……냄새?”

드워프 도사가 의문스런 표정으로 둥그런 코를 벌름거렸다.

그는 물의 냄새와, 바닥 돌의 냄새와, 어느 가게에서 풍기는 요리 냄새밖에 맡지 못했다.

고블린 둥지 특유의 찌르는 듯한 썩은 내는 도저히 느껴지지 않았다.

“잘 모르겠구먼.”

드워프 도사가 팔짱을 끼고 고개를 갸우뚱거리자 엘프 궁수가 키득거리며 웃었다.

“드워프는 둔하다니까.”

“그러는 너도 모르지 않느냐?”

드워프 도사가 노려보아도 그녀는 신경 쓰는 기색 없이 손을 훌훌 흔들었다.

“어머, 엘프는 숲 속에 살거든? 도시의 냄새를 모르는 건 전혀 신경 안 써.”

그 말에 뭐라고 반박하려던 드워프 도사였지만 문득 입을 꾹 다물었다.

엘프 궁수 등 뒤에 선 리자드맨 승려가 쉬익, 날카롭게 숨을 내뱉었기 때문이다.

“길거리에서 너무 소란을 피워선 안 된다네.”

“알고 있네, 알고 있어. 정말이지 비늘 친구는 고지식하구먼.”

“그냥 네가 헐렁한 것뿐이야, 드워프.”

또다시 이어진 엘프 궁수의 말에 리자드맨 승려가 쯧쯧 혀를 차자, 드디어 두 사람이 입을 다물었다.

여신관이 그것을 보고 키득 웃었다.

엘프 궁수와 드워프 도사도 더 이상 말다툼을 벌일 생각은 없어 보였다.

잘 정비된 물의 도시를 반쯤 유람하는 기분으로 느긋하게 걸었다.

오고 가는 사람들의 시선이 이쪽을 보기도 하지만 그뿐이었다.

이 도시에서는 인간이외의 말을 가진 자도, 모험가도, 별로 드물지 않았다.

다만 고블린 슬레이어는 혼자 쉬지 않고 주위를 살피고 있었다.

“냄새는 모르겠지만 말이야. 아무리 그래도 이런 길거리 한가운데에 고블린이 나오진 않을 거 아냐.”

“알 수 없는 일이다.”

엘프 궁수가 기가 막힌 기색으로 불평하자 고블린 슬레이어가 날카롭게 대답했다.

“나는 한 번 본 적이 있다.”

무기는 안 뽑았지만 그의 움직임은 동굴 안에 있을 때와 큰 차이가 없었다.

성큼성큼 걷는 것치고 발소리가 안 나는 것이 증거였다.

지나가는 사람들도 그에게 기이한 녀석을 본다는듯한 시선을 보냈다.

지저분한 가죽 갑옷, 싸구려 철 투구의 모험가가 마치 미궁을 나아가는 것처럼 길거리를 걷고 있으니까.

새로운 광대 같은 걸로 착각해도 어쩔 수 없는 광경이었다.

엘프 궁수가 부끄러움에 얼굴을 감싸는 것도 어쩔 수 없었다.

그렇다고 그의 행동을 막을 생각은 다들 없었다.

"……헌데, 그 신전이란 것은 어디에 있는 것인가?"

리자드맨 승려가 느긋하게 꼬리를 흔들며 물었다.

"아아, 그거라면 벌써 보이잖아. ……봐, 저기."

엘프 궁수가 가는 손가락을 뻗어 강 옆의 건물을 가리켰다.

상아색 대리석 기둥이 몇 개나 세워져 있는 웅장하고 화려한 사당.

처음 방문하는 사람이라도 저곳이 신전이라는 말을 결코 의심하지 않을 것이다.

천칭과 검을 조합한 의장이 새겨진 곳. 법과 정의, 빛과 질서의 신전.

"와아……."

여신관이 무심코 감탄의 소리를 냈다.

그녀가 자란 지모신의 신전도 결코 볼품없는 건물은 아니었지만…….

그래도 이것이야말로 신이 거하는 궁전이라 불러 마땅한 웅장하고도 화려한 사당이었다.

눈을 떼지 못하는 그녀가 들떠서 볼이 느슨해졌다. 흥분하여 볼을 붉히며 돌아본다.

“고블린 슬레이어 씨, 굉장하네요!”

“그런가?”

그에 비해 고블린 슬레이어의 반응은 참으로 무덤덤했다.

아니, 사실은 보는 관점이 다르다고 봐야 한다.

옆에서 보기만 해도, 그가 신전을 살피는 눈빛이 고블린의 소굴로서 상정하고 관찰하는 중이라는 것을 알 수 있었다.

“……우, 정말!”

여신관은 무심코 볼을 부풀렸다. 스스로도 어린애 같다는 건 알고 있었다.

―아, 그러고 보니.

그녀는 새삼스럽게 가장 중요한 것을 물어보지 않았다는 사실을 깨달았다.

“저기, 고블린 슬레이어 씨.”

“뭐지?”

“의뢰인은 지고신의 신관님인가요?”

“아니.”

그는 아무것도 아니란 듯 고개를 옆으로 저으며 의뢰인이 누군지 말했다.

“지고신의 대주교(아크비숍)다.”

그 순간 여신관의 몸에서 흥분의 열이 삽시간에 사라졌다.

“네에에?!”

여신관은 석장을 두 손으로 꽉 쥐면서 무심코 소리를 질렀다.

설마하니 의뢰인이 그녀이리라고는 생각지도 못했다.

이 서방 변경 일대의 법을 짊어진 인물. 아니, 그뿐만이 아니다.

그 인물은 이렇게 불리고 있었다.

—검의 처녀, 라고.

§

법의 신전에는 방문자가 많다.

지고신에게 기도를 해야 하는 사람들은 딱히 신자뿐이 아니기 때문이다.

이곳은 신의 이름으로 심판을 내리는, 문자 그대로 「사법(司法)」의 장소이기도 했다.

사소한 일상의 다툼이나, 사람의 삶과 죽음이 관련된 일까지.

신의 위광으로 심판해주기를 바라는 사람은 어느 시대든 끊이지 않는다.

그런 사람들로 가득한 대합실을 빠져나가 신전 안쪽으로 향했다.

심판을 행하는 법정이나 서고가 늘어선 복도를 나아가 더욱 안으로.

상아색 원기둥이 늘어선, 정적이 가득한 공간의 가장 안쪽.

태양을 본뜬 신상을 모신 예배당은 신전의 가장 깊숙한 곳에 있었다.

그것은 그야말로 신화에서 빠져 나온 것 같은 광경이었다.

늘어선 원기둥 사이로 내리쬐는 햇살이 금색 띠처럼 보였다.

못난 소리가 전혀 존재할 수 없는 완벽한 정숙. 성역.

그리고 제단에 무릎을 꿇고 자루가 긴 지팡이에 매달리듯 기도를 바치는 여성이 한 명.

풍만한 육체를 얇고 하얀 옷으로 감쌌고, 금색 머리칼이 햇살을 받아서 반짝였다.

천칭의 칼코등이(Sword guard)를 가진 장검을 거꾸로 세운 모양의 지팡이는 정의와 법이 공평함을 나타내는 상징이었다.

지고신을 여신으로 그린다면 이런 모습이지 않을까? 그런 분위기의 미녀였다.

아쉬운 점은 눈가를 검은 띠로 감싸 감추었다는 것이다.

그럼에도 그녀의 미모는 결코 깎이지 않았다.

아니, 그 안대가 있기 때문에 더욱 부각되는 것처럼 보이는 것일지도 모른다.

"――?"

문득 그녀가 고개를 들었다.

성역의 조용함을, 성큼성큼 거침없는 발걸음이 짓밟아 부쉈다.

"자, 잠깐만요. 고블린 슬레이어 씨, 조금 더 조용히……."

"급한 일이다. 들어가도 상관없다면 기다리는 의미가 없다."

"전부터 생각했는데. 오르크볼그는 의외로 성질이 급해."

"이보게. 너무 소란을 피워선 안 되네. 이교라 해도 신을 모시는 곳이니."

소란스럽고, 떠들썩하고, 거칠고, 생명력이 흘러넘친다.

그것은 그녀에게 너무나도 그리운 분위기였다.

“________.”

그녀의 입가가 미약하게 휘어지고, 얇은 옷자락이 바다의 파도처럼 흐르듯 움직였다.

그녀 — 지고신을 섬기는 대주교 — 검의 처녀는 천천히 일어섰다.

“어머나……. 누구시죠?”

온화한 미소를 지으며 청량하고 맑은 목소리로 묻자, 고블린 슬레이어가 담담하게 대답했다.

“고블린을 퇴치하러 왔다.”

불손하다고 할 수 있는 태도였지만 그러면서도 가볍게 보는 식은 아니었다.

모험가답다고 하면 너무나도 모험가다운 태도였다.

“죄, 죄송합니다. 저기, 자, 잘 부탁드리겠습니다…….”

여신관이 그 옆에서 어쩔 줄 몰라 당황하면서 어떻게든 인사를 하려고 허둥거렸다.

—그치만, 검의 처녀님이잖아요?!

지고신에게 사랑 받는 대주교.

10년 전, 되살아난 마신왕을 토벌한 금 등급— 제2위의 모험가.

전설에 이끌린 용사가 아니라, 사람들 가운데에서 나타난 역사적인 존재.

이제 막 흑요 등급이 된 그녀하고는 도저히 비교할 수 없었다.

예를 들어 비교하자면 고블린과 드래곤만큼이나 차이가 있다.

시종직 시절의 여신관이었다면 황송해서 도저히 이 자리에 있을 수 없었을 것이다.

"그, 저, 저기, 마, 만나 뵙게 되어, 영광입니다……!"

여신관은 볼이 상기되고 눈빛을 반짝거렸다. 갈라진 목소리로 말하며 꾸벅 고개를 숙였다.

"전사님에…… 그리고, 귀여운 여신관(프리스티스)님……."

부드러운 시선이 안대를 넘어 여신관의 볼을 쓰다듬고 지나갔다.

그녀의 자그마한 가슴 속에서 심장이 쿵쾅거리는 소리를 냈다. 다른 사람들한테는 들리지 않았으면 좋겠는데…….

"그리고, 이쪽 분들은?"

"음, 파티의 동료들이라오."

리자드맨 승려는 그녀의 시선을 비늘로 받아내고 묵직한 목소리로 대답했다.

"두려워 마땅한 용을 모시는 몸이오만, 소승도 미약하게나마 힘을 빌려드리리다."

기괴한 손동작으로 합장하는 모습은 참 당당했다.

물론 그의 예의범절은 지고신의 신관들과는 다른 것이었지만 그건 문제가 안 된다.

가장 중요한 것은 『타인에게 예의 바르게 행동할 의지가 있다』는 것을 나타내는 것.

모든 것은 거기서 시작된다. 검의 처녀는 미소를 무너뜨리지 않고 공중에서 손가락을 움직여 십자를 그었다.

"법의 신전에 잘 오셨습니다. 환영합니다. 비늘이 돋은 승려님."

한편 엘프 궁수와 드워프 도사는 그런 것에는 별 흥미가 없어 보였다.

리자드맨 승려 뒤에서 가볍게 눈인사를 했지만 얼굴을 가까이 맞대고 속닥거렸다.

"……흠. 인간 치고는 제법이구먼."

"그렇네. ……응, 그림 예쁘다."

그들은 오히려 머리 위 높은 곳에 있는 천장화에 흥미를 보였다.

그곳에는 신화시대의 싸움을 이야기하는 그림이 화려하고 웅장한 필치로 그려져 있었다.

과거에 유적의 지하에서 피로 덧칠 된 벽화를 보기는 했었지만…….

질서와 혼돈, 환상과 진실, 상반되는 신들이 서로서로 온 힘을 다하여 영과 혼과 백을 구사해 격돌하는 모습.

별들을 배경으로 기적이, 마술이 소용돌이치듯 으르렁거리고, 터지고, 반짝이고, 불타오른다.

이윽고 신들은 입방체로 손을 뻗어 그것을 던지는 놀이에 빠지게 된다.

그 놀이판이 바로 이 세계이며, 그들의 놀이말이 자신들이다.

그렇기에 말을 가진 자, 기도하는 자들은 올바르게 살고자 마음먹는다.

두 사람처럼 세계를 가득 채운 정령과 함께 하는 이들에게는 신들도 비슷한 존재였다.

……그렇지만, 엘프와 드워프는 신들을 경외하지만 결코 함부로 숭배하지는 않는다.

신들 또한「함께 하는」자들인 것이다. 충언은 듣는다. 그러나 시종이 되지는 않는다.

대장장이 신과 가까운 드워프는 그렇다 치고, 엘프의 성직자가 적은 것은 그 때문이었다.

"후후. ……모험가다운, 분들이군요."

괴팍한 전사. 기특한 신관, 이교의 승려. 드워프 술사. 엘프 탐색자.

제각각의 모습을 본 대주교가 키득 웃었다.

—응……?

여신관에게 그 웃음은 너무나도 쓸쓸하고 그리워 보였지만…….

"그렇다면, 저에게도 동료입니다. 진심으로 환영하겠어요."

그것도 한순간이었다.

검의 처녀는 모험가들을 감싸듯 두 팔을 천천히 펼쳤다.

그것은 온화한 어머니를 연상시키는 동작이었다. 그러나 침대로 유혹하는 창부처럼 아리땁기도 했다.

만약 이 자리에 보통 인간 남자가 있었다면 마른 침을 삼켰을 것이다.

"서론은 됐다."

그러나 고블린 슬레이어는 그 모든 것을 무시하고 말했다.

"의뢰의 세부 사항을 듣고 싶다."

바로 옆에서 여신관의 표정이 굳어지는 것을 신경 쓰지도 않았다.

"자, 잠깐만요. 고블린 슬레이어 씨……!"

아무리 그래도 이 태도는 너무하다.

당황한 여신관이 갑옷에 싸인 그의 팔을 잡고서 끌어당겼다.

"대주교님에게, 그런 태도는 실례잖아요……."

"상관없답니다."

그러나 검의 처녀는 고개를 천천히 옆으로 저었다.

“저는 믿음직한 모험가가 와주신 덕분에 참 기쁜걸요.”

“그런가.”

“이건 흥미 삼아 묻는 것인데.”

그녀가 속삭였다.

“당신은 자신의 혈족이 혼돈의 편에 섰을 때 죽일 수 있나요?”

“아니.”

고블린 슬레이어는 즉시 대답했다.

“나는 조카가 없다.”

그렇군요. 붉게 물든 입술이 속삭였다. 고블린 슬레이어는 철 투구 안에서 그것을 가만히 바라보더니—.

“그래서, 고블린은 어디 있지?”

그의 등 뒤에서 모험가들이 한숨을 쉬었다.

§

“1개월쯤 전 일이랍니다.”

모험가들에게 바닥에 앉도록 권한 뒤 자신도 조용히 다리를 틀고 앉은 검의 처녀가 말을 시작했다.

“밤늦은 시간에 신전에서 심부름 보낸 시종직 소녀가…….”

“살해당했거나, 납치된 건가.”

“……그날 밤에는, 돌아오지 않았어요. 다음날 아침에 뒷골목에서 시체가 발견됐습니다.”

검의 처녀는 침울한 표정이었다.
"흠."
고블린 슬레이어는 턱에 손을 대고 생각했다.
"……산 채로 온 몸을 벤 것 같다. 발견한 자가 그렇게 말했어요."
검의 처녀는 흔들림 없고 냉정하게 말했다. 그러나 미약하게 떨리고 있었다.
공포, 두려움, 혹은 침통함, 우려. 여신관은 판별할 수 없었다.
"그건…… 저기. 심하, 네요."
"살인 자체는, 슬프지만 이따금 일어날 수 있는 일이죠……."
"산 채로……."
고블린 슬레이어가 낮게 말했다.
"……그 자리에서였나?"
"……네."
"시체에 뜯어 먹힌 자국은 있었나? 그냥 살해당했을 뿐인가? 그 밖에는……?"
"잠깐, 오르크볼그. 너무 무신경해."
검의 처녀의 표정이 흐려지는 것을 보고, 엘프 궁수가 얼굴을 찌푸리고는 입술을 삐죽이며 날카롭게 탓했다.
"……."
고블린 슬레이어는 입을 다물었다. 그리고—.
"……계속해."
짧게 재촉했다.
"……정말로, 지독한 사건이었어요."

그렇다. 지독한 사건이었다.

아무리 법의 신전이 있는 곳이라 해도 여기는 변경이다.

과거에는 무법의 광야였으며 괴물들뿐 아니라 무뢰배들이 배회하는 땅. 범죄와 인연이 없을 수 없었다.

지고신의 빛이라 해도 아직 모든 사람의 마음을 비추기에는 충분하지 않았다.

"법과 질서는, 세상에 태어났을 때부터 계속 지고 있다……고 할 수 있어요."

—이 세상에 악이 번성한 적은 없을지언정, 악이 사라진 적도 없었다.

검의 처녀는 그렇게 말하며 깍지를 끼더니 자신이 섬기는 신에게 짧은 기도를 바쳤다.

리자드맨 승려가 그것이 끝나기를 기다려서 주의 깊게 고개를 뻗었다.

"그러면, 탐색의 성과가 나오지 않았다는 것이신지."

"……네. 부끄러운 일이긴 합니다만……."

혼돈의 세력이 섞여 들었거나, 사신(邪神)의 신봉자가 있거나, 혹은…….

갖가지 억측과 추측이 오고 가는 가운데 도시의 경비병들이 즉시 탐색을 시작했다.

그러나 수많은 사람들이 밤낮으로 모이는 도시라는 것을 고려해도 증거는 놀랄 정도로 적었다.

증거가 없으면 아무리 범죄자와 싸울 마음가짐이 있어도 어떻게

할 수 없다.

그리고 그러는 동안 물의 도시에서는 범죄가 급증했다.

"사소한 절도나, 무차별 상해. 부녀자에 대한 폭행이나, 어린아이의 유괴까지……."

"흥."

검의 처녀가 침울한 표정으로 말하자, 고블린 슬레이어는 작게 코웃음을 쳤다.

"마음에 안 드는군."

"카미키리마루가 『마음에 안 드는』 거야 늘 있는 일 아니겠는고?"

드워프 도사가 익숙한 어조로 말하며 검의 처녀에게 신경 쓰지 말라고 손을 흔들었다.

이 분위기에서는 술을 마실 생각이 안 드는지 무릎 위에 팔꿈치를 올리고 턱을 짚고 있었다.

"이 녀석은 상당히 괴팍한 놈이란 말이지. 헌데, 그런 일 때문에 우리를 부른 것은 아닐 터인데?"

"네. ……족적을 추적할 수 없다면 현장을 잡자는 말이 나왔습니다."

그리하여 도시 순회에 경비병뿐 아니라 모험가들도 동원되었다.

몇 팀으로 나뉘어 신중하게 밤길을 순회하며 수상한 자가 보이면 쫓는다.

기발하거나 특별할 것 없는, 극히 현실적이며 수수한 작전이었다.

그러나 그것이 공을 세웠다.

모험가 한 팀이 여성을 공격하는 자그마한 그림자를 발견하고서 베어 버렸다.

등불을 비추자 드러난 작은 시체는—.

"—틀림없는 고블린이었습니다."

"호오."

잠자코 이야기를 듣고 있던 고블린 슬레이어가 흥미롭게 탄성을 흘렸다.

"고블린이었나?"

"고블린이라, 보자……. 한두 마리 정도는 아니겠구먼."

드워프 도사가 생각에 잠겨 자랑스러운 긴 수염을 만지작거리며 숨을 내쉬었다.

여신관 또한 입술에 예쁜 검지를 대면서 생각에 잠겼다.

"애당초, 어디로 도시에 들어온 걸까요? 바깥에서 문을 통과했을 리는 없을 텐데요."

"허면, 지하나 수로가 아니겠느냐?"

"숨어든 것치고는 피해자 수가 많지 않아?"

엘프 궁수가 말했다.

"어떻게 생각하나?"

고블린 슬레이어가 리자드맨 승려에게 철 투구를 돌렸다.

"고블린이라면……."

비늘이 돋은 승려는 사려 깊게 눈을 빙글 한 번 돌리더니 턱을 열었다.

"지하에 숨는 법일세. 이 도시는 오랜 도읍 위에 있어, 지하는 유적과 마찬가지일 터이니……."

"그렇다면, 틀림없겠군."

고블린 슬레이어가 단정적으로 말했다.

“놈들은 바보지만 멍청하지는 않다. 나라면 지하수로를 고스란히 잠자리로 쓸 거다.”

“정말로, 생각하는 게 고블린 같아…….”

엘프 궁수가 질린 건지 감탄한 건지 판별하기 어려운 말을 했다.

“당연하다.”

고블린 슬레이어가 고개를 끄덕였다.

“놈들의 생각을 알 수 없다면, 놈들과 싸울 수 없다.”

검의 처녀는 고블린 슬레이어의 말에 다소 당황한 표정을 지었다.

그러나 그래도 그녀는 고개를 끄덕였다.

“당신 같은 모험가가 의뢰를 받아준 것은 신의 인도일지도 모르겠어요.”

그리고 희미한 미소를 지으며 늠름한 목소리로 말했다.

진심으로 안심했다고 말하는 듯 했다.

“그래요. 저희들 또한 1개월 걸려서 지하일 것이란 결론을 내렸습니다.”

“1개월이라.”

“네. 그리고 처음에는 이 도시의 모험가에게 의뢰를 했습니다만…….”

“……그 사람들은?”

여신관이 살며시 묻자, 검의 처녀는 조용히 고개를 좌우로 저었다.

“그런, 가요…….”

여신관이 중얼거렸다.

더 이상 대답은 필요 없었다.

—돌아오지 않았다.

고블린 퇴치에 도전한 수많은 백자와 흑요 등급 모험가들처럼.

과거에 여신관과 함께 동굴에 들어간 동료들 세 사람 가운데 쓰러진 두 사람처럼.

문득 뇌리에 되살아난 음울한 광경은 그리 쉽사리 씻어낼 수 없었다.

여신관은 동굴에 쌓인 눅눅한 썩은 내를 맡은 것 같아서 약간 고개를 숙였다.

"……그러던 참에, 변경의 용사 고블린 슬레이어의 노래를 들었습니다."

"노래?"

고블린 슬레이어는 의미를 알 수 없어서 작게 말했다.

"는, 뭐지?"

"어머, 몰랐어? 오르크볼그의 노래가 있어."

엘프 궁수가 검지를 세워서 허공에 빙글 원을 그렸다.

"현실을 알면 환멸을 느끼겠지만."

"알 바 아니다."

"그럴 수만도 없을 걸세."

리자드맨 승려가 눈웃음을 지었다.

"시인이 있어야 무훈이 남는 법 아니겠는가?"

"남으면 어떻게 되나."

"뭐냐? 카미키리마루는 모르는 것이냐?"

흥미가 없는 것은 아닌가 보다.

진심으로 신기하게 생각하는 고블린 슬레이어를 보고 드워프 도사가 배를 북처럼 두드렸다.

“**공적**이 퍼지면 너한테 고블린 퇴치를 부탁하는 자들도 늘어나지 않겠느냐?”

“흠…….”

검의 처녀의 보이지 않는 눈동자와, 철 투구에 가려진 고블린 슬레이어의 시선이 살짝 교차했다.

그녀는 입술을 꾹 깨물더니 결심을 품은 표정으로 고개를 숙였다.

“—부탁드립니다. 부디, 저희들의 도시를 구해주실 수 없을까요?”

“구할 수 있을지 없을지는 모른다.”

고블린 슬레이어는 간단히 말했다.

“그러나 고블린 놈들은 죽여주지.”

변경 일대를 맡고 있는 대주교, 과거의 영웅에게 말하는 투가 아니었다.

“고블린 슬레이어 씨.”

여신관이 소매를 잡아끌고는 입술을 삐죽이며 속삭였다.

“저기, 뭐랄까요. 조금만 더, 말투를…….”

“사실이잖나.”

“사실이기 때문에 말투가 중요한 거예욧!”

“음…….”

거칠게 콧김을 뿜으며 타이르자 고블린 슬레이어가 입을 다물었다.

심통 난 듯 입을 다문 그를 보고 리자드맨 승려가 유쾌하게 꼬리를 흔들었다. 어조는 진지하기만 했지만 말이다.

"그러나 지하수로라면…… 평소 같은 수법은 쓸 수 없겠군."

"평소 수법이란 것도, 싫은데 말야……."

엘프 궁수가 질색하는 어조로 말하며 『이상한 녀석』을 가볍게 팔꿈치로 찔렀다.

"알고 있는 거지?"

"그래."

그는 고개를 끄덕였다.

"들어가서, 소탕한다. 지하는 넓다. 놓치는 놈이 나오면 수고가 늘어난다."

"그런 게 아니라. ……도시 지하, 수로, 여러 사람들이 위에서 살고 있어. 알겠어?"

돌이켜보면, 아아, 정말. 뭐라고 할지. 만났을 때부터 오르크볼그는 참 지독했다.

요새에 불을 지르고, 남한테 내장을 뒤집어씌우고, 고블린을 학살하고, 수공을 들이붓고, 인해전술에…….

"불이랑, 물이랑, 독이랑, 내장은, 금지!"

"그러니까 쓸 생각이 없다고 하지 않았나."

"우……."

여신관처럼 타이를 셈이었는데 가볍게 대답하자 엘프 궁수가 작게 소리를 냈다.

"그럼 됐어."

긴 귀가 움찔거리며 불만스레 떨리더니 결국 그녀가 꺾였다.

"역시 이상한 녀석이야."

"그런데……."

엘프 궁수가 불평하는 것을 흘려들으며 리자드맨 승려가 말했다.

"어째서, 경비병이나 군이 토벌하지 않는 것인지."

그는 꼬리로 대리석 바닥을 때리며 의문을 입에 담았다.

"소승은 이 도시의 사정을 알지 못하지만, 딱히 관할 바깥은 아닐 터."

"그것은—."

망설이는 검의 처녀 대신 고블린 슬레이어가 담담하게 말했다.

"고블린 따위에게 병사를 움직일 필요는 없다고 하던가?"

검의 처녀가 살짝 고개를 숙이고 입술을 떨었다. 무엇보다 확실한 대답이었다.

무리도 아니었다.

애당초 경비병, 군대를 움직일만한 사태가 아니기 때문에 모험가가 나서는 것이다.

경비병은 돈을 들여 훈련시키고, 장비를 갖추고, 도시에 가족도 살고 있는 자들이다.

다치거나 죽으면 연금이다 유족에 대한 보상이다 하면서 다시 돈이 날아간다.

모든 것이 자기 책임인 모험가하고는 다르다.

그리고 무엇보다도 이른 봄에 일어난 마신의 부활이 아직 신선한 기억이었다.

"뭐어, 하는 수 없겠지. ……악마(데몬)의 잔당도 많으니 말이다."

드워프 도사가 길고 하얀 수염을 쥐어짜면서 한숨을 섞어 중얼거렸다.

"고블린 퇴치는 역시 우리들 모험가의 일인 겐가……."

"그것참. 인간의 금전이나 정치란 것은 귀찮은 것이로군."

리자드맨 승려가 말하자 검의 처녀가 죄를 고백하는 것처럼 대답했다.

"……부끄럽지만 그렇습니다."

세상에는 비극이 수없이 많고 끊이지 않는다.

아까 나온 말처럼, 법과 질서는 세상에 태어났을 때부터 지고만 있었다.

그것을 단 한 수로 뒤집을 수 있는 자는 없었다.

드넓게 구원을 내리는 지모신조차, 구원을 바라며 기도하는 자 말고는…….

그렇기 때문에 괴물들은 「기도하지 않는 자(Non-Prayer)」라고 불린다.

그렇, 지만…….

"……저는, 그런 것은, 그다지 좋아하지 않아요."

검의 처녀는 살짝 고개를 숙이며 중얼거렸다.

그것은 부끄러운 일을 해버린 어린 소녀 같은 어조였다.

"흥미 없다."

고블린 슬레이어는 그런 것들을 가볍게 내쳤다.

"우리는 어디로 들어가면 되지?"

"───."

검의 처녀의 숨겨진 눈이 가만히 관찰하듯 그의 철 투구로 향했다.

"어이."

"……. 아, 네. 실례했습니다."

고블린 슬레이어의 부름에 대답하는 목소리는, 어쩐지 열이 오른 듯 들렸다.

검의 처녀는 얇은 옷자락 사이로 손을 넣어 풍만한 가슴께에서 종이조각을 꺼냈다.

접혀있는 그것은 꽤나 낡은, 지하수로의 지도 같아 보였다.

"신전, 뒤뜰 우물에서 지하수로로 내려가시는 것이 좋을 것이라 생각합니다."

그녀의 가늘고 하얀 손가락이 가만히 지도 표면을 쓰다듬어 바닥에 펼쳤다.

몇 번씩 접히고, 펼쳐지고, 닳은 양피지가 희미한 소리를 냈다.

"그러니 탐색하는 동안 이 신전을 여관 대신 쓰도록 하세요."

"음."

고블린 슬레이어는 작게 목소리를 흘리면서 꼼꼼하게 지도를 조사했다.

이미 변색되어 좀 먹은 흔적도 있는 지도는 수로가 얼마나 광대한지 여실하게 말해주고 있었다.

고대의 건축가들에게는 질서 있는 구조였겠지만 이제 와서는…….

"마치, 미궁 같네요."

고블린 슬레이어의 어깨 너머로 지도를 살며시 엿본 여신관이 당황하며 말했다.

이 지하미궁의 온갖 곳에서 지상으로 올라와 사람들을 공격하는 고블린.

그것에 맞서는 것은 까딱하면 다른 괴물과 싸우는 것보다 어지간히 힘들 것 같았다.

—저만 무서워하는 것뿐일 지도 모르지만요.

여신관이 슬쩍 시선을 보낸 것을 알고는 있는 것인지.

고블린 슬레이어는 펼쳐둔 지도를 끌어당겨서 가볍게 손으로 두드렸다.

"……이 지도는, 정확한가?"

"아무래도, 신전 건립 당시의 오래된 지도이기 때문에……."

검의 처녀가 천천히 고개를 옆으로 저었다. 풍성한 머리칼이 아름답게 물결쳤다.

"다만, 도시의 물은 여전히 흐르고 있습니다. 그렇다면 파괴되었다 해도 심하지는 않을 테지요."

"알았다."

그는 고개를 끄덕이고, 지도를 거침없이 접더니 휙 던졌다.

리자드맨 승려가 팔을 뻗어 날카로운 손톱 끝으로 재주 좋게 붙잡았다.

"지도 작성(맵퍼)을 맡긴다."

"음. 알겠네."

"그러면 간다. 시간이 아깝다."

고블린 슬레이어는 할 말만 하더니 성큼성큼 걷기 시작했다.

남겨진 모험가들은 얼굴을 마주보더니 하는 수 없다며 고개를 끄덕였다.

"……오르크볼그는 이래야지."

맨 먼저 일어선 엘프 궁수는 가볍게 웃었다.

그녀는 대궁을 고쳐 메더니 남은 화살과 복장을 점검하면서 빠른 걸음으로 뒤를 쫓았다.

엘프는 체중이 느껴지지 않을 정도로 발소리가 적어서 리자드맨 승려는 도저히 들을 수 없었다.

그는 받은 지도를 정성스레 펼쳐서 점검하더니 다시 접고는, 역시 정성스레 품에 넣었다.

"안이 유적과 이어져 있는 것 같네만 실제로 가보지 않고서는 알 수가 없겠군."

"그렇구먼. 길쭉귀 처녀는 길 안내 따위 못할 게야. 카미키리마루 혼자서라면 모를까."

위태로워서 보고 있을 수가 없느니라. 드워프 도사가 수염을 쥐면서 말했다.

두 사람은 서로 어깨를 가볍게 두드리고 가벼운 마음으로 일어섰다.

"그러면 이만 실례. 소승들은 먼저 가겠네."

"서두를 것 없느니라. 카미키리마루와 길쭉귀 처녀도 붙잡아둘 터이니."

그리고 소란스레 두 동료를 따라서 달려갔다.

여신관도 멍하니 있을 수는 없었다.

장비를 재빨리 점검하고, 옷자락을 펴서 정돈하고 일어섰다.

"그러면, 저기, 대주교님. 저도, 다녀오겠습니다."

두 손으로 석장을 꼭 쥐고 검의 처녀에게 꾸벅 고개를 숙였다.

"혹여……."

뒤돌아 걸어가려는 여신관을 검의 처녀가 살며시 불러 세웠다.

가녀린 손이 뻗어서 여신관을 부르듯 손짓했다.

멈춰선 여신관이 느릿하게 고개를 갸웃거렸다.

"무슨 일이시죠?"

"의뢰인으로서, 못난 짓이라고 생각합니다만……."

속삭이는 검의 처녀가 어떤 표정을 짓고 있는지 여신관은 알 수 없었다.

안대로 눈동자를 가리고 있기 때문이 아니었다.

아름다운 얼굴에서 썰물이 빠지듯, 모든 감정이 사라진 것 같은…….

비유하자면 가면을 쓰고 있는 것 같았다.

"……당신은, 두렵지는 않은가요?"

그것은 서늘하면서도 조용한 질문이었다.

여신관은 약간 눈썹을 찌푸리면서 시선을 피했다. 뭐라고 대답해야 할까…….

"……저기. 분명히, 무섭기는, 무섭지만요……."

그래서 그녀는 있는 그대로 대답했다.

처음으로 고블린의 소굴에 도전한 그 날부터 한 번도 공포가 사라진 적은 없었다.

하지만, 그래도, 그럼에도.

방황하던 시선이 저 멀리, 앞서 걷는 모험가들의 등을 쫓았다.

거한의 리자드맨, 그 옆에는 작은 드워프. 날씬한 엘프가 있고…….

싸구려 철 투구, 지저분한 가죽 갑옷, 자그마한 원형 방패, 어중간한 검을 찬, 전사.

"……후훗."

마지막으로 남은 여신관의 얼굴에 자연스럽게 미소가 떠올랐다.

그녀는 지모신을 섬기는 자였지만, 지고신에게 바라는 것도 한 가지 있었다.

이 동료들이 누구 한 사람 빠짐없이 돌아오는 것, 그뿐이었다.

"……분명히, 괜찮을 거예요."

그리고 그녀는 가만히, 수줍은 미소를 지으며 기도를 바쳤다.

막간 「그 무렵 두 사람의 이야기」

Goblin Slayer
He does not let anyone roll the dice.

"……네, 서류에 문제는 없어요! 언제나 식료품 반입을 해주셔서 감사합니다."

"아뇨. 이게 저희들 일이니까요."

"하지만 목장 물건들은 다 평판이 좋아요. 맛있는 게 제일이죠. 싸다면 더 기쁘겠지만요."

"아하하하하……. 봄에 있던 일 이후로 여러분들이 다들 잘 해줘서 많이 도움이 돼요. ……하아."

"어머, 왜 그러세요? 한숨을 쉬다뇨. 가격에 대해서라면 제가 어떻게 할 수 없어요."

"아, 아뇨. 저기, 그거요. 그가, 없으니까, 좀, 그렇잖아요?"

"후훗. 고블린 슬레이어 씨라면 괜찮아요. 언제나 준비가 만전이니까요."

"그럴까요? ……하긴, 그가 실수하는 모습은 상상이 안 되지만요."

"실수는커녕 무척 여유롭죠. 그보다는 다른 걸 걱정해야 할 것 같아요."

"다른 거요?"

"여자애 두 사람이랑 멀리 갔어요. 게다가 커다란 도시로. 놀러 갈 곳이 잔뜩 있죠."

"……따, 딱히 여자애들만 있는 것도 아니잖아요? 그리고, 그가, 그런……."

"뭘 어찌할 생각이 전혀 없다. ……그렇긴 한데 말이죠."

"……저기. 모험가는, 이야기에서는, 구해낸 공주님이나 마을처녀랑 결혼, 하잖아요?"

"아아. 정석이죠. 연극이나 책 같은 거나 이것저것."

"실제로, 그런 건, 어때요?"

"제법 되죠~. 애초에 그래서 여성 모험가는 결혼 상대가 부족해요."

"……. 그러면. 구해낸 여자애가 봤을 때, 그를 어떻게 생각할까요?"

"네? 그야—. ……변경에서 가장 뛰어난, 고블린 슬레이어 씨니까요. 그것만 본다면……?"

"……."

"……차, 드실래요?"

"……마실래요."

"다음에 축제가 있잖아요. 가을 수확제."

"놓칠 수 없어요."

"하죠."

"해요."

그렇게 되었다.

제 3 장 『우발적 조우』

랜덤 인카운트

Goblin Slayer
He does not let anyone roll the dice.

고대 사람들이 돌로 만든 수로에 시끄러운 비명이 울려 퍼졌다.

고블린이 이마에 도끼를 심은 채 뒤로 쓰러졌다.

고블린 슬레이어는 그 유해를 옆에 흐르는 오수에 주저 없이 차 넣었다.

텀벙. 고블린은 소리를 내면서 한순간 거품이 일어나는 오물들 사이로 떠오르더니 곧 가라앉았다.

"이제 정리가 된 모양이오."

송곳니 칼을 손에 들고 고블린의 숨통을 끊으러 다닌 리자드맨 승려가 칼을 휘둘러 피를 떨쳐냈다.

바닥에 내던진 횃불의 불꽃이 흔들렸다. 그 일대는 그야말로 시산혈해(屍山血海)라고 할 수 있었다.

고블린 몇 마리의 시체와 썩기 시작한 모험가의 시체가 불에 비쳤다.

그리고 무수하게 분기된 수로 너머에는 뭔가 정체를 알 수 없는 그림자가 꿈틀거리고 있었다.

"아니, 아직이야."

엘프 궁수가 그것을 놓칠 리 없었다. 짧게 중얼거린 그녀는 나뭇가지 화살을 대궁에 메겼다.

긴 귀를 작게 위 아래로 움직이며 거미줄 현을 쭈욱 당기더니, 쏜다.

상질의 금처럼 현이 울리고, 화살이 바람을 가르는 소리를 남기며 공중을 달렸다.

생물처럼 호를 그리며 휘어진 화살이 모퉁이 너머로 사라지고 잠시 지나자—.

키악. 새된 비명과, 이어서 무언가 떨어지는 물소리가 희미하게 울렸다.

"이걸로, 끝!"

"후우……. 수고하셨어요."

엘프 궁수가 쾌재를 부르자 두 손으로 석장을 쥔 여신관이 안도의 한숨을 쉬었다.

그녀는 언제든지 기적을 탄원할 수 있도록 정신을 갈고 닦는 중이었다.

아무 일 없이 기적을 온존할 수 있었다.

"……하지만, 도시 아래에 이렇게 많은 고블린이 있다니……."

"예상은 하고 있었다."

고블린 슬레이어가 모험가의 시체를 거침없이 잡아 일으키자 썩은 고깃조각이 무너져 떨어졌다.

쥐가 갉아먹은 끝에 더 이상 성별도 알 수 없을 만큼 손상됐지만 신경 쓰지도 않는다.

붉은 녹이 붙어 있는 사슬 갑옷. 깨진 투구. 본래는 전사였겠지. 도구 주머니는 이미 누가 뒤졌다.

고블린 슬레이어는 고블린이 가져가지 않은 장비를 점검하고 허리의 장검을 칼집째로 챙겼다.

기름을 먹여놓은 상태였는지 칼집에서 뽑자 녹이 없는 칼날이 드러났다.

"기습을 받은 모양이군."

아마도 머리에 한 방. 무기를 뽑을 틈도 없이 죽었을 것이다.

검은 고블린이 다루기에는 무거웠고 고블린 슬레이어의 취향보다 길었지만, 나쁜 물건은 아니었다.

"좋아."

고블린 슬레이어는 검을 칼집에 넣고서 고개를 끄덕였다. 여신관이 한숨을 쉬었다.

"……좋아, 가 아니에요. 이제 괜찮아요?"

"그래."

고블린 슬레이어가 모험가의 시체를 털썩 눕혔다.

표정이 흐려진 여신관이 그 옆에 무릎을 짚었다. 하얀 신관복이 오물에 물들었지만 신경 쓰지 않았다.

"자비 깊은 지모신이여. 부디 그 손으로 땅을 벗어난 자의 영혼을 이끌어 주소서……."

석장에 매달려 눈을 감고, 입술 끝으로 노래를 흥얼거리듯 속삭여, 기도하고, 읊조리고, 염원한다.

모험가와 고블린의 혼을 천상에 거한 신들이 구해주시기를.

"가능하다면 지상에서 흙으로 돌려보내주고 싶네만……."

리자드맨 승려도 그녀를 따라 기괴한 손짓으로 합장하며 그들의 혼이 윤회할 수 있기를 기원했다.

"하다못해 쥐나 벌레의 양식이 되어 돌고 도는 것이 다행일세."

지모신과 무시무시한 용. 두 사람이 신봉하는 신은 다르다. 따라서 가르침도 다르다.

그러나 망자의 안식을 바라며 기도하는 것은 차이가 없었다.

그 기도가 어디에 닿는지 알 수는 없지만, 구원은 있다.

여신관과 리자드맨 승려는 납득한 표정으로 시선을 나누었다.

"영, 차……."

두 사람이 기도하는 옆에서 엘프 궁수가 고블린의 시체에서 화살을 뽑았다.

촉을 점검하고 괜찮은 것을 확인한 뒤 화살통으로 회수했다.

"말해두지만 오르크볼그 흉내 아니야."

그녀는 문득 무슨 생각을 하는지 알 수 없는 갑옷의 모험가를 노려보았다.

긴 귀가 그녀의 감정을 나타내듯 파르르 떨렸다.

"장기전이 될 거 아냐? 오르크볼그랑 달라서 고블린의 화살은 쓰기 싫단 말야."

그거 잡스럽거든. 엘프 궁수가 말하자 고블린 슬레이어가 슬쩍 시선을 보냈다.

"그런가?"

"그래."

"그런가."

"허, 그것참."

드워프 도사가 수염을 잡아당기며 불평했다.

그도 촉매가 든 가방에 한 손을 집어넣고 주문을 준비하고 있었으나…….

그의 시선은 횃불 빛도 닿지 않는 저편, 어둠 속을 향하고 있었다.

지하에 사는 그들 드워프의 눈동자에는 어둠을 꿰뚫어보는 힘이 있었다.

"……이런 식이면 얼마나 더 있는지 알 수가 없구나."

그러나 드워프 도사의 밝은 눈으로도 고블린의 모습은 보이지 않았다…….

그들이 지하수로의 탐색을 시작한지 사흘.

오늘만 해도 다섯 번째 습격을 받았다.

§

——물의 도시 지하는 이미 완전히 고블린의 소굴이 되어 있었다.

수로에 내려선 모험가들은 얼마 안 가서 고블린들의 습격을 받았다.

복잡하고 기괴하게 뻗어있는 수로…… 아니, 미궁은 고블린의 아군이었다.

불규칙한 간격으로 몇 번이고 반복되는 전투.

긴장을 푸는 것이 용납되지 않는 하염없이 이어지는 탐색.

"미궁 도시의 모험가들은 이것이 일상이라고 듣기는 했네만."

튼튼한 리자드맨 승려조차 무심코 불평할 정도로 일행의 기력소모가 심했다.

단순히 싸우기만 하는 거라면, 혹은 동굴을 가는 것뿐이라면 이렇지 않을 것이다.

계속 경계를 하는 것은 생각이상으로 신경이 마모되는 일이었다.

"……."

여신관도 표정에 긴장의 색이 짙었다. 발걸음도 어쩐지 안정적이지 못했다.

"안심해라."

주위를 빈틈없이 조사하던 고블린 슬레이어가 조용히 말했다.

그는 배낭에서 새로운 횃불을 꺼내 불을 붙이고 주위의 벽을 탁탁 두드렸다.

"여기는 석벽이다. 벽을 뚫고서 기습하지는 못한다."

"……싫은 일을 떠올리게 하지 마세요."

여신관이 몸을 부르르 떨더니 입술을 삐죽거리며 말했다.

첫 모험의 공포는 아직도 쓰디쓴 기억이 되어 몸에 스며들어 있었다.

"……미안하다."

"아니에요."

고블린 슬레이어가 낮은 목소리로 말하자 여신관이 짧게 대답했다.

두 사람의 분위기를 감지한 것일까?

드워프 도사가 목소리를 죽이며 킥킥 웃었다.

"이렇게 쓰레기가 많다면, **냄새**는 신경 쓸 필요 없겠구나."

"……싫은 일 떠올리게 하지 마."

엘프 궁수가 질색하면서 손을 흔들었다.

사냥꾼 복장의 옷자락과 소매를 잡고서 코에 대고 냄새를 맡아보았다.

언젠가 지하 유적을 탐색할 때 냄새를 지운다며 고블린의 내장을 뒤집어썼다.

옷은 깨끗하게 빨았고 몸도 씻어냈지만, 그렇다고 용서할 수는 없었다.

"오르크볼그. 말해두는데 다음에 또 그러면 정말로 화낼 거야."

고블린 슬레이어는 묵묵히, 살짝 고개를 돌렸다.

주변 냄새를 확인하는 모양이다. 그는 잠시 뒤에 대답했다.

"분명히, 이번에는 필요 없겠군."

"우……."

엘프 궁수가 긴 귀를 곤두세웠다.

사수의 게슴츠레한 시선이 고블린 슬레이어에게 푹 꽂혔다.

"있지, 지금 잠깐 생각난 거 있는데."

"뭐지?"

"오르크볼그. 나한테 아직 사과 안 했어!"

"필요한 일이었으니까."

참으로 무덤덤한 대답이었다.

"우으……."

엘프 궁수가 볼을 부풀리며 토라졌다.

그러나 그것도 한순간이었다.

"……응?"

그녀가 문득 긴 귀를 쉴 새 없이 위 아래로 움직이더니 하늘을 올려다보았다.

"왜 그러느냐? 길쭉귀야."

드워프 도사가 물었다.

"지금, 뭔가 좀, 이상한 느낌이—. ……물소리. 위쪽?"

퐁당. 그 순간에 물방울이 떨어져서 수로의 물이 약간 튀었다.

오수에 떠오른 파문. 그것이 하나. 둘. 셋.

"음……."

리자드맨 승려가 의문스레 혀를 내밀어 코끝을 핥았다.

퐁당, 퐁당. 그 동안에도 물이 떨어져서 바닥의 물이 튀었다.

이미 이것은, 틀림없는—.

"……비, 네요."

여신관이 먼 천장을 올려다보면서 얼굴을 찌푸렸다. 개울 같은 수로의 수면도 흔들렸다.

빗방울을 가리듯 의미 없이 손을 들었던 엘프 궁수가 곤혹스레 물었다.

"하지만, 이런 지하에, 비가 내릴 수 있어?"

"아마도, 위에서 비가 내리는 것 아니겠느냐? 배수구나 운하 같은 것이 있으니 거기서 여기까지 오는 게다."

드워프 도사가 수염을 잡아당기며 말했다. 그는 고블린 슬레이어를 보았다.

"카미키리마루, 어찌 할 테냐?"

"불빛이 사라지면 이쪽이 불리하다."

고블린 슬레이어는 방금 전에 불을 붙인 횃불을 방패로 보호하며 말했다.

쉽사리 꺼져서야 도움이 안 된다. 그런 점에서는 횃불보다 랜턴이 더 낫다.

일장일단. 고블린 슬레이어는 짜증이 난 듯 혀를 찼다.

"그리고, 땅이 안 좋다."

"빗속을 나아가면 몸도 식는 법이니……."

리자드맨 승려가 묵직하게 고개를 끄덕인 뒤 일행을 둘러보았다.

"소승은 잠시 휴식을 제안하네만 어쩌겠나?"

나아가든 돌아가든 무리하게 **우천** 행군을 할 상황은 아니었다. 반대의견은 없었다.

결정이 되고 나면 모험가들의 행동은 빠르다.

빗방울이 떨어지기 시작한 직후이니 바닥은 아직 비교적 말라 있었다.

우유부단하게 굴면 젖은 장소에 앉아서 더욱 몸이 식어 버린다.

천막 같은 것은 없었지만, 비옷을 챙기는 건 모험가의 소양이었다.

그들은 양털(우스티드) 외투를 걸치고 둥글게 둘러앉았다.

그리고 여신관이 준비한 랜턴에 횃불의 불을 옮기고 중앙에 두었다.

불을 쬐기는 어렵지만 없는 것보단 나았다.

"……있지, 오르크볼그. 왜 랜턴을 안 써?"

엘프 궁수가 랜턴을 손가락 끝으로 찌르더니 손에 묻은 검댕을 비벼서 씻어냈다.

"한 손이 막히는 거라면 랜턴은 허리에 매달면 되잖아."

"횃불은 무기가 된다."

고블린 슬레이어가 말했다.

"랜턴은 깨지면 끝이다."

"아, 그래."

엘프 궁수가 기가 막힌 듯 대답하고 무릎을 끌어안으며 앉았다.

고블린 슬레이어는 철 투구에서 물이 떨어지는 것도 신경 쓰지 않고 수로 쪽을 보고 있었다.

여신관이 그를 배려하여 돌아보았다.

"하다못해 투구 정도는 벗는 편이 좋다, 고…… 생각하는데요."

"언제 어디서 적이 올지 알 수 없다."

"전부터 생각한 것이다만, 카미키리마루는 도구를 거칠게 쓰는 녀석이로구나. 손질은 잘 하거라."

"그래."

다리를 틀고 앉은 드워프 도사가 촉매가 든 가방에서 술병을 꺼냈다.

그리고는 뚜껑을 따서 투명한 화주를 잔에 따르더니 재빨리 일행에게 그것을 나눠주었다.

물가의 냄새 속에서 술의 향이 희미하게 섞여서 떠돌았다.

"자, 마셔두거라. 몸이 식으면 움직일 수가 없느니라."

"나는……."

"알고 있다. 한 모금만 마시거라, 한 모금만. 딱히 심술을 부릴 생각도 없으니."

엘프 궁수는 마지못해— 조심조심 잔을 받았다.

그리고 살짝 입을 대고서 매운 맛에 얼굴을 찌푸렸다.

"으, 우……."

“네가 무슨 어린애인고?”

“괜찮으세요?”

“……응, 괜찮아. ……취해서 몸놀림이 둔해진 탐색자는 의미 없는걸.”

무리하지 말라는 여신관에게 그녀가 고개를 끄덕였다.

하긴 여신관도 화주에 익숙하지 못한 것은 마찬가지다.

강렬한 술 냄새에 고생하면서도 약이라 생각하고 살짝 한 모금 마셨다.

혀가 확 불타는 것처럼 강렬한 맛. 그녀도 눈을 마구 깜빡였다.

“어디, 그러면 소승도 한 잔.”

“오오, 마시게 마셔!”

꼬리를 말고 앉은 리자드맨 승려는 대조적이었다.

그는 드워프 도사가 준비한 잔에 술을 넘칠 듯이 따르더니 커다란 턱으로 단숨에 들이켰다.

“으음. 이것은 역시 맛이 좋군. 술통 하나가 넘치도록 마시고 싶긴 하네만.”

“아무리 내가 힘이 좋다 해도 술통을 들고 다닐 수는 없느니. 카미키리마루도 한 잔 마시거라.”

“…….”

고블린 슬레이어는 수로에서 눈길을 떼지 않고 투구 틈으로 술을 쭉 마셨다.

쉴 틈 없이 쏟아지는 물방울은 곧 소나기라고 할 수 있을 정도로 기세가 늘어났다.

잠시 동안 아무도 말을 하지 않았다.

빗방울이 외투를 두드리는 소리. 술을 마시는 소리. 각자의 미약한 숨소리.

주위가 소리로 가득한데, 기묘한 정적이 함께하고 있었다.

"조금, 배에 뭔가 넣어두지."

고블린 슬레이어가 낮은 목소리로 말했다.

"다소 공복인 편이 위에 피가 몰리지 않아 좋지만, 이래서는 둔해진다."

"아, 간단한 거라면……."

여신관이 자기 가방에 손을 넣어서 기름종이 꾸러미를 꺼냈다.

오호오. 요리의 기척에 코를 벌름거린 드워프 도사가 벙긋이 웃으며 엘프 궁수를 팔꿈치로 찔렀다.

"역시 이런 것이지. 길쭉귀야. 너는 이런 부분이 부족한 게다."

"으, 으, 으……!"

반론할 수가 없었다.

"……요리, 배워볼까?"

"가르쳐 드릴게요."

조용히 말하자 여신관이 미소 지으며 말했다.

식사는 딱딱하게 구운 빵과 물로 희석한 포도주 병이었다.

오래 보존할 수 있지만 맛은 심심하다. 단지 배를 채우고 목을 축이기 위한「휴대식량」이었다.

그러나 모험가들은 기뻐하지는 않아도 불평하지 않고 딱딱한 빵을 우물우물 먹었다.

"사실은 조금 더…… 정성 들인 것은 아니더라도 요리를 만들고 싶었는데요."

볼에 묻은 빵 부스러기를 엄지로 떼어 핥은 여신관이 송구한 기색으로 자세를 고쳤다.

"아무래도, 여기서 그런 식사를 할 기분은……."

"그렇긴 하네……."

엘프 궁수가 보란 듯이 코를 찡그리고 손으로 집더니 어깨를 으쓱거렸다.

비가 떨어져 생긴 파문이 몇 겹으로 퍼지며 이어지더니 결국은 강처럼 수로를 흘러가는 오수.

미각의 태반은 후각이 보충한다고 하는데, 여기서는 도저히…….

포도주의 향조차 이끼와 곰팡이와 그밖에 여러 가지 냄새에 묻혀 버린다.

"나는 지하에서 식사를 하고 싶은 기분을 잘 모르겠는데."

"허, 말은 잘 하는구나? 길쭉귀야."

올라가서 두고 보자꾸나. 드워프가 눈을 게슴츠레 뜨고 노려보았지만 엘프 궁수는 신경 쓰는 기색이 없었다.

"그러면 한 고비 넘긴 다음에 맛있는 음식이라도 먹으러 가는 것은 어떤가?"

리자드맨 승려가 포도주와 화주를 번갈아 즐기면서 두 사람 사이를 중재했다.

그렇네요. 여신관이 포도주 잔을 양손으로 감싸며 동의했다.

"그러고 보니 이 근처는 뭐가 맛있나요?"

"흐으음. 어디보자."

드워프 도사가 턱수염을 만졌다.

"이 근처라면……."

"산천어 튀김, 새끼 양의 간장과 포도주 물고기 볶음."

고블린 슬레이어가 수로에서 눈을 떼지 않고 담담하게 말했다.

일행의 시선이 그에게 모였다.

"이 근처의 밀가루는 입자가 굵어서 튀김옷이 맛있다고 한다."

말을 중간에 가로채인 드워프 도사가 거창한 동작으로 어깨를 으쓱거렸다.

"……그렇다는구먼."

"허허. 잘 아는군, 소귀 살해자 선생."

"지인이."

흥미롭다는 태도로 몸을 내민 리자드맨 승려에게 고블린 슬레이어가 짧게 고개를 끄덕였다.

"여기에 온다고 했더니, 가르쳐 주더군."

—지인이라면…….

여신관의 뇌리에 떠오른 것은 접수원 아가씨, 소치기 소녀, 그리고 마녀. 창잡이, 중장 전사…….

몇 개월 전에 알게 되었을 무렵과 비교하면 그의 「지인」이 참 많이 늘었다.

여신관은 목소리를 죽여서 속으로 키득 웃었다.

모험을 하다가도 중간에 휴식을 취할 때면 이렇게 온화하게 시간이 지난다.

그렇지만 모험이란 위험이 함께하는 법, 안전한 곳 따위는 없었다.

그것은 각자의 몸에 술기운이 돌아 훈훈하게 덥혀졌을 무렵이었다.

"……음."

문득 고블린 슬레이어가 소리를 냈다.

그는 재빨리 한쪽 무릎을 세우고 앉더니 수로를 가만히 바라보며 눈길을 돌리지 않았다.

"……고블린 슬레이어 씨, 왜 그러세요?"

"아니……."

그가 말했다.

"……조심해라."

여신관은 그 애매한 대답에 고개를 끄덕였다.

무언가 감지한 것이다. 그녀는 그를 살피면서 재빨리 짐을 정리하기 시작했다.

그냥 괜한 걱정이라도 이제 곧 이동해야 할 무렵이었다.

"돕겠네. 술사 선생, 모포를."

"그리하지."

베테랑 모험가들의 행동은 빠르다. 누가 지시할 것도 없었다.

고블린 슬레이어와 마찬가지로 몸을 숙인 엘프 궁수가 화살통에 손을 대고서 귀를 움직였다.

쉴 새 없이 위 아래로 움직이는 길쭉한 귀는 이 파티 중에서 가장 민감했다.

"……뭔가 오고 있어."

모험가들은 재빨리 자신의 무기를 집었다.

고블린 슬레이어가 아까 주운 장검으로, 리자드맨 승려는 송곳니 칼로 각자 손을 뻗었다.

여신관이 석장을 불안스레 쥐고, 드워프 도사는 슬링을, 그리고 엘프 궁수는 화살을 하나 뽑았다.

"카미키리마루!"

"그래."

드워프 도사가 던진 랜턴을 고블린 슬레이어가 방패를 고정한 왼손으로 받아냈다.

횃불에 불을 옮길 시간이 없었다. 손에…… 아니, 허리띠에 매달아야 한다.

빗줄기 너머, 물안개가 낀 수로 너머에 모두 시선을 고정했다.

그리고 이번에는 모두 함께, 물이 튀기는 소리를 들었다.

파도, 는 아니다.

오수를 헤치면서, 뭔가가 수로의 흐름을 타고 이쪽으로 오고 있었다.

물안개 너머로 숨은 그림자에 고블린 슬레이어가 주저 없이 랜턴의 빛을 비추었다.

어슴푸레 떠오른 것은 폐자재를 조합해서 만든 뗏목을 닮은 조잡한 배였다.

"고블린!"

다음 순간, 선상의 고블린들이 수제 활을 당겨 쏘았다.

쏟아지는 화살비는 제대로 노리고 쏘지는 못했지만 좁은 공간을 비처럼 뒤덮었고—.

“《자비 깊은 지모신이여, 부디 나약한 우리들을 대지의 힘으로 지켜주소서》……!”

물방울과 함께 그야말로 기적처럼 가로막혔다.

희미한 빛을 띤 보이지 않는 장벽. 그 중심에는 두 손으로 석장을 쥔 여신관이 있었다.

혼을 깎아내는 기도가 천상에 닿아 자비 깊은 여신이 《프로텍션(성스러운 벽)》의 기적을 내린 것이다.

“그리, 오래는……!”

여신관이 이마에 비지땀을 흘리며 말하자 고블린 슬레이어가 짧게 대답했다.

“충분하다.”

그는 오른손에 이미 장검을 뽑았고, 왼팔에 고정한 원형 방패를 내밀고 있었다.

“수는 어떻지?”

“셀 틈이 없어.”

엘프 궁수가 화살을 메기고 현을 쭉 당기며 말했다.

“어떡할 거야?”

“빤하다. 평소와 똑같아.”

고블린 슬레이어는 튕겨나가는 화살비 속에서도 태연하게 말했다.

장검을 빙글 돌려서 역수로 잡는다.

“고블린 놈들은 모두 죽인다.”

고블린 슬레이어는 뒤로 당긴 그것을 눈에 보이지도 않는 속도로 던졌다.

여신관을 해칠 의지가 없다면 《프로텍션》은 그 칼날을 막지 않는다. 그것이 법칙(룰)이었다.

장검은 화살 틈을 헤치고서 두목으로 보이는 고블린의 두개골에 파고들었다.

비명도 못 지르고 몸부림을 치면서 오수에 굴러 떨어지는 고블린.

화려한 물보라와 함께 고블린이 손에 쥐고 있던 지팡이가 수면을 때리며 튀어 올랐다.

"GROOARRB!!"

"GAROORORORORORO?!"

샤먼을 잃은 고블린들의 괴성이 메아리치면서 공세가 한순간 느슨해졌다.

"일단 하나. ……술법은 얼마나 남아있지?"

"듬뿍이니라. 아껴두었지 않느냐!"

드워프 도사가 슬링으로 조약돌을 날리면서 대답했다.

"……그러면 《터널(땅굴)》이다. 구멍을 파라."

이어지는 담담한 지시를 듣고서 눈을 부릅떴다.

"어이어이, 바보 같은 소리 말거라. 위쪽 도시를 무너뜨릴 셈이냐?!"

"위가 아니다. 아래다."

고블린 슬레이어가 가방에 손을 넣었다.

"수로에 구멍을 파서 물과 함께 떨어뜨린다."

"도시란 것은 정밀한 기계장치 같은 것이니라!"

고블린 슬레이어가 태연하게 말하자 드워프 도사가 굵직한 목소리로 호통을 쳤다.

"조금이라도 틀어지면 하수가 범람할 게다."

"불도 물도 독도 아니다."

평소에는 분명히 웃었을 곤혹스런 목소리를 듣고서 엘프 궁수가 못 견디고 외쳤다.

"다른 수법!"

"……흠."

고블린 슬레이어가 입을 다물더니 가방 안을 계속해서 뒤졌다.

물론 고블린들도 가만있지는 않았다.

문자 그대로 쏜살같은 사격을 계속하면서 배가 점점 다가왔다.

여신관이 석장을 치켜들고 비명을 질렀다.

"더 이상은, 무리에요……!"

"언젠가처럼 《게이트(전이)》의 스크롤(두루마리)은 없는가?"

"있다면, 가지고 왔을 거다."

오우거를 해치우는데 이 남자가 썼던 수법이 아직 생생하게 기억에 남아 있었다.

그렇지만 《게이트》 스크롤은 귀중품이다. 그리 쉽게 입수할 수 있는 것이 아니었다.

그것을 주저 없이 사용하는 것이 고블린 슬레이어란 남자의 기이한 점이었다.

애당초 그것을 고블린에게 쓸 셈이었으니까.

그는 그리 말하면서 가방에서 무언가를 꺼냈다.

"해서, 작전은?"

리자드맨 승려가 묻자, 고블린 슬레이어가 대답했다.

“《프로텍션》이 풀린 순간에 공격한다.”

“알겠네.”

“고블린과, 배. 어느 쪽이야?”

“배 아니겠느냐.”

“좋다.”

재빨리 작전을 의논하더니 고블린 슬레이어가 여신관을 보았다.

필사적으로 석장을 든 소녀는 도저히 이쪽으로 눈길을 돌릴 여유가 없어 보였다.

고블린 슬레이어는 잠시 허공을 노려보았다. 뭐라고 해야 할까?

“……너는, 《프로텍션》을 다시 쳐서 수비를 굳혀라.”

“네, 네에.”

여신관이 열심히 고개를 끄덕였다. 고블린 슬레이어는 숨을 내쉬었다. 빈 오른손을 가볍게 쥐었다 폈다.

무기가 필요했다. 나이프 하나라도 있으면 되는데…….

“어이쿠, 기다리시게. 소귀 살해자 선생.”

리자드맨 승려는 재빨리 품에서 짐승의 송곳니를 꺼냈다. 그것을 기괴하게 합장하여 손으로 감싼다.

“《영도룡(伶盜龍)》의 갈고리인 날개여. 찢어 발기고, 하늘을 날아, 사냥을 이루라》.”

기괴한 선조에게 기도를 바친다. 조상령에게 탄원한다.

비늘이 돋은 두 손으로 송곳니를 비비자 무시무시한 용의 힘이 깃들었다.

송곳니가 눈앞에서 날카롭게 뻗더니, 어엿한 《용아도(샤프 클로)》로 변했다.

"취향에 맞는 길이라고 생각하네만. ―아아, 가능하다면 던지지는 마시게."

"노력은 하겠다."

고블린 슬레이어는 그가 던진 소검을 익숙한 손놀림으로 휘둘러 봤다. 나쁘지 않았다.

"……앞으로, 조금……이에요!"

마침내 끊이지 않고 쏟아지는 화살을 받던 보이지 않는 방어벽이 삐걱거렸다.

그 삐걱거림이 결정적인 깨지는 소리로 변하더니, 결국은 산산이 부서졌다.

"눈과 입을 다물고, 숨을 멈춰라. 뛴다!"

다음 순간, 고블린 슬레이어가 왼손에 든 달걀을 배 위로 던졌다.

"GARARAOB?!"

"GRORRR?!"

비명.

빻은 고춧가루와 뱀 분말이 깨진 달걀 껍질과 섞여서 흩어진 것이다.

고블린들이 터무니없는 고통에 눈물을 흘리며 숨이 넘어갈 듯 몸부림쳤다.

그 빨간 연기를 헤치고 고블린 슬레이어와 리자드맨 승려가 폐자재선으로 뛰어올랐다.

두 사람의 중량이 더해져 커다랗게 흔들리는 배에서, 한 마리, 두 마리, 고블린이 오수로 떨어졌다.

묵직한 물소리. 솟아오르는 물기둥. 쏟아져 내리는 물보라.

"음……."

발치가 불안정해 자세가 무너진 고블린을 베어내며, 고블린 슬레이어가 희미하게 신음했다.

그 틈을 찔러 등 뒤에서 공격하려는 고블린을 방패로 세차게 때렸다.

"GAROU!"

"……갑옷을 입고 있나."

울려 퍼지는 금속음. 고블린 슬레이어는 역겹다는 투로 내뱉었다.

그는 즉시 뒤돌아서 방패에 맞아 비틀거리는 고블린을 걷어차 뗏목에서 떨어뜨렸다.

"GROOROB?!"

오수에 떨어진 고블린은 열심히 기어오르고자 했지만 갑옷의 중량을 당해내지는 못했다.

이윽고 추악한 얼굴이 수면 아래로 가라앉더니 불룩 거품 하나를 남기고 사라졌다.

"흠."

고블린 슬레이어는 망설임 없이 다음 칼로 근처의 한 마리를 때렸다.

지저분한 눈물을 뚝뚝 흘리던 고블린은 저항도 못하고 오물에 떨어졌다.

"GAROOARA?!"

"떨어뜨리는 게 더 편하군."

"오오! 무시무시한 용이여, 후예가 어찌 싸우는지를 보소서!"

함성을 지른 리자드맨 승려가 기도문을 외치면서 고블린들을 공격했다.

눈가림에서 회복한 고블린들이 활을 내던지고 황급히 검을 뽑았다.

그러나, 늦었다.

손톱, 손톱, 송곳니, 꼬리. 혹은 검, 방패, 주먹, 발.

민첩한 몸놀림, 철저한 전술로 좁은 배 위에서 종횡무진 날뛰는 전사 두 사람.

그들의 공격을 받은 고블린들은 순식간에 쓰러져갔다.

그럴 것이— 고블린은 약하다.

숙련된 전사와 정면으로 싸우면 평범하기 짝이 없는 고블린이 당해낼 리 없었다.

한 마리, 두 마리, 이성을 잃고 오수에 뛰어든 고블린이 헤엄도 못 치고 가라앉았다.

"열여섯, 그렇지만……."

그래도 고블린들 최대의 강점이 사라지진 않았다.

"……아무래도, 많군."

바로 수였다.

한 마리 떨어뜨리면 두 마리가, 두 마리 가라앉으면 네 마리가.

네 마리가 여덟 마리. 여덟 마리가 열여섯 마리. 열여섯 마리가 서른두 마리…….

작은 뗏목 위에 얼마나 많은 고블린이 타고 있는 것인가 싶을 정도였다.

"GOOORRB!"

"GROB! GOOBR!!"

몰려드는 고블린들을 두 사람의 모험가가 차례차례 요격했다. 그러나 끝이 없었다.

그러면 두 사람이 아니면 어떨까?

"GRAB?!"

그때 나뭇가지 화살이 날아왔다.

눈앞의 위협에만 집중하고 있던 고블린이 눈이 꿰뚫려 떨어졌다.

"엘프의 활은 말이야. 눈을 감고 있어도 맞는 법이야……!"

말할 것도 없이 수로 옆에 선 엘프 궁수였다.

그녀는 긴 귀를 치켜세우고 눈에 보이지도 않는 속도로 화살을 메겨, 쏘았다.

빠르다. 아무튼 빠르다.

활 솜씨로 엘프를 당해낼 수 있는 자는 말을 가진 자들 중에는 없었다.

난전의 와중인데도 그녀가 노려서 쏜 화살은 고블린만 맞췄다.

순식간에 화살통의 화살을 다 썼음에도 사격은 멈추지 않았다.

엘프 궁수가 혀를 차면서 아까 고블린들이 쏜 화살을 주웠다.

"정말이지, 못 만든 화살이야."

싫은 소리는 엄살이다. 촉이 돌로 바뀌어도 화살은 빗나가는 법이 없었다.

못 견딘 고블린 한 마리가 버렸던 활과 화살을 다시 잡았다.

몰래 몸을 숙이고, 교활하게도 동료를 방패삼아 그 뒤에서 대강

노렸다.
아니, 고블린치고는 정성을 들였다고 해야 할지도 모른다.
“ORGGGG…….”
저 건방진 엘프를 노린다.
그 고블린은 조잡한 화살을 메기고 조잡한 현을 당겼다.
엘프. 그것도 여자. 생포해도 즐길 수 있고, 죽여 버려도 재미있다.
눈을 꿰뚫어주겠다. 아니면 귀. 징그럽게 웃으면서 화살을 쏘았다.
“《자비 깊은 지모신이여, 부디 나약한 우리들을 대지의 힘으로 지켜주소서》……!”
그러나 엘프 궁수에게 닿지도 못하고 피잉 소리를 내며 튕겨나갔다.
자비 깊은 지모신이 신도의 탄원을 거부할 리 없는 법.
다음 순간에 고블린 사수도 엘프 궁수의 화살에 맞아 죽었다.
“고마워.”
“아뇨, 이 정도는 힘을 내야죠……!”
옆에 있는 소녀에게 한쪽 눈을 깜박여주는 엘프 궁수. 여신관은 의젓하게 웃으며 기도를 유지했다.
“어쨌든 후위에 대한 공격은 막을 테니까…… 공격, 부탁할게요!”
“오냐! 이쪽도 준비가 된 참이로다!”
지금 이 순간까지 촉매가 든 가방을 뒤지고 있던 드워프 도사가 외쳤다.
그는 양손에 점토를 한 덩이씩 쥐고 있었다.
고블린들의 멧목에서 눈을 돌리지 않고, 엘프 궁수가 입술을 끌어올리며 웃었다.

"알았으니까 얼른 해. 드워프는 느리다니까."

"시끄럽구나. 우리는 우리들의 싸움법이 있는 것이니라."

드워프 도사는 두 손의 점토를 콱 움켜쥐더니 둥글게 만들었다.

그리고 중얼중얼 뭔가를 말하며 숨결을 불어넣더니 굵직한 목소리로 외쳤다.

"―카미키리마루, 비늘 친구! 돌아오거라!!"

동시에 공중으로 점토 구슬을 던졌다. 입에서 진정으로 힘 있는 말들이 쏟아져 나왔다.

"《일이다 일이다, 흙의 정령(노움)들아. 모래알 하나, 계속 구르면 돌이 되느니》!"

점토 구슬은 눈앞에서 거대한 돌덩어리로 바뀌더니 배를 향해 단숨에 낙하했다.

《스톤 블래스트(돌 탄환)》…… 그것도 정신력을 통해서 확대한 대형 돌덩이였다.

"음…… 소귀 살해자 선생!"

"그래."

배 위의 두 사람은 재빨리 시선을 나누더니, 당황해 어쩔 줄 모르는 고블린들을 헤치고 있는 힘껏 도약했다.

그들의 등 뒤에서 굉음과 함께 오수가 기둥처럼 튀어 올랐다.

바닥을 구르며 수로 옆에 착지한 고블린 슬레이어와 리자드맨 승려에게 물보라가 쏟아졌다.

돌아보니, 고블린까지 통째로 돌덩이에 짓눌린 배가 순식간에 가라앉고 있었다.

간신히 벗어난 고블린도 있었지만 갑옷의 무게를 견디지 못하고 오물 속으로 사라졌다.

그것을 지켜보는 동안 아무도 말이 없었다.

난전으로 달아오른 몸에 아직도 쏟아지는 비가 차갑다.

내쉬는 숨결이 하얗고, 주위에는 피와 오물의 냄새가 피어올랐다.

엘프 궁수가 약간 갈라진 목소리로 중얼거렸다.

"그럼, 다음은 뭘까?"

"……좀 봐줄 수는 없겠느냐."

드워프 도사가 지긋지긋하게 대답하면서 술병을 꺼내 마개를 열었다.

"한 번에 확 썼더니 정신력이 부족하구나."

그 옆에서 여신관도 힘이 빠져 주저앉았다.

"어쨌든…… 조금 쉬어요. 저도, 조금……."

"아니."

그러나 고블린 슬레이어가 고개를 저었다.

그는 전투 직후인데도 숨결이 흐트러진 기색도 없이 수로 안쪽을 똑바로 노려보았다.

"곧장 이동해야 한다."

"흐에……?"

여신관이 멍하니 고블린 슬레이어를 올려다보았다.

그는 아직 두 손에 무기를 쥐고서 경계 태세를 풀지 않았다.

"동감일세."

기괴한 손놀림으로 합장한 리자드맨 승려가 그 옆에서 고개를 끄덕였다.

“제법 소란을 피웠으니, 빗소리에 가로막혔다 해도…….”

다른 놈들이 알아챘을 지도 모른다네.

리자드맨 승려가 말한— 그 순간이었다.

철퍽. 또 다시 물이 튀는 소리가 들렸다.

엘프 궁수가 굳은 표정으로 수면을 보았다.

“……고블린한테서 도망치다 늑대한테 붙잡히는 건 사양할래.”

그녀는 오래된 속담을 중얼거리며 몸을 부르르 떨었다.

오물이 흔들리더니, 파도가 나타나고 파문이 다가왔다.

다음 순간, 탁한 하천을 헤치면서 거대한 턱이 튀어나왔다.

“AAAAAARRRIGGGGGG!!!!”

그 직후 모험가들은 주저 없이 전술적 후퇴를 결단했다.

빗방울을 떨쳐내고 물보라를 헤치면서 달렸다.

어두컴컴한 하수도 안이지만 그들은 망설이지 않고 길을 골랐다.

왜냐하면 맨 앞에 엘프 궁수와 리자드맨 승려가 있으니까.

그들의 민첩한 움직임에 어둠과 다소의 장애물은 문제도 안 된다.

그들이 찾은 길을 따라서 여신관과 드워프 도사가 뒤따랐다.

가녀린 여신관은 물론이고 체격에서 뒤지는 드워프 도사의 발걸음은 느렸다.

열심히 달리는 두 사람을 허리에 랜턴을 매단 고블린 슬레이어가 바로 뒤에서 지켰다.

그의 등 뒤에서 다시 성대하게 수면이 파도치며 튀어 올랐다.

슬쩍 뒤를 돌아본 그의 시야에는— 거대한 하얀 턱이 보였다.

길쭉하고, 거대하며, 날카로운 이빨이 촘촘하게 돋아 있었다.

어둠 속에 떠오른 그것은 사람 한 명을 깨물어 죽이기에는 충분하고도 남았다.

허공을 콱 깨물고 수중으로 가라앉는 턱이 서서히 거리를 좁히고 있었다.

"일단 보면서, 깨달은 것이 있다."

호흡 하나 흐트러지지 않은 고블린 슬레이어가 묵직하게 말했다.

"저건 고블린이 아닌 것 같다."

"보면 알잖아!"

엘프 궁수가 돌아보지 않고 외쳤다.

앨리게이터— 늪지 용이라 불리는 괴물이었다.

이름만 용이지 앨리게이터의 실체는 도마뱀의 친척뻘이다. 전설에 나올만한 종류는 아니었다.

몸길이와 턱은 길지만 납작하게 기어 다니는 모습은 참으로 꼴사나웠다.

그러나 하얀 꼬리를 꿈틀거리며 오수를 가르고 헤엄치는 그것을 보고 웃을 수가 없었다.

이 자리에서는, 등 뒤에 쫓아오는 하얀 늪지 용이 전설의 용보다도 무시무시한 존재였다.

"어이, 비늘 친구! 저건 네 친척이 아니더냐! 어떻게든 해보지 그러나!"

짧은 팔다리를 휘두르며 달리는 드워프 도사. 그가 침을 튀겨가며 외쳤다.

"안타깝지만 소승은 출가를 한 이후로 친척들과 어울리지 못한 터라."

"에에이, 가끔은 고향에 돌아가!"

"아무래도, 먼 곳이라서 말일세."

리자드맨 승려는 날카로운 숨을 내쉬더니 긴 꼬리를 재빨리 휘둘러 드워프 도사의 다리를 후렸다.

"우오옷?!"

짧은 다리가 땅을 벗어나 공중에 떠올랐다.

자칫 넘어질 것 같았던 다음 순간, 비늘 돋은 팔이 목덜미를 붙잡아 그를 들쳐 멨다.

기세를 죽이지 않고 달리는 리자드맨 승려의 속도는 전혀 떨어지지 않았다.

리자드맨 특유의 눈동자가 빙글 돌았다.

"첫째로, 소승의 친척 중에 저러한 뱀(웜)은 없다네. 술사 선생."

"허! 이거 편해서 좋구나!"

드워프 도사는 신경 쓰는 기색도 없이 리자드맨 승려의 어깨 위에서 껄껄 웃었다.

"어, 어딘가에서, 흘러 들어온, 걸까요……?"

그 뒤에서 여신관이 헐떡거리며 말했다.

신에게 탄원하는 것은 정신과 혼을 혹사하는 것이다. 검을 휘두르는 것보다 편하다고 할 수 없었다.

진작부터 숨이 가쁘고, 다리에 힘이 안 들어가서 당장에 넘어질 것처럼 위태로웠다.

고블린 슬레이어는 작게 혀를 차더니 그녀의 가는 허리를 잡아챘다.
“히약?!”
“조금 숨을 골라라.”
갑작스런 행동에 소리를 낸 여신관에게 고블린 슬레이어가 담담하게 말했다.
지금 여신관은 그의 옆구리에 매달린 자세였다.
수치심과, 문자 그대로 짐이 되고 있다는 것 때문에 그녀가 다리를 버둥거리며 몸을 비틀었다.
“괘, 괜찮아요. 이렇게, 운반해주시지 않아도—.”
“버둥거리지 마라. 떨어뜨린다.”
“으…….”
“기적이 앞으로 하나 남아 있었지.”
그는 여기서 쓰러지면 곤란하다고 말했다.
“또 술법을 써줘야 할지도 모른다.”
“네.”
얼굴이 빨개진 여신관은 잠시 지나서 고개를 숙이며 대답했다.
“수로에서 벗어나야겠소.”
리자드맨 승려는 한 손으로 드워프 도사를 짊어진 채 재주 좋게 품에서 지도를 꺼냈다.
그는 빗방울이 떨어지고 번지는 도면으로 길을 확인하면서 술술 달렸다.
늪지도, 비도, 습기가 가득한 대기도, 밀림에서 사는 리자드맨의 벗이었다.

"드워프를 먹이로 주고 그 틈에 도망가자!"

빗방울을 튀기며 사슴처럼 달리던 엘프 궁수가 아주 진지하게 말했다.

"분명히 식중독에 걸릴 거야!"

"되도 않는 소리!"

"아, 앞에서도, 뭔가 와요……!"

여신관이 엘프 궁수와 드워프 도사의 대화를 가로막으며 석장으로 앞을 가리켰다.

긴 귀를 재빨리 위아래로 움직인 엘프 궁수가 귀를 기울였다.

—물 소리. 수면을 때리는 소리. 그것도 셋. 배 젓는 노 같은 것. 들어본 적이 있는 소리.

"……또 고블린?"

그녀가 기겁하며 말했다. 아까 들었던 염려가 적중해 버렸다.

어두컴컴한 수로의 안쪽 깊은 곳에서 고블린들의 선단이 이쪽으로 오고 있었다.

"어, 어떻게 하죠……?"

옆구리에 안긴 여신관이 떨리는 눈동자로 고블린 슬레이어를 올려다보았다.

"……."

그는 입을 다문 채, 대답 대신 랜턴의 불을 껐다.

"……어이. 이 앞에 샛길이 있나?"

"물론일세. 이 지하수로는 분기로가 참으로 많군."

리자드맨 승려가 지도를 손톱 끝으로 가리키며 수긍했다.

"잠깐, 무슨 생각을 떠올린 건지 모르겠지만, 독이나, 태우는 건……."

"안 한다."

엘프 궁수에게 대답하는 고블린 슬레이어. 그는 담담하게 말했다.

"네 계획을 쓰지."

"……?"

엘프 궁수가 의문스레 고개를 갸웃거리더니 드워프 도사와 마주 보았다.

§

고블린들은 급하게 군함 — 그들 입장에서는, 군함이다 — 의 속도를 올렸다.

우두머리인 샤먼이 기이기이 소리치면서 지팡이를 휘둘러 사공을 재촉했다.

하수도 전체에 메아리치는 전투 소리가 끊어진 다음 제법 시간이 지났다.

이미 싸우고 있던 동족들은 다 죽었겠지만 그건 상관없었다.

중요한 것은 적 혹은 먹잇감인 모험가들이 피폐해졌다는 점이었다.

그것을 놓칠 수는 없었다.

고블린들은 한계에 달했다.

눅눅한 **소굴**은 참으로 지내기 좋았다.

그러나 이 비는 너무나도 역겨웠다.

고블린들은 오물이나 오수는 끄떡없지만, 그렇다고 젖는 것은 싫었다.

따뜻한 잠자리가 좋다. 맛있는 식사가 좋다.

그리고 괴롭힐 상대가 있으면 더욱 좋다.

얼마 전에 지하를 찾아온 모험가들을 괴롭히며 죽인 이후 그들은 한가했다.

그러니 이 기회를 놓칠 수는 없었다.

모험가들 중에 엘프는 있을까? 아니면 인간일까? 여자는 있을까? 분명 있을 것이다.

사공들이 귀에 거슬리는 고블린의 노래를 부르면서 박자도 맞추지 않고 노를 휘둘렀다.

수많은 말을 가진 자의 배들이 그런 것처럼, 고블린 군함도 모든 승무원이 병사였다.

한 척이라면 모를까 세 척이나 되는 함대라면, 어중간한 모험가 파티 따위는 상대도 안 된다.

사실이 어떻든지간에, 고블린들은 그렇게 믿고 있으니 고약하다.

고블린은 무리를 짠 자신들이 약하다는 생각은 눈곱만큼도 안 한다.

그들은 욕망에 얼굴을 찌푸리고 침을 흘리며 일사불란하게 배의 속도를 높였다.

고블린 샤먼의 어둠을 꿰뚫어보는 눈이 하나의 빛을 포착했다.

하늘하늘 흔들리는 그것은 모험가들의 랜턴이 틀림없었다.

꼴사납게도 인간들은 불빛이 없으면 어둠 속에서 보지 못한다.

빛이 없는 동굴의 깊은 곳이 고블린의 강점을 최대한 발휘할 수 있는 영역이었다.

따라서 그들은 승리를 뽐내며, 그러나 방심하지 않고 그 빛으로 다가갔다.

하지만 모험가의 모습은 보이지 않았다.

아니, 가까이 다가가서 깨달았다. 그 불빛은 수면 아래서 흔들리고 있었다.

"ORAGARA!"

"GORRR……."

수상쩍게 생각한 고블린 샤먼이 욕설을 하면서 고블린 한 마리를 지팡이로 찔렀다.

그저 근처에 있었을 뿐인 불운한 고블린은 마지못해 노로 물속을 휘저어 탐색했다.

그리고—.

"ORAGA?!"

덥석. 그 고블린의 머리가 떨어져 나갔다.

오수를 튀기면서 하얀 괴물의 턱이 튀어나온 것이다.

"GORARARARAB!!"

"GORRRB! GROAB!!"

떠들썩한 비명을 지르면서 임전태세에 들어가는 고블린들.

공황상태에 빠져서 도망치려고 배에서 뛰어내리는 놈, 혹은 맞서는 놈.

어느 쪽이든 물에 가까이 있던 고블린부터 남김없이 그 괴물이 물어뜯었다.

고블린 샤먼이 역정을 내더니 지팡이를 휘두르며 주문을 읊기 시작하고—.

§

“수는 놈들이 많지만 불리한 모양일세.”

“그래, 동정의 여지는 없구나.”

……그것을 모두, 샛길의 어둠 속에 웅크린 채 모험가들이 보고 있었다.

“《자비 깊은 지모신이여, 어둠 속 길 잃은 우리들에게 성스러운 빛을 베푸소서》.”

고블린 슬레이어가 방패로 빗방울을 가려주는 아래에서, 여신관이 지모신에게 기도를 바쳤다.

자비 깊은 신이 그녀의 탄원에 응하여 하얀 앨리게이터의 꼬리에 《홀리 라이트(성스러운 빛)》의 기적을 내린 것이다.

“독도, 화공도, 수공도 못한다면 이 정도가 고작이다.”

고블린 슬레이어가 짜증이 난 기색으로 내뱉었다.

엘프 궁수가 그 모습에 기가 막힌단 표정을 지으면서도 그를 달래주었다.

“어쨌든지, 헤쳐 나왔으니까 됐잖아.”

이게 바로 평범한 모험이야! 그녀는 콧김을 내뿜으며 빈약한 가슴을 내밀었다.

희색이 만면하다. 흔들리는 길쭉한 귀가 기분 좋다고 여실하게 알려주었다.

“그건 그렇고. 이렇게 간단히 불빛에 속아 넘어갈 줄은 몰랐어.”

“놈들은 모험가가 빛을 가지고 이동한다는 것을 학습하고 있다.”

“그래?”

“언제부터인지는 모른다. 그러나 공통적인 『상식』이다.”

고블린 슬레이어는 수로 안쪽에서 펼쳐지는 싸움을 노려보면서 말했다.

“애당초 놈들은 약탈민족이다. 물건을 만든다는 발상 자체를 못 가진다.”

그렇다. 소귀는, 고블린은, 그런 생물이었다.

만든다고 해도 고작해야 곤봉이나 석기, 혹은 다른 무구를 짧게 갈아낸 것들 정도였다.

도구, 식량, 가축……. 필요한 것은 만들지 않고 빼앗으면 된다.

그도 그럴 것이, 얼빠진 인간들의 마을에서 빼앗으면 뭐든지 가질 수 있다.

약탈로 충분한 이상 다른 선택지는 필요 없었다.

아예 모체조차도 여자와 아이들이나 모험가를 잡아오면 충분하니까.

“그러나 놈들은 바보지만 멍청하지는 않다.”

고블린 슬레이어는 조심조심, 방심하지 않고 고블린 놈들의 싸움을 살피고 있었다.

“도구의 사용법은 금세 학습한다. 배 만드는 법을 가르치면 금세 습득한다.”

"……정말 잘 아네."

엘프 궁수가 말했다.

"조사하고, 연구했다."

고블린 슬레이어는 아주 담담하게 대답했다.

"그래서 나는 놈들에게 새로운 발상을 절대로 주지 않는다. 압살한다."

벽에 기대어 앉은 드워프 도사가 수염을 잡아당기며 말했다.

"……그러니까, 누군가가 고블린들에게 배에 대해서 가르쳤다. 이 말인 게냐?"

"그래."

기도를 마친 여신관이 후우 숨을 내쉬었다. 이마의 땀과 물방울을 닦았다.

"하지만 저 정도의 배라면, 샤먼 같은 개체가 생각해냈을 지도 몰라요……."

"그럴 수도 있다. 그러나 놈들이 여기서 자연스럽게 늘어났다면 어째서 저…… 뭐였지?"

"저, 앨리게이터…… 말인가요?"

"그래."

여신관이 살며시 말을 잇자 그가 고개를 끄덕였다.

"저것의 존재를 모르고 있지? 알고 있다면 배를 이용할 생각은 하지 않을 거다."

고블린 슬레이어가 조용히 말했다.

"놈들은 겁쟁이니까."

그리고 그는 뭔가 중얼거리면서 생각에 잠겼다.

리자드맨 승려가 그것을 보다 못해 조용히 물었다.

"무슨 말을 하고 싶은 건가? 소귀 살해자 선생."

그 질문에 대한 대답은 극히 단적인 한 마디였다.

"이 소귀 재해(고블린 해저드)는, 인위적인 거다."

전투 소리가 끊어지는 것을 기다린 고블린 슬레이어는 일시 후퇴를 제안했다.

아무도 반대하지 않았다.

술법도 떨어졌고, 화살도 다 썼고, 장비도 부족하며, 체력도 소모했기 때문이다.

고블린과 앨리게이터의 싸움을 뒤로한 채 어두컴컴한 지하도를 묵묵히 나아갔다.

얼마 후 사다리에 도착하여 지표로 돌아오자 굵직한 빗줄기가 그들을 맞이해 주었다.

여신관은 그렇잖아도 흠뻑 젖은 온몸에 비를 맞으면서 피폐한 표정으로 하늘을 보았다.

그리고 가는 목소리로 중얼거렸다.

"—비, 그칠 것 같지 않네요."

막간 「젊은 임금님 이야기」

Goblin Slayer
He does not let anyone roll the dice.

좋다. 그럼 일단 지난번에 토벌된 마신왕에 대해서다.

몇 갠가, 잔당놈들이 사교를 세웠다고 하여 이미 현자님이 조사를 하고 있다.

보고를 기다리는 동안에도 그녀가 요청하면 대응할 수 있도록 제후들에게 전해라.

다음은…… 흠, 포션(물약)의 가격 상승?

아아, 수요가 늘어서 공급이 부족한 건가. 가만 둘 수 없는 문제로군.

모험가와 행상인, 마을사람, 괴물들의 활동이 늘어나면 부상자도 늘지…….

좋아. 치료원에 소속, 혹은 위탁을 받은 약사에게 왕실 숲을 개방한다.

이렇게 되면 하는 수 없지. 다만 수렵 제한은 풀지 않는다.

밀렵꾼의 침입에 대비해 지금보다 더욱 감시를 강화해라. 자기방어를 위한 전투가 아니면 엄정하게 벌하라.

그러면 다음…… 어허. 모험가 조합에서 정기 활동 보고서가 왔군. 이건 나중에 읽어도 되겠지.

대신, 금과 은 등급의 고위인 자들로 한정하여 보고를 정리해 가져오라.

마신이나 사신들에게 관련된 사례가 있는지 없는지, 모두 읽는 것은 한가한 자에게 맡긴다.

다음, 엘프, 드워프, 리자드맨의 동맹인가?

이거야…… 아인(亞人), 실례, 실언이었군. 이종족과 외교를 하는 것은 매번 귀찮군.

믿을 수 없는 것은 아니지만 문화가 다르다. 우리들의 영지에서 멋대로 움직이면 곤란하지.

최대한 배려를 하면서도 경계를 게을리하지 말도록. 괜한 마찰은 사양이다.

그렇지, 보급은 어떤가? 우리들 쪽에서 병사에 대한 물자 공급과 지원도 잊지 말라.

보급부대의 편성은 어떻지? 자급하는 자들도 많을 텐데.

병사가 농민이든 귀족이든 따뜻한 식사와 잠자리는 제공해야 한다.

그리고, 다음은……. 아아, 고블린 피해 대책에 대한 진언인가?

검의 처녀로군. 이거야, 늘 있는 일이지만…….

마을을 공격하는 들개 무리에게 일일이 군대를 보내기에는 병사가 부족하다.

마신왕에 사신까지 위협은 그 밖에도 많다.

애당초 놈들은 **자력으로 대처할 수 있지** 않은가?

좋아. 그러면 이 방침으로 움직이지……. 응? 대신. 모험가에 대한 보고는 나중에…….

…………뭐라? 현자님이…… 호오, 이것은…….

흠. 아무래도 현자님이 이미 사교의 음모를 일부나마 파악한 모양이군.

벌써 토벌하러 가셨다고 한다. 역시 참으로 듬직하군.

이 일에 대해서는 더 이상 걱정할 것 없겠지.

그도 그럴 것이. 백금 등급 모험가— 용사님이 나선 것이니 말이다.

제 4 장 『모험과 모험 사이』

Goblin Slayer
He does not let anyone roll the dice.

"와아……."

비에 젖어 차가워진 나신이 따뜻한 김에 휩싸이자 여신관의 볼이 느슨해졌다.

문을 열고 들어서자, 화려하기 짝이 없는 유려한 조각으로 장식된 백석의 커다란 공간이었다.

희미하게 달콤한 향을 풍기는 증기로 가득 찬 실내에, 느긋하게 앉을 수 있는 의자가 늘어서 있었다.

가장 안쪽에는 욕조신 — 아름다운 여신 — 의 석상이 안치돼 있었다.

그리고 물통에는 사자상의 입을 통해서 온수가 쏟아지고 있었다.

참으로 사치스러웠다. 분명히 도시를 종횡무진으로 흐르는 운하에서 물을 끌어오고 있을 것이다.

청빈함을 존중하며 온수로 몸을 닦는 것이 고작인 지모신 신전에서는 이럴 수 없었다.

여기는 법의 신전 대욕탕— 다시 말해서 한증막이었다.

법을 다스리는 자는 몸이 청결해야 한다는, 지고신의 신전이기 때문에 있는 시설.

개중에서도 변경 최대인 법의 신전 한증막은 너무나도 근사했다!

"……응. 오늘만— 오늘만, 이니까요."

여신관은 한 손에 든 타월로 가녀린 가슴을 가리면서 다른 한 손으로는 지모신의 표식을 그렸다.

평소에는 신관복과 사슬 갑옷으로 보호 받는 그녀의 몸은 투명할 정도로 하얗다.

그 피부를 증기로 촉촉하게 적시면서 여신관은 들뜬 발걸음으로 욕실에 들어섰다.

꽤 밤늦은 시간이기도 하여 다행히 다른 사람은 아무도 없었다.

그래서 그녀는 물통으로 다가가 사양할 것 없이 바가지 가득 온수를 떴다.

"아, 이거……."

풍부하게 떠도는 방향은 물통에 첨가된 향유 탓이리라.

성직자인 이상 그녀는 딱히 화려하게 꾸미고 싶다고 생각하지는 않지만…….

그래도 며칠 전에 지나친 아가씨들의 화사한 모습이 뇌리에 떠올랐다.

"……모처럼, 이니까요. 괜찮을 거예요. 응."

여신관은 좌우를 살며시 둘러보고서 향화석(사우나 스톤)으로 만들어진 욕조신상에 온수를 뿌렸다.

고온으로 뜨거워진 석상이 순식간에 물을 증발시켜서 장미의 향과 함께 욕실 안을 데웠다.

이 욕조신은 벌거벗은 여성의 모습을 하고 있지만, 두 얼굴을 가졌기 때문에 남탕에는 노인의 상이 있다고 한다.

그렇다. 있다고 한다. 당연한 거지만 여신관은 남탕에 들어가 본 적은 없었다.

욕조신은 입욕자에게 길흉을 가르쳐준다고 하지만 이렇다 할 신전이 없고 신자도 없었다.

그렇다기보다, 온갖 목욕탕이 신전이며 모든 입욕자가 신자였다.

신자로서 예의를 다하고 증기를 듬뿍 쐬어 만족하는 여신관.

그녀는 살집이 적은 엉덩이로 다소곳이 의자에 앉았다.

이어서 어느 욕실에나 있는 자작나무 가지를 집었다.

그걸로 가볍게, 쓰다듬는 것처럼 몸을 때린다.

"……으응."

오랜 시간에 걸쳐 지하를 탐색하느라 뭉치고 피로가 쌓인 근육을 이걸로 푸는 것이다.

한차례 자작나무 가지를 휘두른 다음 여신관의 나신이 살며시 분홍색으로 상기되었다.

긴 의자의 등받이에 기댄 그녀는 후우, 한숨을 쉬었다.

"다른 분들도 오면 좋았을 텐데……."

일단 엘프 궁수에게도 같이 가자고 했지만 고개를 붕붕 저으며 싫다고 했다.

『어쩐지, 불이랑 물이랑 공기의 정령이 뒤섞여 있는 느낌이라 거북하거든.』

드워프 도사나 리자드맨 승려는 「목욕보다도 술과 식사」라고 하며 거리로 나서 버렸고…….

그리고 고블린 슬레이어.

그는「편지를 보낸다」라는 묘한 소리를 하더니 금세 모습을 감췄다.

『앗, 나도 따라갈래!』

엘프 궁수가 말하며 뒤쫓아간 마음을 이해 못할 것도 없지만.

—고블린 슬레이어 씨.

그렇다. 여신관은 그를 생각했다.

"벌써……. 반년이네요……."

고블린의 소굴에서 죽을 뻔 했고, 그때 그가 목숨을 구해줬다. 그로부터 반년이 지났다.

아직도 그날의 모험을 꿈에서 볼 때가 있다.

어쩌면 지금 이 자리에 있는 자신은 사실 고블린의 소굴에 붙잡힌 가련한 소녀의 망상일지도 모른다.

혹은 반대로 그 세 사람과 함께 모험을 성공한 다음에 보는, 한때의 꿈.

둘 다 가능성은 있었다.

그날, 그때, 자신은 과연 어떻게 했어야 할까?

무엇을 했어야 할까?

만약…….

만약에 자신이 최초의 모험을 성공했었다면…….

지금의 동료들과 결코 알지 못했을 것이다.

그랬다면 지하유적이나 고블린 로드(소귀왕)와의 싸움은 어떤 결말이 되었을까?

도시는, 목장 사람은, 친해진 사람, 알게 된 사람, 다른 모험가는…….

그— 고블린 슬레이어는 무사히 살아남을 수 있었을까?

결코, 자신이 그의 목숨을 구했다고 생각할 정도로 여신관은 오만하지 않았지만…….

"……나쁜 사람은, 아닌데 말이죠."

살며시 아까 안겼던 허리를 쓰다듬었다.

그의 팔과 비교하면 부러지지 않을까 싶을 정도로 여리고 가늘다.

그는 영웅 같기도 하고, 복수귀 같기도 하지만, 아마 둘 다 아니다.

"……."

여신관은 어느샌가 의자 위에서 무릎을 끌어안아 웅크리고 있었다.

증기로 데워진 머리가 점점 나른해지며 몇 가지 생각이 떠올랐다 터져 버렸다.

별 것도 아닌 거품 같은 생각에 몸을 맡기니 기묘하게 편하기도 하고 초조하기도 했다.

그것은 휴일 아침, 평소보다 일찍 눈을 떴을 때 같은 기분과 닮았다.

이대로 잠들어버려도 된다. 하지만 일어나서 움직이는 편이 좋지 않을까?

뭔가 해야겠다. 그래야 한다고 생각은 하지만…….

"어떻게 하면, 좋을까아……."

"뭐가, 말인가요?"

"꺄악?!"

조용히 중얼거린 혼잣말.

그것에 부드러운 목소리가 대답하자 여신관의 **거품**이 펑 터져 사라졌다.

뛰어 오를 것처럼 고개를 들어 바라보자— 성숙한 과실처럼 풍만하고 아름다운 육체가 있었다.

“후후, 계속 그러고 있으면 더위를 먹을 거예요.”

“죄, 죄송합니다. 생각에 빠져 버려서…….”

여신관은 황급히 눈앞에 서 있는 대주교— 검의 처녀에게 고개를 숙였다.

“괜찮아요.”

그녀는 아름다운 금발을 느슨하게 흔들며 고개를 옆으로 저었다.

“놀라게 해버린 제가 잘못한 거죠. 일을 하느라 늦어버렸어요…….”

여신관은 그녀의 모습에서 눈길을 떼지 못했다.

숨기지도 않고 아낌없이 드러낸, 실오라기 한 점 걸치지 않은 아름다운 몸.

그것은 여성이라도 눈을 뗄 수 없을 정도로 아리따웠다.

유일하게 남아 있는 눈가리개가 눈동자를 뒤덮고 있는 것이 오히려 음란하게 느껴졌다.

햇살 아래서 엿본 그 신비적인 분위기가 형태를 바꾸어 그녀의 육체를 채색하고 있었다.

게다가, 증기로 촉촉하게 젖은 모습은 피부가 상기되어 여신관조차 숨을 삼킬 정도였다.

다만…….

“저기…… 그것, 은…….”

여신관이 조심스레 입을 열었다.

검의 처녀가 가진 완벽하고 아리따운 몸에는 희미하게 하얀 줄이 그어져 있었다.

몇 개나, 몇 겹으로. 가는 것도, 굵은 것도, 긴 것도 있으며 짧은 것도 있었다.

직선적으로 그어진 것도 있고, 틀어지면서 기묘한 문양을 그리는 것도 있었다.

자세히 주시해서 보면 온몸에 빈틈없이, 그 선— 상흔이 없는 곳이 드물 정도였다.

낮에 신전에서 만났을 때는 깨닫지 못했다.

그녀의 피부가 살며시 분홍색으로 물들었기 때문에 볼 수 있었다.

문신일까? 아니, 도저히 그렇게 생각할 수 없었다. 저것은—.

“아아, 이거…….”

대주교는 살며시 팔에 그어진 일그러진 선을 따라 가녀린 손가락을 움직였다.

부드러운 살결에 손가락을 대는 손놀림이 마치 애무하는 것 같았다.

여신관은 **그것**을 책으로는 알고 있었지만 부끄러워서 고개를 숙였다.

도저히, 보고 있을 수 없었다.

“조금, 실수를 해 버렸어요.”

온몸이 베인 것을 사뭇 아무것도 아니란 듯 말하며 검의 처녀가 웃었다.

무심코 멍하니 보게 될 정도로 녹아내리는 미소였다.

“뒤에서, 머리를 퍽. 맞았죠. ……10년도 더 전에 있었던 일이지만요.”

“아, 저기, 그게…….”

그것이 어떤 뜻인지.

여신관은 더 이상 모를 수 없었다.

뭐라고 해야 할까? 어떻게 말해야 할까? 갈라진 소리를 내면서, 시선을 피했다.

“……이제, 괜찮, 으신가요?”

검의 처녀의 동작이 한순간, 멎었다.

그녀는 — 만약 가리지 않았다면 — 눈을 깜빡였으리라.

“당신은, 상냥한 사람이군요.”

그렇게 조용히 말하는 얼굴에서, 마치 조각상처럼 표정이 떨어져 나갔다.

“대부분의 사람들은, 제가 알려주면 『죄송합니다』라고 해요.”

“……그렇, 지는.”

그밖에 할 말을 찾지 못한 것뿐이다—. 여신관은 입을 다물고 고개를 숙였다.

도저히 그렇게 말할 수 없었다.

“후후……. 신경 쓰지 않아도 돼요.”

검의 처녀가 팔을 슥 뻗어서 자작나무 가지를 잡았다.

눈을 가리고 있다고 생각하기 어려울 정도로 우아하고 정확한 동작이었다.

“흐읏…….”

그리고 채찍처럼 가지를 휘두르자 미약한 목소리가 그녀의 입술에서 흘러나왔다.

눈길을 피하려고 하면서도 흘깃, 흘깃, 그쪽을 보게 되는 여신관.

이윽고 그것을 깨달았는지, 검의 처녀가 자신을 채찍질하던 손을 멈췄다.

"이 눈으로."

검의 처녀가 속삭이며 여신관 가까이 얼굴을 접근시켰다.

여신관은 미약하게 꿀꺽 침을 삼켰다.

"여러 가지…… 정말로, 여러 가지를 봤답니다."

미약한 숨결, 신음하듯 내뿜은 그것이 여신관의 코를 간질였다.

달콤한, 숨 막힐 듯 농밀한 꽃향기를 맡았을 때 느끼는 현기증과도 비슷한…….

"당신이 상상도 하지 못할 법한……."

"아……."

슥. 검의 처녀가 멍하니 앉은 여신관을 남기고 안쪽으로 몸을 물렸다.

부끄럼 타는 소녀처럼 증기로 모습을 감싼 것이다. 금색 머리칼이 그림자 너머에서 흔들렸다.

"그 분."

"네……?"

열이 올라서 안개가 낀 사고를 떨쳐내고 여신관이 고개를 갸웃거렸다.

"고블린 슬레이어, 라고 하셨던가요……. 듬직한, 인물이더군요."

"아, 어, 에. ……네. 정말 그래요."

여신관은 자기 보물을 자랑하는 어린아이처럼 천진한 표정을 지었다.

검의 처녀가 입술 끝을 살며시 끌어올리고 고혹적인 미소를 지은 것을 여신관도 알 수 있었다.

아니, 그뿐이 아니었다.

"탐색도 순조로운 것 같아서, 저도 참 기쁘게 생각한답니다."

하지만. 젖은 입술로, 마치 **그**처럼, 검의 처녀가 담담하게 말했다.

"분명 언젠가, 사라져 버리겠죠. 그도."

여신관은 미약하게 숨을 삼켰다.

—보고 있다.

그녀의 보이지 않는 눈동자가 분명하게 자신의 몸을 보고 있다. 피부를 찌르는 것처럼 느낄 수 있었다.

눈동자는 보이지 않는다. 그럼에도 마치 가슴속, 마음속까지 꿰뚫어보는 것처럼…….

"저, 저기, 저, 저는……."

"네. 쓰러지기 전에 들어가세요."

무심코 일어선 여신관에게 검의 처녀가 우아하게 고개를 끄덕였다.

그 **시선**에서 도망치듯, 미끄러운 백석 때문에 속도를 내지 못하면서도 여신관은 욕실을 뛰쳐나왔다.

탈의실에서 어떻게 몸을 닦고 잠옷으로 갈아입었는지도 제대로 기억 못했다.

그저 깨닫고 보니, 그녀는 밤바람이 부는 신전의 복도에 서 있었다.

어느샌가 비가 그치고 서늘할 정도로 맑은 밤하늘이 보였다.

여름인데도 쌍둥이 달이 서늘하게 빛났다.

여신관은 그것을 바라보며 가녀린 어깨를 끌어안고 몸을 떨었다.

—알고 있어.

그것은 계시와도 닮은 깨달음이었다.

—그 사람, 알고 있는 거야.

무엇을?

—고블린에, 대해서……!

몸과 달리 그녀의 마음은, 얼어붙을 정도로 식어 있었다.

§

"아, 여기네."

오르크볼그— 고블린 슬레이어와 만나기로 한 장소는 모험가 길드였다.

역시 도시 입구에 세워진, 변경의 도시보다 커다랗지만 법의 신전보다는 작은 지부.

공공기관과 주점과 여관. 그밖에 공방 따위가 합쳐진 것은 같지만 풍취는 꽤 달랐다.

이곳은 백석으로 지은 탓인지 조용하고 청결한 은행 같은 분위기였다.

물론 엘프 궁수는 은행을 방문한 적이 없기 때문에 널찍하다고 생각할 뿐이었다.

"……야, 저기 봐. 저거 하이 엘프잖아……!"

"진짜네. 난 처음 봤다……."

"키야, 곱구나 고와. 좋은데?"

전에도 몇 번 방문한 적이 있지만 그래도 희한한지 주위 모험가들의 눈길이 엘프 궁수에게 모였다.

입을 모아 제멋대로 말을 해대고 호기심과 호색의 시선이 가차없이 쏟아졌다.

"……."

엘프 궁수는 눈썹을 살짝 찌푸렸다.

과거에는 까딱하지 않았지만 그 마음 편한 변경 도시에 익숙해진 지금은…….

—어쩐지, 좀 싫다.

아직도 개척이 진행되고 있는 변경 도시와 비교하면 여기는 발전된 커다란 도시이기 때문일까?

모여서 떠드는 모험가의 수가 많았다. 엘프 궁수는 긴 귀를 흔들며 주위를 빙 둘러보았다.

"음, 오르크볼그는…… 아, 저기 있다."

저 싸구려 철 투구, 지저분한 가죽 갑옷을 잘못 볼 리 없었다.

고블린 슬레이어는 홀 구석의 벤치에 자리 잡고 앉아서 팔짱을 끼고 있었다.

장소는 다르지만 평소와 같은 자세. 그렇지만 평소와 다른 점도 있었다.

멀리서 그를 살피며 비웃는 표정으로 수군거리는 파티.

들리지 않을 거라 생각하겠지만 엘프의 긴 귀에는 시끄러울 정도였다.

"……우와, 꼴이 저게 뭐야? 지저분하긴."

"밖에서 온 뜨내기인가? 어떻게 좀 못하나? 물의 도시의 품격이 떨어지잖아."

엘프 궁수는 그 모든 것을 지켜보고 흥, 코웃음을 쳤다.

죄다 마음에 안 들었다.

그녀는 모험가들의 시선을 헤치면서 가볍게 다리를 움직여 홀을 걸었다.

굳이 평소에는 결코 안 내는 발소리를 뚜벅뚜벅 위압적으로 내면서 벤치로 다가갔다.

"기다렸지, 오르크볼그."

그리고 친근함을 담아서 그에게 말을 걸었다. 그리고 기댈 수 있을 정도로 바싹 다가가 훌쩍 옆에 앉았다.

웅성. 어중이떠중이 모험가들이 동요하는 것을 고양이처럼 바라보며 웃었다.

꼴좋다. 엘프 궁수는 속으로 키득키득 웃었다.

"미안, 미안. 지쳐서 잠들었었어. 어때? 편지 보냈어?"

"그래."

고블린 슬레이어가 무뚝뚝하게 고개를 끄덕였다.

보아하니 늦잠 자서 지각한 것에는 화가 나지 않은 모양이다.

엘프 궁수는 그것에 아주 약간 안도했다. 그러면 신경 쓰지 않아도 되겠지.

그녀의 마음을 아는지 모르는지, 그는 의뢰서 사본을 들어 엘프 궁수에게 보여줬다.

촌농으로 인이 박혀 있으니 의뢰가 수령된 것이다.

"그 도시에 가는 모험가가 있기에 의뢰로 부탁했다. 지불도 끝났다."

우편— 아무리 변경이라도 가도를 다니면 역마차가 지나다닌다.

편지는 그 마차에 실어 보내는 것이 일반적이지만, 돈이 있으면 모험가에게 부탁하는 것이 제일이었다.

모험가란 무리는 몸에다 무장을 하고 전투력을 가진 무뢰배다.

긴급할 때는 물론이고, 역마차가 안 다니는 시골의 구석이라도 돈만 내면 전해준다.

그리고 모험가 길드를 통해서 의뢰를 하면 이행했는지 아닌지 길드에서 확인한다.

들고튀거나, 전달했다고 거짓을 고하며 편지를 파기하는 등의 염려도 낮아진다.

아무리 힘이 있어도 어느 날 갑자기 튀어나온 출신 불명 젊은이에게 중요한 일을 맡길 수는 없었다.

중요한 짐이나 서류를 맡길 수 있다는 점은 모험가 등급 제도의 이점이기도 했다.

"그러고 보니 나는 편지란 거 써본 적 없어."

우응. 엘프 궁수가 살짝 소리를 내면서 의뢰서를 빤히 보았다.

그리고 그것을 적당히, 그러나 엘프 특유의 우아한 움직임으로 둘둘 말았다.

"무슨 내용인데? 안부 보고?"

"보고란 점에서는 틀리지 않았다."

—아항.

납득했다. 엘프 궁수는 미소 지으며 수령서를 던져 그에게 건넸다.

—그러면, 분명히 목장에 있는 그 애겠구나.

"뭐야. 오르크볼그도 배려라는 걸 할 수 있게 됐네."

"그런가?"

"그래."

"그런가."

그래 그래. 멋대로 결정한 엘프 궁수가 고개를 끄덕이는 것에 맞추어 길쭉한 귀도 기분 좋게 흔들렸다.

"영차."

엘프 궁수는 새로운 기분으로 훌쩍 벤치에서 내려왔다.

가볍게 몸을 돌리자 그녀의 머리칼이 길게 끌리며 유성처럼 공중을 달렸다.

"장보는 거. 오르크볼그는 무기를 구해야 했던가?"

"그래."

고블린 슬레이어가 고개를 끄덕이고 자리에서 일어서더니 한 손으로 가볍게 허리춤을 두드리며 보여줬다.

평소에는 어중간한 길이의 검이나 빼앗은 잡다한 무기가 들어가 있는 칼집.

하지만 어제 모험에서 평소처럼 아낌없이 써버린 결과 지금은 비어 있었다.

"단검으로 싸우기는 불안하다. ……너는, 옷을 사는 건가?"

"당연하지. 하수도 냄새는 너무 지독해. 옷에 베어 버리니까 너무 싫어."

그걸 신경 안 쓰는 건 오르크볼그밖에 없어. 엘프 궁수는 눈을 게슴츠레 뜨고 그를 노려보았다.

"오르크볼그가 피범벅으로 만들었을 때는 더 심했어."

"음……."

고블린 슬레이어는 엘프 궁수 앞에 선 채 가볍게 신음했다.

"……불쾌했다면, 사과하는 편이 좋겠나?"

"그건 딱히 됐어."

훌훌. 엘프 궁수가 가볍게 손을 흔들며 미안한 기색 없이 말했다.

"사과 받으면 앞으로 더 못 놀리잖아."

"……그런가."

고블린 슬레이어의 대답은 역시 평소와 같았다.

길드 안의 분위기도 여전했다.

어중이떠중이 모험가, 직원이 희한하다 눈으로 두 사람을 보고 있었다.

개중에는 시기심 같은 것도 있을 것이다.

저런 별 볼 일 없는 모험가가 하이 엘프랑 같이 있다니?

뭔가 잘못 됐다, 속고 있다, 라는 둥 제멋대로 지껄여댄다.

"그러고 보니."

고블린 슬레이어가 조용히 중얼거리자 주위에서 동요하며 귀를 기울였다.

"하수도가 있지만, 자이언트 랫(거대 쥐) 퇴치 의뢰는 없더군."

"아, 그러고 보니…… 그렇네."

발돋움해서 게시판을 보려던 엘프 궁수는 사람들이 실소하는 것을 보게 되었다.

시골뜨기, 란 말을 안 해도 전해진다. 악의가 가득한 깔보는 시선.

이 아름다운 도시의 하수에 쥐 따위가 있을 리 없지 않은가…….

"흐흥."

그렇지만, 엘프 궁수는 기분 좋게 코웃음을 치더니 주위를 흘깃 둘러보았다.

"그럼 갈까?"

씨익 웃으며 고블린 슬레이어의 손을 잡자, 한순간 동요가 커졌다.

그것이 뭐라 말하기 어려울 정도로 즐겁다. 거친 가죽 장갑의 감촉도 재미있다. 그래서 웃음이 짙어졌다.

방금 전에 지나온 길로 둘이 함께 돌아갔다. 거리로 나서면서 엘프 궁수가 물었다.

"있지. 전부터 신경 쓰인 건데."

"뭐지?"

"속옷이란 거, 필요한 거야?"

아직 잘 모르겠어.

엘프 궁수가 그렇게 말하자, 고블린 슬레이어가 보기 드물게 깊은 한숨을 내쉬었다.

"나한테 묻지 마라."

물론, 이 자유롭고 변덕스런 하이 엘프는 그런 걸 신경 쓰지 않는다.

그녀는 가죽 장갑의 낯선 감촉을 마주 쥐고서 고블린 슬레이어의 얼굴을 들여다보았다.

"그래서, 오르크볼그가 사는 건 검뿐이야?"

"아니, 그 밖에도 필요하다."

"흐응~?"

엘프 궁수는 고블린 슬레이어가 가방에 넣고 다니는 것들을 떠올렸다.

수많은 정체 모를 도구들. 본 적이 없는 물건들. 만져보고 싶은 장비.

그녀의 아담한 가슴이 순식간에 호기심으로 가득 찼다.

"있지, 뭐 살 건데?"

호기심은 전혀 사양하는 기색도 없이 웃음과 함께 흘러 넘쳤다.

제 5 장 『죽음으로 나아가라』

Goblin Slayer
He does not let anyone roll the dice.

“그래서, 그건 뭐야?”

다음날, 다시 지하에 내려온 엘프 궁수는 허리에 손을 짚고서 고블린 슬레이어를 보았다.

어중간한 장검을 새로 장만하여 허리에 찬 그는 칼집 옆에 작은 새장을 달고 있었다.

그 안에서는 엷은 담녹색의 작은 새가 경쾌하게 지저귀고 있었다.

오수가 흐르는 지하수로에는 안 어울리는 밝은 음색이었다.

고블린 슬레이어는 의문스레 고개를 갸웃거렸다.

“……? 새를 모르나?”

“알고 있어.”

“카나리아다.”

“그러니까, 그건 안다니까……!”

엘프 궁수가 긴 귀를 곤두세우며 다가왔다.

그 옆에서 드워프 도사가 웃음소리를 죽이며 큭큭거리고 있었다.

“어젯밤부터 계속 그러면서 용케 질리지도 않는구나.”

“그치만, 신경 안 쓰여? 새잖아, 새. 카나리아!”

수로 안쪽 어둠 너머로 천천히 조용히 나아가면서도 엘프 궁수의 분노는 식지 않았다.

척후를 담당하는 그녀의 긴 귀는 쉴 틈 없이 위아래로 움직이고 있었다.

힐끔. 째진 눈초리가 등 뒤의 고블린 슬레이어를 살폈다.

"그 스크롤처럼 만지면 대참사가 일어나는 건 아니겠지?"

"카나리아가 사람을 죽일 수 있다고 생각하나?"

엘프 궁수의 긴 귀가 커다랗게 움직이고, 드워프 도사는 웃음을 참지 못해 큭큭 소리를 흘렸다.

"고, 고블린 슬레이어 씨, 그게 아니라……."

보다 못한 여신관이 무심코 끼어들었다.

석장을 두 손으로 쥐고 대열 중심에서 조심조심 말했지만…….

"뭐지?"

빙글. 돌아본 고블린 슬레이어의 철 투구를 보고 말문이 막혔다.

그 뒤로 하룻밤.

제대로 잤는지도 모른 채 눈을 떠봤더니…… 별 일 없었다.

단순히 그녀가 너무 긴장한 나머지 괜한 신경을 썼을 뿐이다.

아침 식사 자리에 나타나서 파티에게 인사를 하고 지나간 검의 처녀.

그녀의 모습에서 어젯밤의 음탕함은 거짓말처럼 사라져 있었다.

—아니. 분명히 전부…… 없었던 일일 거예요. 처음부터.

모두 그녀의 착각이었다. 그럴 것이다. 그렇지, 않고서야…….

"왜 그러지?"

"아, 아뇨."

고블린 슬레이어가 낮고 담담하게 말하자 여신관이 퍼뜩 몸을 긴

장시켰다.

가볍게 숨을 들이쉬고, 내쉬었다.

"그러니까 그것이, 어째서 카나리아를 데리고 온 건가, 하는 거예요. 그게……."

흘끔. 새장을 보았다. 담녹색 카나리아는 활발하게 횃대에서 뛰놀고 있었다.

"……귀엽다고는, 생각하지만요."

그러나 눈앞의 남자는 고블린 슬레이어다. 괜한 멋이나 부리려고 고블린 퇴치를 하는 남자가 아니었다.

"카나리아는 미약한 독소라도 감지하여 소란을 떤다."

"독, 이요?"

고블린 슬레이어가 고개를 끄덕이고 역시 평소처럼 담담하게 설명했다.

"이 소굴의 고블린들은 교육을 받았다. 유적에 설치되어 있던 함정을 이용하고 있어도 신기할 것 없다."

"그러고 보니 흙의 광부는 지하의 독소에 대비해서 새를 데리고 다닌다고 하더구나."

촉매가 든 가방을 짊어진 드워프 도사가 납득했다는 기색으로 고개를 끄덕였다.

"우리들이야 오히려 독이 스며 나오는 것보다야, 재물을 노리고 오는 용이 더 위험했다마는."

"……그런 거야?"

심술궂게 싱글거리는 표정의 엘프 궁수가 모퉁이 너머를 살피고 뒤쪽으로 손짓을 했다.

고블린 슬레이어가 그에 따라서 천천히, 신중하게 나아갔다.

어중간한 길이의 장검을 손에 들고, 방패를 고정한 왼손에 횃불을 들었다. 평소와 같은 모습이었다.

"지하에 묻힌 악마를 파내서 멸망한 드워프 왕국이 있지 않았어?"

"……때로는 그런 일도 있는 법이니라."

드워프 도사가 입을 다물었다. 아픈 곳을 찔렸다.

동서고금, 나라는 갖가지 이유로 멸망하고, 번성하고, 다투고, 또 멸망했다.

번성한 나라에도, 망한 나라에도, 어디든지 다들 여러모로 사건이 있는 법이다.

"과연."

리자드맨 승려가 수긍했다. 그는 꼬리를 찬찬히 흔들었다.

"그런데 소귀 살해자 선생. 그런 지식은 어디서 얻으셨는가?"

"탄광부다."

그는 당연하단 듯 말했다.

"세상에는 내가 모르는 것을 아는 녀석이 더 많다."

잠시 나아가자 통로가 끊어졌다. 끊어졌— 다고 생각했지만 막다른 길은 아니었다.

무슨 일인지 돌다리가 무너지거나 떠내려가서 수로가 강처럼 길을 끊어 버렸다.

엘프 궁수가 엄지를 세우고 팔을 뻗어서 눈으로 거리를 쟀다.

"뛰어넘지 못할 건 없겠어."

"다른 길은 어떤가."

"어디……."

고블린 슬레이어가 묻자 리자드맨 승려가 낡은 지도를 주섬주섬 펼쳤다.

본래의 지도에 더욱이 갖가지 길이 더해진 것은 모험가의 소양이었다.

리자드맨 승려는 손톱으로 통로를 따라가 보더니 완만하게 고개를 옆으로 저었다.

"이 커다란 수로가 지나가는 것은 변함이 없다네. 다른 다리는 무너지지 않았을지도 모르겠네만."

"가능성은 낮겠구먼."

드워프 도사가 조심조심 수로에서 몸을 내밀어 무너진 돌다리 단면을 찔러보았다.

"잠깐, 떨어지지마."

엘프 궁수가 그의 허리띠를 붙잡았다.

"미안하구나. ……응. 이거야, 경년열화에 큰 물줄기가 덮쳐서 무너진 모양새구먼."

어제오늘 사이에 무너진 게 아니구나. 드워프 도사가 그렇게 말하며 통로로 돌아왔다.

손에 쥔 파편을 보여주면서 힘을 주자 부스스 부서져 버렸다.

"내가 보기에 다른 다리도 거기서 거기일 게다."

"그러면, 뛴다."

고블린 슬레이어가 주저 없이 결단했다.

"먼저 한 사람 넘어가서 로프를 쳐라. 만약을 위한 구명줄이다."

"아, 저한테 밧줄이 있어요."

여신관이 가방을 바삐 뒤져서 밧줄 한 뭉치— 갈고리 밧줄을 꺼냈다.

반듯하게 뭉쳐서 정리해놓은 모양이 그녀의 성격을 드러내 주었다.

물론 쓴 흔적이 없다는 것이 그녀의 실력도 말해주고 있었다.

"아아, 『모험가 툴』이구나."

방긋. 엘프 궁수가 가방을 들여다보고 웃더니 그리운 어조로 말했다.

갈고리 밧줄 한 뭉치. 말뚝 몇 개와 작은 망치. 점화 상자. 천 가방과 물주머니. 식기, 분필, 작은 칼, 기타 등등.

신입 모험가를 위해서 그런 잡다한 물건을 합쳐둔 장비였다.

"근데 그거 갈고리 밧줄은 모를까 다른 건 의외로 쓸 일 없어."

"하지만 모험할 때는 잊어버리는 물건이 있으면 안 되잖아요."

흐응. 엘프 궁수가 「그런가」 하면서 갈고리가 안 달린 쪽 끝을 쥐었다.

두세 걸음 물러나 거리를 벌리더니 사슴처럼 가볍게 달려서—.

"그런, 데. 오르크볼그."

도약. 착지.

소리도 없이 반대편에 내려선 엘프 궁수가 밧줄을 화살에 묶어서 바닥 돌 틈으로 찔러 넣었다.

"그 《게이트》 두루마리 쓰는 법은 누구한테 배운 거야?"

"수몰된 유적에 《게이트》로 가려던 녀석들이 물에 뭉개졌다는 이야기를 들었다."

그 여자에게. ―아마도 모험가 길드의 마녀일 것이다.

엘프 궁수가 신호를 보내자 고블린 슬레이어가 갈고리를 붙잡고 뛰었다.

온몸을 갑옷으로 감싼 탓에 착지음은 묵직하고 둔했다.

"어처구니가 없네."

그에게 건네받은 갈고리를 엘프 궁수가 반대편으로 던졌다.

"고블린을 죽이기 위해서라면 정말로 뭐든 다 하는구나."

"당연하다."

고블린 슬레이어가 잘라 말했다.

그는 문답이 끝났다고 판단했는지 입을 꾹 다물고 통로의 사방을 노려보았다.

"보거라, 뛸 수 있느냐? 나는 비늘 친구의 도움을 받아야겠다만……."

"아, 네. 그럼, 저기, 다음, 갈게요."

멍하니 그 모습을 보고 있던 여신관이 드워프 도사의 말을 듣고 황급히 갈고리를 쥐었다.

"에잇!"

거리를 두고 도움닫기를 하여 뛰면서, 여신관은 희미하게 표정이 어두워졌다.

함정을 설치하고, 어린아이라도 주저 없이 죽이며, 악랄하고 가차 없다.

그의 모습은, 마치 고블린 같았다.

아마도 그것은 그 자신이 가장 잘 알고 있겠지만…….

—분명 언젠가, 사라져 버리겠죠. 그도.

문득, 달콤하고 탁한 속삭임이 뇌리를 스치고 흘러가 사라졌다.

§

지하수로 탐색은 어제보다 빠르게 진행됐다.

대강의 길을 파악하고 있기도 했지만 방침을 전환한 것이 큰 이유였다.

고블린 슬레이어가 고블린과 마주치는 것을 철저하게 피하고 있었다.

그는 거침없이 걸으면서도 횃불을 들고서 고양이처럼 기척을 지운 채 걸었다.

그런 점에서는 엘프 궁수도 소양이 깊었다. 그녀의 발걸음은 깃털처럼 가볍다.

때로는 고블린의 순회를 숨어서 보내고, 때로는 고블린이 없는 길을 골랐다.

그렇게 고른 통로를 여신관, 드워프 도사, 리자드맨 승려가 따라갔다.

"희한하네. 아니, 있을 수 없어. 오르크볼그가 고블린을 그냥 지나치다니……."

엘프 궁수가 조용히 말하자 고블린 슬레이어가 반응했다.

"딱히 지나친 건 아니다."

그는 바닥에 바싹 붙어 모퉁이 너머를 살피며 짧게 대답했다.

"우선 우두머리를 쳐서 없앤다. 몰살은 그 다음이다."

"……또, 고블린 로드나 오우거일까요?"

여신관이 불안스레 말하자 고블린 슬레이어가 고개를 저었다.

"모른다."

고블린은 괴물 중에서도 최하위에 위치한 존재다. 당연히 온갖 것들이 그들의 주군이 될 수 있었다.

다크 엘프, 악마 종류, 혹은 용…….

"그것은 지금 이 자리에서 생각해봤자 어찌할 도리가 없는 일 아니겠나?"

리자드맨 승려가 접은 지도를 품에서 꺼내 손톱으로 재주 좋게 펼쳤다.

불빛이 없어도 선조에게 물려받은 암시(暗視) 능력을 가진 그에게 어둠은 문제가 되지 않았다.

"당장에 우리들은 흑막의 꼬리 그림자도 못 보지 못했으니."

"그러니까, 더 안쪽으로 가야 한다는 말이구먼."

드워프 도사가 받았다.

"정확하게는 상류 쪽이다."

고블린 슬레이어가 일어서서 불빛을 들고 지도를 들여다보았다.

그는 조잡한 가죽 장갑으로 싸인 손가락을 뻗어 길을 더듬었다.

어제 전투가 있었던 장소를 가리키고, 거기를 지나는 수로를 따라서 위로.

"놈들의 배는 오수의 강 상류에서 왔다. 거점이 있다고 봐도 되겠지.”

“상류로 향한다면…… 이 지도 바깥으로 나가 버려요.”

여신관의 하얀 손가락이 고블린 슬레이어의 손가락을 따라 지도 위를 달렸다.

검의 처녀가 건네준 지도는 어디까지나 도시 하수도의 지도였다.

다시 말해서 물의 도시 지하 깊은 곳에 펼쳐진 거대한 유적의 일부에 지나지 않았다.

“괜, 찮을까요?”

조바심이 나서 석장을 고쳐 쥐는 여신관에게 고블린 슬레이어가 단정적으로 말했다.

“무리는 안 한다.”

여신관을 배려하고 있는 것인지는 알 수 없었다.

그러나 그가 평소와 다름없는 모습을 보이자 여신관이 굳어진 표정을 풀고 웃었다.

“……그렇, 네요. 무리도, 무모한 짓도, 하지 말아요.”

두 손으로 석장을 꼭 쥐고, 떨릴 것 같은 무릎을 질타하여 앞을 보았다.

“상류라면, 이쪽이겠네.”

엘프 궁수가 귀를 흔들며 망설임 없이 걷자 파티가 뒤를 따랐다.

얼마 안 있어 마침 지도의 끝 부분에 이르자, 통로의 분위기가 확 바뀌었다.

그냥 돌로 만들어진 수로에서 벽화로 장식된 통로가 되었다.

이끼가 낀 바닥 돌은 삭아서 깨진 대리석으로.

흐르는 물줄기마저 오수에서 맑은 물이 되었다.

명백하게— 하수도가 아니었다.

"그을린 흔적이 있다."

횃불을 들어 벽면을 꼼꼼하게 조사하던 고블린 슬레이어가 천장 부근을 손가락으로 쓸었다.

엘프 궁수가 들여다보고 까치발로 서서 벽에 얼굴을 가까이 댔다.

"불을 설치했었다는 거야?"

"꽤 옛날이다."

고블린 슬레이어는 손가락에 묻은 그을음을 닦아내면서 엘프 궁수에게 고개를 끄덕였다.

"고블린 놈들은 밤눈이 밝다. 불은 안 쓴다."

"흐으음……."

리자드맨 승려가 벽 부근에서 몸을 숙이더니 손톱으로 벽화를 긁어보았다.

인간, 엘프, 드워프, 레아, 리자드맨, 수인— 그밖에 수많은 말을 가진 자들.

남녀노소를 가리지 않고 하나 같이 무장한 모습으로 빈틈없이 그려져 있었다.

"전사나 병사…… 아니."

병사라고 하기에는 그들의 장비가 통일되지 않았다. 용병, 혹은?

"모험가들, 이 아닌가 싶군."

"이 근처는 옛날부터 꽤나 치고받고 했다고 들었느니라."

옆에서 벽화를 들여다본 드워프 도사가 눈을 가늘게 뜨고 꼼꼼하게 붓 자국을 조사했다.

오랜 세월을 거쳐 풍화된 도료는 아주 약간 만지기만 해도 후두둑 떨어져 버렸다.

"이 풍화는, 지난 4~500년보다 전일 것이야……."

"아, 혹시, 여기는—."

퍼뜩 고개를 든 여신관이 주위를 빙 둘러보았다.

정성스레 쌓아 올린 통로. 사람들의 그림. 맑은 물의 흐름.

그것은 그녀가 잘 아는 장소와 비슷한 분위기였다.

온화하며, 조용하고, 침범해서는 안 되는 장소. 신전. 아니—.

"—묘지, 가 아닐까요?"

지하분묘(카타콤).

여신관은 그 생각밖에 안 들었다.

그녀는 작은 손으로 벽화를 살며시— 사람들의 모습을 더듬었다.

과거, 신화시대의 전쟁에서 질서의 세력으로 싸웠던 사람들의…… 묘지인 것이다.

여신관은 수많은 선조들을 추도하듯 무릎을 꿇고서 양손으로 석장에 매달렸다.

진혼을 기도하는 그녀를 지키듯 옆에 서서 눈빛을 빛내던 엘프 궁수가 어깨를 으쓱거렸다.

"그게 이제 와서는 고블린의 둥지가 됐구나."

어쩐지 쓸쓸한 기색의 말이 미약하게 메아리 치고 사라졌다.

수천 년을 살아가는 엘프에게는 신화시대도 그렇게까지 옛날 일은 아니었다.

부모님이 옛날이야기로 들려준 전사들의 무덤에 와서 느껴지는 바가 있을 것이다.

"용맹한 자도 결국에는 멸망한다…… 이려나."

"지금은 상관없는 일이다."

두 아가씨의 감상을 고블린 슬레이어는 딱 잘라 내쳤다.

그는 재빨리 주위를 점검하고, 일단 고블린의 기척이 없는 것을 확인하더니 망설임 없이 걷기 시작했다.

그답다면 그다운 반응이다. 엘프 궁수와 여신관이 무심코 서로 마주 보았다.

"저거, 어떻게 생각해?"

"……그야, 고블린 슬레이어 씨잖아요?"

그녀는 반쯤 포기한 기색으로, 그러나 친근함을 담아서 말했다.

엘프 궁수는 훌쩍 일어서서 걷기 시작했고, 여신관이 다다다 달려서 따라갔다.

"정말이지, 카미키리마루는 성질이 급하구먼."

드워프 도사가 어쩔 도리가 없다고 말하는 기색으로 터벅터벅 쫓아갔다.

"고블린 놈들도 너를 보면 다 도망칠 게다."

"그건 곤란하다."

고블린 슬레이어가 조용히 말했다.

"도망치면 귀찮아진다."

참으로 고지식하게 대답하자 모험가들이 희미하게 웃고서 모험을 다시 시작했다.

그리하여, 지하분묘였다.

구획이 나눠진 하수도와 비교하면 모양뿐 아니라 구조마저 완전히 달랐다.

길은 복잡하게 꼬이고, 꺾이며, 분기점이 많아 마치 미궁 같은 구조였다.

만약 이 분묘를 위에서 내려다본다면 뒤엉킨 실타래 같으리라.

"괴물놈들이 길을 잃고, 죽어간 전사들에게 위협이 되지 않도록 하려는 것이었겠구나."

드워프 도사가 감탄의 숨을 내쉬면서 동료들에게 설명했다.

이 정도로 훌륭한 돌 회랑은 드워프 석공이라도 간단히 지을 수 없었다.

"망집에 붙들려 망자가 되어 배회하게 된다면 너무나도 가혹한 최후가 아니겠느냐?"

"윤회에서 벗어나게 되는 것이니 말이네. 그러나 이미 이곳은 고블린들 손에 넘어가버렸군."

그것은 의심할 여지가 없는 혼돈의 싹이었다.

"무엇보다……."

리자드맨 승려는 펼친 양피지에 목탄으로 뭔가를 추가하며 말을 이었다.

"지도를 그리는 일이 만만치 않군. 모두들 정신을 똑바로 차려야겠네."

"일단은 이 방, 이군요."

여신관이 두 손으로 석장을 쥐고서 눈앞의 중후한 문을 올려다보았다.

밤하늘 같은 흑단에 금테두리를 입힌 문은 시간의 흐름에 분명하게 저항하고 있었다.

습기가 가득한 장소란 것을 생각하면 썩지도 상하지도 않은 기적 같은 상태였다.

누가 보아도 명백하게 태고의 마술이 걸려 있었다.

열쇠 구멍에 약간 녹이 슨 것을 제외하면 전혀 삭은 모습조차 없었다.

"……잠기지는 않은 것 같네. 함정도 없어 보여— 문에는."

열쇠 구멍을 가만히 들여다보며 조사한 엘프 궁수가 조용히 고개를 끄덕이고 옆으로 비켰다.

"그리고, 내 전문분야가 아니니까 실수했어도 원망하지 마."

"간다."

고블린 슬레이어가 짧게 선언하고 주저 없이 문을 박찼다.

모험가들이 쏟아지듯 안으로 뛰어들었다.

모두 돌입하자 드워프 도사가 문 아래에 말뚝을 박기 시작했다.

예측 못한 사태에 대비한 것이다. 참으로 익숙한 손놀림이었다.

리자드맨 승려는 드워프 도사를 지키면서 무기를 들고 기습에 대비했다.

그 동안 방 안을 살피는 것이 엘프 궁수의 역할이었다.

방은 사방 10피트(약 3미터)의 바닥돌이 가로 셋, 세로 셋으로 아홉 장.

엘프 궁수는 대궁에 화살을 메긴 채 방을 쭉 둘러보고…….

"저거, 보여?!"
"너무해요……!"
……엘프 궁수와 여신관은 혐오의 표정을 드러내며 숨을 삼켰다.
여러 개의 석관이 놓인 널찍한 방의, 중앙.
어둠 속에서 횃불 빛에 간신히 보이는 형체.
처형된 죄수를 공개하는 것처럼, 누군가가 커다랗게 양 팔과 다리를 벌린 자세로 묶여 있었다.
축 늘어진 그 인물은 머리칼이 긴 여자 같았다.
빛바랜 색의 금속 갑옷을 입고 있다. 먼저 들어왔다가 소식이 끊어진 모험가일까?
"……고블린 슬레이어 씨."
"하는 수 없지."
고블린 슬레이어가 허가하자 여신관이 재빨리 붙잡힌 여자에게 달려갔다.
"여보세요. 여보세요. 괜찮으세요?"
무릎을 짚고 앉아서 말을 걸었다. 하지만 대답이 없었다.
이쪽을 제대로 돌아보지도 못한 채 고개가 축 늘어져 있었다.
너무 쇠약해진 걸까? 아니면…….
"……윽! 지금, 치료를 해드릴게요……!"
여신관은 최악의 상상을 필사적으로 떨쳐내고, 지모신에게 치유를 기도하여—.
"자비 깊은 지모신이여, 부디 이자의 상처를 그 손으로 어루만지—. ……어?"

풀썩. 소리를 내면서 여자의 머리칼이 떨어졌다.

기적을 탄원하려고 손을 내민 여신관의 눈앞에서…….

멍하니 서 있는 그녀를 공허한 눈구멍이 올려다보았다.

사람— 아니, 분명히 사람이었다.

과거형이다.

산 채로 벗겨낸 것인가 싶은 여자의 피부를 뒤집어씌운, 해골이었다.

"아니에요……! 이건, 아니에요!"

여신관이 비명처럼 소리를 질렀다.

그 순간 기세 좋은 소리를 내면서 문이 닫혔다.

실내로 내던진 **말뚝**이 조롱하듯 데굴데굴 굴렀다.

"흐음……!"

리자드맨 승려가 즉시 돌진하여 어깨로 들이받아 보았지만 꿈쩍도 안 했다.

"이건 안 되겠군! 빗장이 걸린 것 같네!"

"비키게, 비늘 친구! 나도 함께 해볼 터이니……!"

리자드맨과 드워프가 어깨를 맞대고 혼신의 힘을 담아 문을 들이받았다.

문이 삐걱거리는 소리를 냈지만 그뿐이었다. 열릴 기색은 없었다.

"GROOROOROROB!!"

"GORB!! GORRRRB!!"

쓸데없는 발버둥이다. 돌 벽 너머에서 새된 조소가 울려 퍼졌다.

엘프 궁수가 입술을 깨물었다.

"고블린……!"

"완전히 당했군."

고블린 슬레이어가 역겹다는 기색으로 내뱉었다.

예상했어야 하는 일이었다.

고블린들이 모험가가 소굴에 침입한 것을 모를 리 없었다.

보이지 않게 움직이는 사냥감을 추적해서 처리하는 것은 귀찮은 일이다.

그렇다면, 잠복을 한다—. 함정도 설치한다. 용의주도하게.

모험가는 여자가 쓰러져 있는 것을 보고 구하지 않을 수 없다는 것을 고블린들은 잘 알고 있었다.

고블린의 작은 머리에 든 악랄함은 때로는 인간을 넘어선다.

그것이 번식력과 함께 고블린들을 살리는 요인이었다.

"이럴 수가……."

갇혀 버렸다. 여신관은 그 사실 때문에 넋이 나가 서 있었다.

두 무릎이 떨리고, 이가 딱딱 부딪히며 소리를 내고, 다리에 힘이 풀릴 것 같았다.

과거, 첫 탐색의 참상이 그녀의 뇌리에 선명하게 되살아났다.

"진정해라."

그러나 평소와 똑같은 담담한 목소리가 그녀를 질타했다.

겁먹은 여신관을 지탱해주지도, 내치지도 않는 한 마디.

그의 말에 반쯤 매달리듯 여신관은 열심히 고개를 끄덕였다.

핏기가 가셔서 파란 얼굴. 눈꼬리에는 무언가 맺혀서 빛나고 있었다.

이 자리에 그가 없었다면, 혹은 혼자였다면, 분명히 정신을 잃었을 것이다.

그리고 그것은, 죽음— 혹은 더욱 처참한 운명의 입구였다.

그러나 그녀의 곁에는 방심하지 않고 무기를 쥔 고블린 슬레이어가 있었다.

"아직, 우리는 살아 있다."

어느샌가, 카나리아가 소란스럽게 지저귀고 있었다.

§

"독!"

처음 외친 것이 누구였을까?

"GROB! GORRB!!"

"GROOROB! GORRRB!!"

시끄럽게 재잘대는 카나리아와 문 너머에서 조소하는 고블린들.

벽면에 뚫린 구멍 몇 개에서 뿜어져 나오는 하얀 독 연기.

주위를 둘러싸고 밀려들어오자 모험가들은 방의 중앙에 모였다.

그들은 확실히 벼랑 끝에 내몰리고 있었다.

"이거 안 되겠군. 일망타진당할 걸세."

"독으로 죽는다고 단정할 수는 없지만…… 제대로 된 꼴은 못 볼 게야."

리자드맨 승려가 혀를 차며 말했고, 드워프 도사는 이마에 땀을 흘리며 신음했다.

그들은 여자의 가죽을 씌운 무참한 해골을 슬쩍 보았다.

눈에 힘을 주고서 필사적으로 탈출로를 찾던 엘프 궁수가 비명을 질렀다.

"……안 돼! 다른 출구는 안 보여!"

"어, 떡하죠? 고블린 슬레이어 씨……."

여신관은 아직 《큐어(해독)》의 기적을 받지 못했다.

아니, 만약 기적을 받았다고 해도 대처할 수 있는 것은 아주 짧은 시간뿐이다.

머지않아 효과가 떨어지고, 술법이 떨어지면, 그걸로 끝이다.

독의 분출이 얼마나 계속될지 알 수 없는 이상 그저 시간을 조금 버는 것뿐이다.

여신관은 눈물이 살짝 맺힌 눈동자로 매달리듯 그를 보았다.

대답은, 없었다.

"……고블린 슬레이어, 씨?"

"……."

고블린 슬레이어는 묵묵히 가방을 뒤지고 있었다.

그는 검은 덩어리를 꺼내서 가만히 들여다보는 여신관의 코앞에 들이밀었다.

"이걸 손수건으로 감싸 입과 코를 덮어라."

"이건, 숯— 인가요?"

"독을 다소 막아준다. 약초를 가진 것이 있으면 그것도 넣어라. 얼른 해라, 죽는다."

"아, 네!"

황급히 그것을 받은 여신관이 그 자리에 쪼그려 앉아 자기 짐을 펼쳤다.

청결한 손수건을 여섯 장 꺼내자 옆에서 비늘에 뒤덮인 팔이 불쑥 나타났다.

“소승도 돕겠네. 독이 그다지 안 듣는 몸이니.”

“죄, 죄송합니다……!”

숯과 약초를 빈틈없이 손수건으로 감싼 간이 방독면.

리자드맨 승려가 방독면을 감아주는 동안 여신관이 동료들 것을 만들었다.

“고블린 슬레이어 씨!”

“미안하군.”

“그리고, 이것도……!”

방독면, 2개. 하나는 커다란 천으로 만들었다.

의도를 짐작한 고블린 슬레이어는 일단 커다란 것을 재빨리 새장에 감았다.

그리고 투구 틈으로 자기 방독면을 밀어 넣으면서 다시 가방을 뒤졌다.

그의 가방 안에는 정체 모를 소도구가 꽉 들어차 있었다.

여신관에게 손수건을 건네받은 드워프 도사가 수염을 어찌어찌 정리하면서 말했다.

“……거참. 네 녀석은 정말 뭐든 가지고 있구나.”

“최소한의 물건들이다.”

가방에서 주머니 2개를 꺼낸 고블린 슬레이어가 웅얼거리며 대답했다.

“사실은 흑사병 의사가 가진 방독면이 좋지만, 그건 너무 거추장스럽다…….”

“허면, 우리는 뭘 하면 되겠느냐? 카미키리마루.”

방독면에 가려져 있었지만 드워프 도사는 즐거운 표정으로 씨익 웃었다.

고블린 슬레이어가 그에게 주머니를 던져 건넸다. 황급히 두 손으로 받은 드워프 도사는 묵직한 감촉에 고개를 갸웃거렸다.

“이건 무엇이더냐?”

“석회와, 화산의 흙이다.”

고블린 슬레이어는 평소처럼 담담하게 말했다.

“섞어서, 구멍을 막아라.”

드워프 도사는 무심코 무릎을 탁 쳤다. 방독면 너머로도 웃고 있는 것이 보였다.

“—다짐 찰흙(콘크리트)이로구나!”

“빨리 마르지는 않는다.”

고블린 슬레이어가 고개를 끄덕이자 드워프 도사가 가슴을 탕 두드렸다.

“됐다, 카미키리마루. 《웨더링(풍화)》 술법은 소양이 있느니라!”

그것을 들은 엘프 궁수가 드워프 도사의 손에서 주머니를 삭 빼앗았다.

“어허, 길쭉귀야. 뭘 하느냐!”

“바람을 읽는 게 엘프의 전매특허……는 아니지만.”

방독 손수건으로 입가를 가린 그녀는 눈으로 웃으면서 긴 귀를 흔들었다.

“내가 구멍을 찾아서 막고 다닐게! 드워프는 술법 걸어!”

“오냐!”

박자가 착 들어맞는 대답.

드워프 도사는 먼저 뛰어가는 엘프 궁수를 쫓아서 방 안을 뛰어다녔다.

엘프 궁수가 흙을 척척 섞어서 구멍에 채우면 드워프 도사가 거기에 손을 내민다.

“《똑딱, 돌아라 돌아, 시곗바늘(크로노스)아. 태엽과 진자도 얼른 일해라》.”

기합을 담아서 숨을 불어넣자, 물렁한 진흙이 순식간에 굳어지는 것이 아닌가?

그것을 보던 리자드맨 승려가 눈을 빙글 돌렸다.

“어허. 술사 선생은 참으로 다양한 수를 가졌군.”

손수건만으로는 부족했는지 붕대를 휘감은 턱을 웅얼웅얼 움직였다.

목소리는 먹먹했지만 평소와 변함없는 모습이다. 리자드맨 승려는 느긋하게 보이기까지 했다.

남방의 밀림에 사는 리자드맨에게 전장은 제2의 고향이나 마찬가지였다.

“그러면, 다음은 어떤 수를 쓸 셈이신가? 소귀 살해자 선생.”

“문 앞에 석관을 하나 옮겨서 장애물로 만든다.”

고블린 슬레이어는 태연하게 대답했다. 부담 없이, 평소와 마찬가지로.

"독이 떨어지면 놈들이 돌입할 거다."

"아, 도, 도울게요!"

황급히 가방을 정리한 여신관이 벌떡 일어나 말했다.

고블린 슬레이어가 고개를 끄덕여 응하자 리자드맨 승려가 적당한 석관에 달려들었다.

여신관도 그 옆으로 달려갔다. 정말로 움직일까? 아니, 이동시켜야 한다.

"언제든지 상관없다."

고블린 슬레이어가 말했다.

"그러면 힘을 합쳐 해보세."

두 사람의 등 뒤에서 리자드맨 승려의 굵직한 팔이 석관을 붙잡았다.

"하나, 둘……!"

"음……!"

"……영, 차아아아……."

여신관도 두 사람에게 맞춰서 온몸에 혼신의 힘을 담아 밀었다.

그녀의 가는 팔과 유연한 육체는 동료들과 비교할 것도 없이 힘이 없었다.

그래도 그녀는 땀을 흘리며 열심히 석관을 밀었다.

"끄응, 으으응……!"

어느샌가 그녀의 떨림이 잦아들었다.

잠시 뒤부터 둔탁하게 끌리는 소리를 내면서 석관이 서서히 움직이기 시작했다.

석관이 바닥 돌에 하얀 궤적을 남기며 밀리더니, 문에 부딪히며 둔중한 소리가 울려 퍼졌다.

그것을 더욱이 두 번, 세 번 더 밀어붙인 뒤 리자드맨 승려가 만족스레 고개를 끄덕였다.

"이러면 문제는 없어 보이는군."

"이쪽도, 끝이야!"

수긍하는 리자드맨 승려. 통통 튀며 달려오는 엘프 궁수.

드워프 도사가 걸어오면서 이마에 맺힌 땀을 닦았다.

"그러나, 이쪽도 술법은 다 쓰고 말았느니라."

"그럼, 무기를 집어라."

고블린 슬레이어가 칼집에서 단검 한 자루를 뽑았다.

허리의 새장을 풀어서 이제야 얌전해진 카나리아를 방 중앙에 놓는다.

그리고 방패의 고정 상태를 확인하고, 가방을 점검하고, 임전태세를 갖추었다.

"허. 이거 돌이 떨어질 걱정은 안 해도 되겠구나."

드워프 도사도 슬링을 꺼냈다. 더욱이 발치의 돌을 주워 주머니에 넣기 시작했다.

엘프 궁수도 그걸 본받아 활과 화살의 상태를 점검하고 현을 꼼꼼하게 다시 걸었다.

"소승도 《용아병(드래곤 투스 워리어)》을 부르는 게 좋겠는가?"

"아, 저도 《프로텍션》을……!"

"부탁한다."

그의 대답을 들은 두 성직자가 각자가 믿는 신에게 탄원을 시작했다.

“《금룡(禽龍)의 선조인 뿔이며 발톱이여, 네 다리, 두 다리, 땅에 서서 달리라》.”

“《자비 깊은 지모신이여, 부디 나약한 우리들을 대지의 힘으로 지켜주소서》.”

선조인 무시무시한 용의 은총을 받아, 바닥에 뿌린 송곳니가 눈앞에서 병사로 변했다.

그리고 그 뼈의 병사도 포함하여, 자비 깊은 지모신이 모험가들에게 《프로텍션》의 기적을 내렸다.

여신관이 석장에 매달려 바친 기도에 지모신이 응답한 것이다.

보이지 않는 수호를 얻은 엘프 궁수가 재빨리 대궁에 화살을 메기고 문 쪽을 조준했다.

긴장의 색이 짙은 그녀의 긴 귀가 바쁘게 위 아래로 움직였다.

“……바깥, 조용해졌어.”

“눈치를 챘군.”

고블린 슬레이어가 허리를 깊게 숙인 자세로 천천히 입구에 다가갔다.

“분사구를 막았으니 독이 역류했을 거다. 몇 마리는 죽었겠지만…….”

그 추측은 틀리지 않았다.

땅 아래에서 메아리치는 것처럼, 두둥두둥. 기분 나쁜 전투의 북소리가 울리기 시작했다.

그리고, 수많은 누군가가 달려오는 소란스런 발소리. 무구가 내는 금속이 스치는 소리.

이미 고블린들은 가까운 곳까지 와 있었다.

석관으로 막힌 문이 덜컥덜컥 흔들리고, 이어서 무언가를 두드리는 둔탁한 소리가 울렸다.

한 번으로는 끄떡도 안 하던 문이지만 두 번, 세 번, 반복되는 충격에 삐걱대기 시작했다.

그리고 기어이 파쇄음과 함께 문의 일부가 찌그러지더니 지저분한 노란 눈이 안쪽을 엿보았다.

"조심해!"

경고와 함께 엘프 궁수가 화살을 쏘았다.

"GRAB?!"

화살촉이 부서진 문틈으로 절묘하게 날아가 고블린의 안구를 꿰뚫었다.

귀에 거슬리는 비명과 함께 고블린이 뒤로 쓰러졌지만 금세 놈의 동료가 그 자리를 채웠다.

"발소리, 수는 모르겠지만 묘한 게 섞여 있어!"

물론 고블린들도 만만치 않았다. 입 다물고 화살을 맞기만 하지는 않았다.

안에서 반격이 있는 것을 보자 부서져가는 문 틈으로 화살을 쏘아댔다.

"《자비 깊은 지모신이여, 부디 나약한 우리들을 대지의 힘으로 지켜주소서》!"

그러나 경건한 신자를 지키려는 지모신의 가호는 건재했다.

전에 겪은 화살비와 달리 산발적인 사격으로는 《프로텍션》을 부수기 어려웠다.

양 손으로 석장에 매달린 여신관이 계속 기도하는 한 화살은 모험가에게 닿지 못한다.

“오는구나, 오고 있구나. ……와글와글하구나!”

드워프 도사가 얼굴을 찌푸리며 중얼거렸다. 두 손이 재빨리 움직이자 슬링에서 자갈이 쏘아져 나갔다.

화살과 자갈, 비명과 노호가 뒤섞인다. 그러나 문 너머의 공방도 그리 오래 이어지지 않았다.

아무리 신화시대의 흑단이라고 해도 조잡한 무기와 폭력 앞에 저항할 수는 없었다.

석관으로 지탱되어 버티고 있던 문이 기어이 단말마의 비명을 질렀다.

“GORORB!!”

“GROOROB!!”

부서져 흩어지는 목재와 함께 고블린들이 눈사태처럼 뛰어 들어왔다.

손에는 조잡하게나마 검이나 창, 활. 몸에는 가죽 갑옷이나 사슬갑옷.

“장비가 좋다.”

고블린 슬레이어는 그 일당을 이끄는 한층 덩치가 큰 존재를 눈치챘다.

"홉(Hob)…… 아니."

낮게 말하면서 오른손이 번뜩였다. 그가 단검을 던진 것이다.

정확하게 날아간 단검이 갑옷 틈새, 드러난 어깨에 박혔지만 치명상은 되지 못했다.

그 고블린은 도저히 고블린이라고 부르기 어려운 거구였다.

어두운 녹색 피부는 안쪽의 근육 때문에 팽팽하고, 당장이라도 터질 듯이 부풀어 있었다.

손에는 곤봉. 징그럽게 웃는 모양은 틀림없이 고블린이었지만…….

"GORAORARO!!"

"고블린 챔피언(소귀 영웅)……이군."

발을 구르며 버틴 고블린 챔피언이 단검을 뽑아내고 사납게 웃었다.

고블린 슬레이어는 망설임 없이 어중간한 장검을 뽑았다.

"돌격한다."

"알겠네. 선공은 맡겨두게!"

사납게 외친 리자드맨 승려가 송곳니 소도를 들고서 용아병을 거느린 채 달렸다.

검격, 노호, 비명. 그리 넓지 않은 방이 순식간에 피 냄새로 가득 찼다.

그러나 고블린 놈들은 이 전장에 구름처럼 밀려들었다.

이것을 무너뜨리려면 무엇보다도, 일단 두목을 쳐야 할 것이다.

고블린 슬레이어도 검과 방패를 단단히 잡고서 주저 없이 앞으로 나서고자 했다.

"저, 저기……."

그 등에 누군가 말을 걸었다.

석장을 단단히 가슴에 안은 여신관이었다.

드워프 도사와 엘프 궁수, 두 사수에게 보호를 받으며 여신관은 그를 올려다보았다.

그녀는 무언가 말을 하려는 듯 입을 열었다. 그러나, 말이 안 나왔다.

고블린 슬레이어는 돌아보지 않았다.

그대로 전투에 뛰어들고—. 그의 모습은 순식간에 가려졌다.

등 뒤를 잡히지 않으려고 계속 움직이며 목줄기를 노려 검을 휘두른다. 반대 방향으로 휘둘러서 또 한 마리.

검으로 처리하지 못하는 놈은 방패로 때려서 넘어뜨린다. 혼자가 아니다. 용아병이 뛰어들어서 마저 처리한다.

단검을 물고서 발치에 기어온 것을 차 버린다. 발끝으로 턱을 부수고 짓밟아 뭉갠다.

돌아보면서 창으로 찔러오는 놈에게 검을 투척. 발치의 곤봉을 주웠다.

"ORARAGA?!"

"다섯."

사방팔방에서 몰려드는 고블린을 상대로 한 합이나 두 합을 나누면 순식간에 베인다.

고블린의 무리가 몇 마리 있는지는 알 수 없었지만, 정면으로 상대하면 체력이 못 버틴다.

그렇다면 정면으로 안 싸우면 된다.

고블린 슬레이어의 전투 방식은 철저했다.

"화려하게 싸워라."

"알겠네!"

리자드맨 승려가 울부짖으며 대답했다.

"오오! 지켜보소서! 나의 선조여!"

등 뒤에서 뛰어드는 상대를 꼬리로 때리고, 매달리는 놈을 떨쳐내어 벽에 내던졌다.

"GORARA?!"

"GROOROBB?!"

손톱, 손톱, 송곳니, 꼬리. 온몸이 무기인 리자드맨의 싸움은 강렬함의 극치, 마치 선풍 같았다.

적의 수가 많다. 그러니 다 맞는다고 생각하며 종횡무진으로 휘두르는 사지가 강력했다.

용아병과 함께 전장에 구멍을 뚫자 고블린 슬레이어가 파고들어 무너뜨린다.

"에잇, 수가 많아……!"

"불평해 봤자, 어쩔 수 없느니라!"

두 사람과 한 개체가 놓친 적을 엘프 궁수가 정확하게 사살하고, 드워프 도사가 자갈로 쏘았다.

"아직은 괜찮으냐?!"

"어떻……게든, 돼요."

여신관의 기도를 받아 내려진 지모신의 기적도 아직은 건재하다.

입구에서 밀려오는 고블린의 무리를 맞아 모험가들은 싸움을 유리하게 이끌고 있었다.

——그러나, 계속 이어질 수는 없었다.

고블린 슬레이어가 누구보다도 잘 이해하고 있었다.

고블린 슬레이어는 오른손의 곤봉으로 고블린의 두개골을 깨부수며 전장을 달렸다.

이어서 장검을 휘두르며 덤비는 놈을 방패로 때려 쓰러뜨리고 오른손의 곤봉으로 부쉈다.

곤봉을 던져서 또 한 마리를 처리한 다음 고블린의 시체에서 장검을 빼앗았다.

"열일곱……."

그리고 방패를 내밀고 몸을 숙인 뒤, 석관에 숨으며 벽을 따라 달렸다.

시선 끝은 부하들이 지키고 있는 고블린 챔피언을 똑바로 바라보고 있었다.

탁한 납빛 피부에 갑옷을 입었고, 곤봉을 휘두르며 외쳐대는 작은 거인.

고블린의 세 배, 인간과 비교해도 두 배 가까운 거구다.

고블린 챔피언은 홉고블린에 극히 가까운 존재였다.

본래 「홉」은 방랑자, 거대하다, 우두머리, 혹은 악마를 의미하는 고대어였다.

그 이름에 부끄럽지 않게 발달된 강건한 육체는 고블린이 선조회귀로 얻게 된 것이었다.

더욱이 갖가지 소굴을 떠돌면서 갖가지 모험가와 싸움을 거쳐 단련한다.

이른바 하늘이 내린 재능을 받은 자가 「경험점」을 쌓아서 성장한, 고블린 입장에서는 백금 등급.

그것이 고블린 챔피언이다.

지난번 목장 전투에서도 숙련자인 중장 전사와 여기사를 상대하며 호각으로 싸웠다.

전사로서의 기량은, 아마도 높다.

"행동은 어차피 고블린이지만……."

그래도 고블린 슬레이어는 얕보는 것이 불가능했다.

물론 그는 단 한 번도 고블린을 얕본 적이 없었다.

"……."

"ORGOORORB!!"

한심한 부하를 위압하고 곤봉을 휘두르며 전투를 감독하는 고블린 챔피언.

녀석의 등 뒤로 돌아가는데 성공한 고블린 슬레이어는 검을 천천히 고쳐쥐었다.

옛날이야기에, 어느 레아가 곤봉 일격으로 고블린 왕의 목을 날려버렸다는 이야기가 있었다.

고블린 슬레이어는 그 전설의 진위는 몰랐지만 노리는 것은 같았다.

일격으로, 죽인다.

노림수는 등 뒤에서 기습 공격. 노출된 고블린 챔피언의 연수다.

고블린 슬레이어는 그것을 결심하고 때려 박는 것처럼 칼끝을 휘둘렀다.

"OROAGA?!"
그리고 분명한 손맛과 뿜어져 나오는 피의 감촉을 느꼈고—.
"음……!"
고블린 슬레이어는 무심코 신음했다.
쥐고 있던 칼날은 분명히 고기를 찔렀다. 다만, 그 대상은 옆에서 날아온 다른 고블린이었다.
"GORAGAGA!!"
아군을 방패삼는다.
딱히 놀랄 일은 아니었다. 고블린에게는 당연한 것이었다.
이 지상에 고블린만큼 제멋대로인 생물이 있으랴?
그들은 어쨌든지 이기기만 하면 된다. 동료가 희생되어도 무리가, 종족이.
이 한 가지가, 말을 가진 자와 고블린의 결정적으로 다른 점이었다.
그런 주제에 고블린은 자기들 동료가 살해당하는 것에 엉뚱한 원한을 품으니까 성질이 고약하다.
"GORORORОB!"
갑옷 틈으로 배를 찔린 고블린이 피거품을 뿜으며 뭐라고 외쳤다.
"칫……."
고블린 슬레이어는 즉시 검을 뽑아 다음 공격에 대비했다.
고블린 챔피언의 지저분한 노란 눈이 기습을 하려던 모험가의 존재를 포착했다.
그것이 아까 단검을 던진 놈이란 것을 깨달았는지 입가가 일그러지며 웃음을 지었다.

"GROOOOORB!!"

밑에서 위로 쓸어 올리듯, 억센 팔이 곤봉을 휘둘렀다.

"……크, 억?!"

금속과 근육, 뼈가 삐걱거리고 부서지는 불길한 소리가 울려 퍼졌다.

부유감, 충격, 무(無). 내장에서 솟아오르는 열. 고통.

반사적으로 내민 방패째로 고블린 슬레이어가 날아갔다. 그가 상황을 파악하는데는 한순간 시간이 필요했다.

공중으로 솟아올라서, 그대로 방에 몇 개나 늘어선 석관에 부딪혔다.

석관이 굉음과 함께 무너지고, 먼지가 피어 올랐다. 허리에서 튕겨 나간 랜턴이 깨지고, 불꽃이 흩어졌다.

"고블린 슬레이어 씨?!"

후방에서 전장을 내려다보던 여신관이 무심코 외쳤다.

"오르크볼그, 당했어……?!"

그것에 반응하여 엘프 궁수와 드워프 도사의 눈길도 그쪽으로 향했다.

—그러나, 대답이 없었다.

"그런, 어, 아, 고블린, 슬레이어 씨……?"

발치가 불안정하고 마구 흔들리는 배 안에 있는 것 같았다.

무사할 것이다. 그거야, 당연하다. 오우거의 일격에도 일어섰으니까.

그리고 평소처럼 「무리나 무모한 짓도 안 한다」고 말할 것이다.

그러나 먼지가 피어오르는 가운데, 그는 버려진 인형처럼 꼼짝도 하지 않았다.

쿨럭. 철 투구의 면갑에서 진흙 같은 피가 뿜어져 나왔다.

그것은 명백하게, 치명타(크리티컬 히트)였다.

"아……."

그녀의 손에서 미끄러진 석장이 힘없는 소리를 내며 떨어졌다.

떨리는 두 손을 입가로 가져갔다. 여신관의 가는 얼굴이 확 일그러졌다.

"안 돼애애애애!! 고블린 슬레이어 씨! 고블린 슬레이어 씨이!!!"

"GORB! GRROB!"

"GROROB!"

방 안에 메아리치는, 소녀가 울부짖는 소리. 고블린들은 익숙한 소리를 듣고서 징그럽게 웃었다.

전위의 부상. 주문술사의 공황상태. 그것은 동시에 역겨운 《프로텍션》이 소실된 것을 뜻했다.

무엇보다도 파티의 리더가 쓰러졌다.

그 기회를 놓칠 고블린이 아니었다. 그들은 그렇게 수많은 모험가를 해치웠으니까.

"이 무슨 일인가……!"

리자드맨 승려가 리자드맨 특유의 힘으로 분전하면서 외쳤다.

몰려드는 고블린 몇 마리를 베어냈지만, 용아병이 금방 쓰러지고 말았다.

이렇게 되면 리자드맨 승려는 더 이상 움직일 수 없었다.

셋이서 막고 있었는데 이제는 한 사람뿐인 것이다.

그 자리에서 버티며 온몸을 활용했지만 고블린의 군세를 막을 수는 없었다.

"진정하고, 집중을— 윽, 으악?!"

때문에 맨 먼저 엘프 궁수가 표적이 됐다.

끊임없이 화살을 쏘아 고블린이 다가서지 못했던 그녀.

그 손이 한순간, 정말로 한순간 느슨해진 틈을 타서 고블린이 덤벼들었다.

본래 엘프는 가녀리고 섬세한 생물이다. 민첩함은 몰라도 힘은 떨어진다.

등에 매달린 고블린을 떨쳐내고자 했지만 밀려드는 무리에게는 무의미한 저항이었다.

"이거 놔, 떨어져, 떨어— 앗?! 그만…… 그, 아악?!"

바닥에 쓰러진 그녀의 모습, 비명이 눈앞에서 고블린의 검은 산에 파묻혔다.

간신히, 가는 다리가 버둥거리며 공중을 차는 것만 보였다.

"길쭉귀야!"

그 사태에 맨 먼저, 그리고 유일하게 반응한 것이 옆에 있던 드워프 도사였다.

그는 슬링을 내던지고서 허리띠에 꽂아둔 손도끼를 뽑으며 외쳤다.

"에에이, 이 고블린 놈들아! 이제 됐으니, 떨어지지 못할까!!"

그 판단의 옳고 그름을 따질 수는 없었다. 술법을 사용할만한 여유도 없었다.

그리고 드워프 도사가 뛰어들지 않으면 엘프 궁수를 기다리는 운명은 상상하기 어렵지 않았다.

그러나 전사들을 지원하던 사격이 끊어지고, 고블린의 공세에 대항하는 억지력이 사라졌다.

이것은 틀림없이 치명적이었다.

다시 말해서—.

"아……. 아, 아아……악."

—이제 여신관과 고블린 챔피언 사이를 막는 것은, 없다.

"시, 이……. 싫어, 싫어어……어."

온몸을 부들부들 떨면서 공포에 이를 딱딱거리는 그녀는 서 있을 수도 없었다.

철푸덕. 소리를 내면서 엉덩방아를 찧은 그녀의 하반신에 따뜻한 감촉이 퍼졌다.

"GROB! GROORB! GORRRB!"

그 냄새를 맡은 고블린 챔피언이 조롱하면서 웃어댔다.

차라리 정신을 잃는다면 얼마나 편할까?

그러나 얄궂게도 그 동안 경험을 쌓아 성장한 그녀의 정신은 그것을 용납하지 않았다.

고블린 챔피언의 거대한 팔이 쑥 뻗어서 여신관의 가녀린 허리를 움켜쥐었다.

"으크……윽?! 아, 하……악!"

그녀는 내장을 압박하는 고통에 신음했다.

이대로 짓눌려서 척추가 부러지는 것이 아닌가 하는 공포.

"히, 이……이?! 뭐, 야? 뭔, 가요……?"

그러나 그렇게 되지 않았다.

썩은 고기 냄새 나는 숨결을 뿜어내는 입이 그녀에게 가까이 다가왔다.

"으, 아아아아아아아아아아아아아아아아아악?!"

그리고, 신관복과 사슬 갑옷까지 한꺼번에 그녀의 어깨 부분 살점을 문자 그대로 갉아 먹었다.

확 뿜어지면서 흘러넘친 피가 여신관의 하얀 피부를 물들였다.

"아아—악!! 아악—!!"

태어나서 처음 겪는 격통. 여신관의 정신도 몽롱함에 굴복했다.

시야가 흑백으로 깜빡이고, 제대로 말도 못한 채 아기처럼 울부짖었다.

눈에서 눈물이 뚝뚝 떨어지고, 콧물이 방울지고, 침이 흐르는 꼴사나운 모습.

"그마?! ……기랄, 놓으란, 떨어져— 아윽?! 아……윽."

한편으로 고블린의 산에 뒤덮인 엘프 궁수도 새된 소리를 질렀다.

의복이 찢어지는 소리. 구타음. 비명, 신음 소리.

"큰일이군! 술사 선생, 세 사람을 회수하여 철수하지 않으면 전멸할 걸세!"

"말을 그리해도, 우움, 이놈! 노옴, 꺼져라, 고블린 놈들! 우글거리는, 에이잇!!"

리자드맨 승려, 드워프 도사는 계속 분투했지만 그것도 언젠가 끝날 것이다.

"GOROROB!"

"GORRB! GORB! GOOB!"

고블린 챔피언도, 고블린도, 그것을 가리키며 깔깔 웃었다. 죽은 자의 귀에도 닿을 정도로 커다랗게.

고블린에게 패한 모험가, 고블린에게 공격 받은 마을이 따르는 정해진 운명.

운명— 숙명. 우연. 주사위의 눈.

—빌어 처먹을.

"————————."

그것 모두가 **그**의 내면 깊숙한 곳의 무언가와 중첩되어 터져 나갔다.

돌계단에 손을 대고 몸을 일으킨 그는 그곳에 더욱 지하로 이어지는 계단이 있는 것을 깨달았다.

행운이었다고 해야 하리라.

날아간 석관 안이 계단을 감추기 위해 비어 있지 않았다면.

그밖에 다른 석관과 마찬가지로 죽은 자나 부장품(副葬品)이 가득 차 있었다면.

격돌할 때 충격이 줄어들지 않아 죽었을 것이다.

그러나 지금은 그런 정보를 일절 무시했다.

중요한 것은 자신이 살아 있다는 것. 그리고 살아 있는 이상 일단 싸워야 한다.

그는 가방에 손을 넣어 간신히 안 깨진 포션 병을 집었다.

기묘하게 꺾인 손가락 때문에 고생하면서도 마개를 뽑아 버리고,

내용물을 쏟아 붓듯이 들이켰다.

물약을 이용한 치료는 미약한 정도다. 순식간에 상처를 치유하는 신들의 기적과는 다르다.

그러나 고통이 줄어들면 움직일 수 있다. 움직일 수 있다면 싸울 수 있다.

그렇다면 문제는 없다.

그리고 주위를 더듬던 오른손이 무기에, 무기가 될 수 있는 것에 닿았다.

움켜쥐고, 부서질 것 같은 무릎을 질타하여 일어섰다.

그가 아직 살아 있고 움직일 수 있다는 것을 깨달은 고블린 몇 마리가 모여들었다.

손마다 무기를 번뜩이면서, 징그럽게 웃으면서, 마지막 일격을 가하려고 오는 것이다.

그러나, 그것이, 어쨌다는, 것이냐.

"……훗!"

그는 혼신의 힘을 담아서 일단 왼손의 방패로 고블린을 박살했다.

"GORARO?!"

날카롭게 연마해둔 원형 방패 테두리는 그것만으로도 흉기가 될 수 있었다.

이마를 깨부수고, 피보라와 뇌수를 떨쳐낸 뒤 앞으로. 앞으로.

아슬아슬한순간까지 소리를 내지 않는다. 내서는 안 된다. 아까와 마찬가지다. 발각되면 안 된다.

고블린 챔피언은 지금, 획득한 먹잇감을 괴롭히는데 정신이 쏠려 있었다.

등 뒤에서 이미 해치운 방해자가 일어선 것을 전혀 눈치 못 챘다.

그 거대한 놈에게 붙잡힌 여신관은 몸이 축 늘어져서 미약하게 경련하기만 했다.

가늘고 하얀 목줄기에서 흘러넘친 피에 젖은 입술이 신음하듯 희미하게 서너 번, 움직였다.

목소리는 들리지 않았다.

살려줘, 일까?

신이시여, 일까?

혹은, 어머니나, 아버지, 일까?

도망쳐, 는 아니었을 것이다. 그때는…… 그가 숨어 있는 것이 들켜 버리니까.

그— 그는…….

고블린 슬레이어는…….

"흐, 아……압!!"

고블린 슬레이어는 등 뒤에서 고블린 챔피언에게 덤벼들었다.

처음에 고블린 챔피언은 무슨 일이 일어났는지 몰랐을 것이다.

무언가가 목덜미에 달라붙어서 휘감겼다.

싸우는 와중에 날려버린, 죽은 여자의 가죽과 부러진 해골의 척추.

미끼로 쓴 잡동사니를 고블린 챔피언은 귀찮은 듯 떨쳐내려고 했지만—.

"……!"

——다음 순간, 그것이 혼신의 힘을 다해 목을 졸랐다.

"GO, RRRRBBBB?!?!?!"

말이 되지 못하는 절규를 질렀다.

호흡이 중단된 고블린 챔피언은 두 손으로 목줄기를 할퀴었다.

머리카락 몇 가닥이 뚝뚝 끊어졌지만 구속은 전혀 느슨해지지 않았다.

이미 가지고 놀려던 여신관은 안중에도 없었다.

질려버린 장난감처럼 내던진 그녀가 땅을 굴렀다.

"아……."

미약한 목소리.

아직, 살아 있다.

고블린 슬레이어에겐 그것만으로도 충분했다.

"흐, 아아……압!!"

그는 자신의 오른손에 뼈를 붙잡고 왼손에 여자의 머리카락을 몇 번이고 휘감았다.

혼신의 힘으로 움켜쥔 머리카락은 가죽 장갑에도 파고 들어서 살을 찢었다.

그러나 그것은 고블린 챔피언도 마찬가지.

암살자는 인간의 머리카락을 끈으로 만들어 교살하기를 즐긴다고 들었다.

그렇게 간단히 풀어낼 수는 없다.

고블린 챔피언은 자신의 몸을 비틀어 날뛰면서 등을 돌 벽에 부딪혔다.

"……읏, 카……학!"

고블린 슬레이어의 투구에서 다시 피가 뿜어져 나왔다.

몸의 안쪽이 삐걱대며 비명을 질렀다.

그래도 그는 머리카락을 쥐고서 놓지 않았다.

"GORORROB?! GROORB?!"

고블린 챔피언은 공황상태에 빠졌다.

물론 부하 고블린들도 두목의 역경을 보고만 있지는 않았다.

어떻게든 그 적을 죽이려고 몇 마리 고블린이 손마다 무기를 들고 달려왔다.

그리고, 철퍽. 그 머리가 터지듯 날아가 피가 흩어졌다.

고블린 챔피언이 마구잡이로 집어 들어 휘두른 곤봉에 맞아 죽은 것이다.

머리를 잃은 고블린의 시체가 힘없이 무너졌다.

이래서는 고블린들도 공격하기 어렵다.

승산이 있다면 그들은 죽음도 두려워 않고서 돌진할 것이다.

승리 너머에 있는 유린과 약탈은 무엇보다 매력적이다.

그러나— 이건, 이길 수 있을까……?

"이이— 아아아아아!"

포효.

고블린들의 망설임이, 한순간의 주저가, 경직이, 문자 그대로 승패를 갈랐다.

선조를 찬양하는 전투의 외침과 함께, 자유로워진 리자드맨 승려가 덤벼들었다.

고블린의 피로 물든 송곳니 소도가 비늘 돋은 양손을 통해 폭풍처럼 휘몰아쳤다.

"GRAB?!"

"GORORB?!"

칼날이 번뜩일 때마다 손이, 발이, 목이 날아갔다. 도망치려는 놈은 꼬리에 맞아 죽고, 송곳니에 물려 부서졌다.

혼란 상태였던 고블린들도 황급히 사방에서 리자드맨 승려에게 몰려갔다.

그때 나뭇가지 화살이 쏟아졌다.

"—어서 가!"

시원스런 목소리.

옷이 찢어진 가슴 부분은 간신히 가렸다. 몸은 고블린들의 피로 지저분했다. 그러나 늠름하게 선 엘프 궁수.

그녀는 한쪽 무릎을 짚고서 대궁을 당기며 힘껏 외쳤다.

"여기는 내가 어떻게든 할게!"

"고맙네!"

리자드맨 승려가 공세 사이를 스르륵 피해 기어가듯 달렸다.

그는 쓰러진 여신관에게 가고 있었다. 리자드맨 승려에겐 아직 술법이 남아 있다.

저 애는 이제 괜찮아. 엘프 궁수가 숨을 내쉬었다.

"……고마워."

"뭐냐, 난데없이."

그녀의 조용한 말에 응한 것은 옆에 선 드워프 도사였다.

온몸은 고블린의 피로 물들어 있고, 어깨를 들썩이고 숨을 몰아쉬면서도 손도끼를 쥐고 놓지 않았다.

사격수를 죽이려고 덤벼드는 고블린은 드워프 도사가 도끼로 때려 죽였다.

"드워프에게 빚을 지는 건 대대손손 부끄러운 일이지만……."

그녀는 어떻게 해야 할지 고심하면서, 가슴을 가리고자 노력하며 고개를 돌렸다.

긴 귀가 살짝 흔들렸다.

"감사 인사를 안 하는 건, 엘프로서 더욱 부끄러운 일이니까."

"울기 직전이었던 주제에 너희들은 괜한 자존심만 높구나."

큭큭. 소리 죽여 웃는 드워프 도사. 엘프 궁수는 한쪽 눈을 감았다.

"낮은 것보다는 좋잖아?"

억지로 기운을 내서 농담을 한 그녀는 고블린 챔피언에게 화살을 쏘면서 목소리를 짜내어 외쳤다.

"오르크볼그, 해치워어어!!"

"흐, 아압……!"

말의 고삐를 당기듯 고블린 슬레이어가 머리카락 다발을 당겼다.

이 거대한 고블린의 저항에 다른 사람들이 말려들면 안 된다.

오른쪽 왼쪽으로, 날뛰는 말에 휘둘리는 것처럼 그의 몸이 고블린 챔피언의 등에서 튕겨 올랐다.

처음에는 그때마다 온몸이 부서질 것처럼 격통이 느껴졌지만…….

그는 이미, 아무 고통도 느껴지지 않았다.

물가에 떠내려가는 듯 기묘한 부유감만 남아 있었다.

고블린 슬레이어의 뇌리에 있는 이성적인 부분이 경종을 울렸다.

감각은 살아 있다는 증거다. 그것이 사라졌다. 신경이 고통을 견디지 못한 것이다.

선택을 잘못 했나?

죽음으로 나아가라. 관 뚜껑의 못처럼 죽거라.

그런 속삭임조차 들리는 기분이었다.

그러나, 고통이 없었다. 그것은 참으로 좋은 일이었다.

—무리나 무모한 짓을 해서 이길 수 있다면, 얼마든지 한다.

"어이……!"

그는 쥐어짜내듯 목소리를 냈다.

귓가에 들린 말이 과연 고블린 챔피언의 뇌까지 도달했을까?

어쨌든지 고블린 챔피언은 으르렁대며 어깨에 매달린 적을 보려고 했다.

지저분한 노란 눈동자에 피에 물든 철 투구가 보였다.

"잘 봐라, 고블린."

그 눈두덩에, 고블린 슬레이어가 부러진 오른팔을 찔러 넣어, 파헤쳤다.

끔찍할 정도로 부드러운 것을 움켜쥐고 그대로 마음껏 휘저었다.

"GRORARARAB?! GROOROROROB!!?!?!?!"

너무나 큰 격통. 고블린 챔피언이 의미를 알 수 없는 비명을 지르며 몸을 뒤로 젖혔다.

고블린 슬레이어는 그 움직임에 거스르지 않고 돌바닥에 굴러 떨어졌다.

간신히, 땅울림을 일으키면서 가라앉은 거구에 깔리지 않았다.

거친 숨을 내뱉으며, 삭은 뼈를 지팡이 대신 써서, 고블린 슬레이어가 일어섰다.

온몸이 피로 지저분하고 수많은 상처를 입은, 죽어가는 진사.

고블린들은 그것을 멀리서 보기만 했다.

별 것 없다. 죽이려고 하면 쉽게 할 수 있다.

그러나, 그들은— 명백히, 겁을 먹었다.

"……다음은, 어느 놈이냐."

골짜기 바닥에 부는 바람처럼 차갑고 무기질적인, 담담한 목소리.

"너냐……?"

고블린 슬레이어가 오른손에 쥔 고깃덩이를 내던졌다.

움켜쥐고 있던 고블린 챔피언의 안구가 바닥에 떨어져 뭉개지자 습기 찬 소리가 울렸다.

"GORB……! GARARARAB!!"

비틀거리며 일어선 고블린 챔피언이 광분하여 외쳐댔다.

잃어버린 왼쪽 눈에서 질척한 피가 폭포처럼 쏟아졌다.

"GOB……."

얼어붙어 서 있던 고블린 중 한 마리가 창을 떨어뜨렸다.

그 눈이 피바다 속에서 몸부림치는 고블린 챔피언과 고블린 슬레이어 사이를 바쁘게 왕복했다.

그것이 계기가 되었다.

"GORROROROB!!"

고블린 챔피언이 후퇴를 의미하는 포효를 질렀다.

"GORARAB! GORAB!"

"GROB! GROB!"

고블린들은 비명을 지르며 뒤도 안 돌아보고 재빨리 달아나기 시작했다.

후퇴의 선두에는 고블린 챔피언이 있었다. 영웅이라 해도 고블린인 것이다.

그들은 자기만 살아남으면 그걸로 된다. 이 자리만 넘어가면 그걸로 되는 종족이었다.

따라서 승산도 없이 머뭇거리는 선택지는 고블린들의 머리에 없었다.

이렇게 되면 더 이상 멈출 수 없다.

이어서 두 마리가 도망치고, 네 마리가 도망치고, 여덟 마리가 도망치고…….

울부짖고 절규하면서, 고블린들이 차례차례 입구로 쇄도하여 뛰쳐나갔다.

마지막에는 산더미 같은 고블린들의 시체와 거칠게 숨을 내쉬는 모험가들만 남았다.

아무도, 고블린을 추격하려고 하지 않았다.

모두들 상처를 입고 피로가 심하여 조금도 움직일 생각조차 못하는 가운데…….

"……."

오직 한 사람, 고블린 슬레이어만 달랐다.

그는 힘없이 뼈를 내던지더니 주운 창을 지팡이 삼아 방을 걸어가려고 했다.

다리를 끄는 꼴사나운 걸음이었지만 시체를 하나씩 확인하려고.

걸어간 자리에 뚝뚝 피가 떨어져서 마치 화폭에 붓이 지나간 것 같았다.

"…………크, 으."

한 걸음, 두 걸음. 걷고서 휘청. 고블린 슬레이어의 몸이 기울었다.

"오르크볼그……!"

그제서야 엘프 궁수가 달려가 그의 몸을 옆에서 지탱했다.

그녀는 누더기 같은 의복과 그 사이로 드러난 피부에 피가 묻는 것도 상관하지 않았다.

"무사한가?"

고블린 슬레이어는 대단히 멍한 목소리로 말했다.

"간신히…… 말이야."

엘프 궁수의 목소리가 갈라져 있었다.

"너야말로, 무사하질 못하잖아……!"

그녀의 손에, 잡동사니를 욱여넣은 넝마자루 같은 감촉이 전해졌다.

"그렇군."

고블린 슬레이어는 그런 몸으로도 가볍게 대답하며 고개를 끄덕였다.

"그 애는, 어떤가?"

"……이쪽. 걸을 수 있어?"

"해보지."

당장이라도 무너질 것 같은 고블린 슬레이어의 몸을 엘프 궁수가 필사적으로 지탱했다.

어째선지 볼이 뜨겁다. 무슨 일인가 했더니 눈꼬리에서 눈물이 넘치고 있었다.

그녀는 입술을 꾹 깨물었다.

"……이봐. 정신 똑바로 차리거라."

마치 기어가듯 나아가는 두 사람에게 드워프 도사가 다가가 반대쪽을 지탱했다.

그 또한 처참한 꼴이었다.

머리부터 자랑거리인 하얀 수염까지 고블린의 피로 물들었고, 술법을 쓰기 위한 촉매 가방도 끈이 찢어졌다.

그래도 드워프 도사는 커다란 손으로 고블린 슬레이어의 몸을 단단히 지탱했다.

"어쨌든지, 여기서 돌아가야 하느니라……."

"……그래."

그 터무니없는 길이처럼 생각되던 짧은 거리를, 그들은 열심히 나아갔다.

잠시 지나서, 방 중앙. 세 사람은 그 부서진 석관 근처에 도달했다.

리자드맨 승려가 부러진 송곳니 소도를 세워두고 앉아있었다.

"어허 참. ……어떻게 해냈으니 다행일세."

여신관은 그의 발치에서 꼬리에 휩싸여 누워 있었다.

깨진 랜턴의 타오르는 빛이 그 모습을 희미하게 비추고 있었다.

피로 물든 신관복과 사슬 갑옷을 걷어내고, 파랗게 변색된 상반신에 붕대를 감아 두었다.

머리카락이 들러붙은 볼에 땀이 맺혔고, 눈은 감고 있었다.

미약하게 위아래로 움직이는 작은 가슴이 살아 있다는 증거였다.

"……어떤가?"

리자드맨 승려가 눈을 가늘게 뜨고 꼬리를 움직여 여신관의 얼굴을 살짝 들어올렸다.

"……뭐, 목숨에 별 지장은 없을 거라네. 조금 더 깊은 상처였다면 소승도 손을 쓸 수 없었을 걸세."

"그런가."

"아, 기다려. 지금 앉혀줄 테니까. 그게 편하지?"

숨쉬기도 어려워 보이는 고블린 슬레이어에게 엘프 궁수가 속삭여 말했다.

"드워프, 그쪽 받쳐줘."

"오냐."

둘이서 석관 옆, 여신관 옆에 고블린 슬레이어를 앉혔다.

휘청거리는 몸은 손을 떼면 쓰러질 것처럼 위태로웠다.

풀썩 앉는 동작도 엉덩방아를 찧는 것과 큰 차이 없었다.

"아……."

그 소리에 깼는지 여신관의 눈꺼풀이 희미하게 열렸다.

혈색을 잃은 입술이 미약하게 움직이며 가녀린 목소리가 흘러나왔다.

"죄, 송, 합니……."

"신경 쓰지 마라."

고블린 슬레이어가 손을 뻗었다.

가죽 장갑은 찢어졌고, 지저분하다. 그렇잖아도 볼품없는데 지금은 더 지독한 꼴이었다.

가만히 몸 옆에 놓인 그의 손을 여신관의 가는 손가락이 힘없이 쥐었다.

"……고……슬, 레……어, 씨……."

"이런 일도, 있다."

그 말을 하는 것이 고작이었다.

"얼른 위로 돌아가자. 서두르지 않으면 놈들이 돌아올지도 몰라. 오르크볼그, 설 수 있겠어?"

"그보다 너는 얼른 외투 같은 거라도 걸치거라. 카미키리마루는 내가 부축할 터이니."

"이쪽은 등에 업고 가는 수밖에 없겠군. 자, 정신을 똑바로 차리시게. 금세 안전한 장소에……."

누군가가 뭔가 말하는 것을 들으면서.

고블린 슬레이어의 의식이 어둠 속으로 굴러 떨어졌다.

제 6 장 『수수께끼』

"언제까지 자고 있을 게냐, 이 어리석은 놈!"

정수리에 울리는 외침과 격통이 의식의 각성을 재촉했다.

펄떡 뛰어 일어나 자세를 낮추고 주위를 살폈다. 얼어붙을 정도로 피부를 찌르는 추위.

———하얗다.

온통, 하얗다.

평소와 마찬가지로 하얀 어둠. 이미 태양빛보다 익숙해진 것이 아닐까 싶은 세계.

눈과 얼음에 뒤덮인 널찍한 동굴— 아마도, 가장 깊은 곳.

자신이 어디 있는지 그가 인식한 순간 또 다시 머리를 퍽 맞았다.

부지깽이가 닿은 것처럼 뜨겁고 아프다. 냉기가 어우러지자 정신을 차릴 수 없었다.

"뭘 멍하니 섰느냐! 일어났으면 인사 정도는 해야지!"

새된 욕지거리가 바위굴에 울려 퍼졌다. 그러나 모습은 보이지 않았다.

그는 그 존재의 모습을 찾아서…… 주변을 살피는 시도 따위 하지 않았다.

주위를 두리번거리면 그 틈에 또 때릴 게 뻔했다.

시노비[#1]의 은형을 밝혀내는 건 도저히 불가능했다.

그는 지난 몇 개월 — 아니, 몇 년인가? — 에 걸친 단련으로 그것을 잘 이해하고 있었다.

이미 이 희끄무레한 암흑 속에서는 시간 감각 따위 애매하기 짝이 없었다.

휘몰아치는 눈송이처럼, 붙잡으려고 해 봤자 소용 없었다.

「다녀온 자」 등등 갖가지 명칭을 가진 노옹(老翁)은 「시노비」나 「선생님」이라고 불리기를 좋아했다.

"예, 선생님. 잘 부탁드립니다."

그는 어디 있는지도 모를 상대에게 순순히 머리를 깊게 숙였다.

흥. 미약한 콧김 소리가 들렸다. 한순간 긴장했다.

만약 기분이 틀어졌다면 꾸지람으로 끝나지 않는다. 훈련을 시켜주지 않는다.

그것은 사활문제였다.

"뭐, 좋다."

일단 시노비가 납득하긴 했다.

그는 안도의 한숨을 내쉬지 않도록 머리를 숙인 채 입에 눈을 머금고 굳게 다물었다.

섣불리 내뱉는 숨결은 따뜻하기 때문에 하얗게 퍼진다. 금세 들킨다. 그걸로 몇 번을 당했는지 모른다.

"선생님, 오늘은 무엇을 하면 되겠습니까."

"무엇을 하면?"

#1 시노비 시노비(忍び)는 비밀스런 은밀한 행동이나 이런 행동을 하는 사람을 뜻한다. 특히 닌자(忍者)를 가리키는 명칭으로 주로 쓰인다.

하! 시노비가 바보라도 된다는 양 조소했다.

"정말이지, 네놈은 바보구나! 무엇을 하면? 이런 바보 같은 질문이 또 있을까!"

문득 어둠 속에서 무언가가 날아왔다.

완전히 허를 찔린 그는 피하지도 못했다. 눈덩이가 얼굴에 부딪혀 터졌다.

철썩 젖는 감촉이 한순간에 따끔거리는 아픔으로 바뀌었다.

눈덩이를 굳이 부드럽게 뭉쳐서 얼굴 전체에 차가운 눈을 뿌리는 악랄한 수였다.

"얻어맞았다! 그러니 맞서 때린다! 고블린 놈들을!"

"예."

그는 얼굴을 뒤덮은 서리를 닦지도 않고 똑바로 앞을 보았다.

동상에 걸릴지도 모른다. 그런 염려가 떠오르지도 않았다.

아픔도, 괴로움도, 고블린도, 모든 것이 그에게는 당연한 일이었다.

더 이상 누가 말해주지 않아도 안다.

"알고는 있는 게냐?"

그러나 시노비는 조용히 중얼거렸다.

"놈들은 머리가 좋다. 잔혹하고, 수도 많으며, 징그럽다. 너는 고블린을 죽일 수 있느냐?"

"죽이겠습니다."

"소중한 누나가 고블린의 장난감이 되는 동안, 너는 입 다물고 보기만 했는데 말이냐?"

시노비가 기이하게 삐걱거리는 웃음소리를 냈다.

그는 자신의 깊숙한 곳에서 열기가 사라지는 것을 느꼈다.

동시에 머릿속 깊숙한 곳이 타오르는 석탄을 쑤셔 넣은 것처럼 뜨거워졌다.

“그것은 너에게 힘이 없었기 때문이다. 그렇지?”

입술을 깨물었다.

“예.”

“아니다아! 아니야, 아니야아!”

이번에는 축축한 감촉 안에 빽빽한 둔한 고통이 섞여 있었다.

시노비는 악랄하다. 부드러운 눈덩이 안에 자갈을 넣어놓은 것이다.

그의 이마가 심장의 고동에 따라 부풀어 오르며 고통을 주었다.

째진 상처에서, 얼굴에 달라붙은 눈을 녹이며 피가 떨어지는 것을 느꼈다.

그러나 대수롭지 않다.

두개골은 가장 단단한 뼈 중 하나이며 그리 간단히 부서지지 않는다고 배웠다.

그는 흐르는 피를 닦지도 않고 시노비가 있는 것으로 추정되는 방향에서 눈을 떼지 않았다.

“네가, 아무것도 안했기 때문이다!”

통렬했다.

그는 얼어붙은 손의 형태를 한 돌이 아닌가 싶은 주먹을 더욱 단단히 움켜쥐었다.

“어엉? 왜 뛰쳐나가 고블린을 때리지 않았냐? 누나랑 같이 얼른 도망치지 않았냐?”

미약한 공기의 흐름. 시노비가 여보란 듯 다가와 얼굴을 들여다보고 있을 것이다.

술냄새가 풍기는 입김이 닿지만 모습은 보이지 않고 그림자도 볼 수 없었다.

"그건, 네가 『누나를 구하지 않았으니까』다. 성공과 실패, 살고 죽는 것 따위는 그 다음이야!"

힘이 없어서 아~무것도 못합니다~!

하지만 신이 힘을 준다면 고블린을 멸망시킬 겁니다~!

전설의 용사로 선택됐으니 고블린을 쓰러뜨릴 수 있습니다~!

굉장한 성검을 얻었으니 고블린을 해치울 수 있습니다~!

힘이 있으니까 뭐~든지 할 수 있습니다~!

시노비의, 사람을 부추기는 우스꽝스런 노래가 얼음 동굴 안에 메아리 쳤다.

"힘이 없다고 아무것도 안 했던 녀석이, 힘을 얻으면 곧장 뭘 할 수 있다고 생각하느냐?"

"……."

"할 수 있다고 해도 그런 건 도금한 것에 지나지 않아! 금세 후두둑 벗겨지고 끝이다!"

흔들. 또 바람이 흔들렸다. 그는 눈을 움직이지 않고 그 흐름을 느끼려고 노력했다.

"잘 들어라."

시노비가 말했다.

“재능이 없다. 능력이 없다. 이름도 아까운 무리 속에 묻힌 범인, 그냥『아무개』.”

툭. 그의 가슴팍을 밀쳤다.

황급히 고개를 들자 눈앞에 눈동자가 있었다.

이글거리는 작은 눈동자는 활활 타오르는 횃불처럼 기이한 금색이었다.

“하지만, 정하는 건 너 자신이다.”

그는 마른 침을 삼켰다.

“무언가 하리라 결심하고, 휘두른 그 시점에서 네놈이 이긴 거다.”

물론 실패하면 얼간이고, 성공 못하면 웃음거리가 될 게다—.

시노비의 목소리가 갑자기 낮아졌다. 따악. 손가락을 튕기는 소리가 울렸다.

그 순간, 어느샌가 준비했는지 화톳불이 붉디붉게 타올랐다.

하얀 바위굴이 불꽃의 색으로 어슴푸레 드러났다.

역시 여기는 눈의 동굴이었다. 얼음. 눈. 냉기가 가득 찬 공간.

그러나 그것에 정신이 팔린 순간 이미 시노비는 그림자도 남기지 않고 사라졌다.

“운, 지혜, 그리고 근성이다!”

그 대신, 동굴에 메아리치는 기분 나쁜 커다란 음성.

그는 따뜻한 호흡을 가다듬으며 천천히 일어섰다.

옆구리를 좁히고 다리를 살짝 벌린다. 허리를 낮추고 대비했다.

“할 것인가 안 할 것인가, 처음엔 그거다! 어쨌든 일단 하는 게다!”

"예."

고개를 끄덕이자 피가 흘러서 발치가 빨갛게 물들었다. 신경 쓰지 않았다. 눈 때문에 미끄러지지 않는 것만 생각해라.

"잘 되면 거인을 돌로 만들고, 거대 거미를 꿰뚫으며, 용을 죽이고, 명왕도 멸할 수 있다!"

"예, 선생님."

"너는 운이 나쁘다. 지혜도 없다. 근성은 있느냐! 한꺼번에 단련해주마—. 위를 봐라!"

그는 순순히 위를 보았다. 맨 먼저 험악하게 빛나는 것이 보였다.

그것은 눈의 동굴 천장에 빽빽하게 돋아난 날카로운 고드름 무리였다.

뾰족한 얼음이 아래를 향해 정렬해 있는 모습은 무시무시한 기사의 집단처럼 보였다.

화톳불의 열이 전해져 녹기 시작했는지 물방울이 그 옆에 똑 떨어졌다.

얼음검의 무리가 아래로 돌격하는 시간은 이제 머지않았다.

"수수께끼다! 리들(Riddle)! 이것밖에 없다! 죽고 싶지 않다면 재빨리 대답해라!"

"예, 선생님."

"좋다……."

시노비가 혀로 입술을 핥는 소리가 그의 귀에도 들렸다.

수수께끼는, 그야말로 신화시대 무렵부터 이어지는 전통적인 전투 중 하나였다.

신성, 불가침, 절대적인 것. 신들이 주사위를 던지기 전에 했다고도 한다.

물론 그에겐 상관없는 일이었다.

어쨌든지, 한다. 그뿐이었다.

종횡무진으로 하늘을 난다.
혈육을 쪼아내는 잔혹한 부리.
너의 오랜 적! 너의 원수!
죽이면 너의 피가 흐른다!
이는 무엇이냐!

그가 맨 먼저 떠올린 것은 고블린이었다.

그러나 고블린은 하늘을 날지 못한다. 부리도 없다.

생각하고자 팔짱을 끼려는데 눈덩이가 빠르게 날아왔다.

그는 반사적으로 옆으로 뛰어 얼음 위를 굴러 피했다.

이마에서 흐른 피가 얼음 위로 떨어져, 녹은 물과 섞여 분홍색으로 번졌다.

그것을 보고 그의 뇌리에 대답이 떠올랐다.

"모기."

"정답!"

시노비가 재미없다는 기색으로 코웃음을 치며 말했다.

"그러나 아직 그저 서론이다! 다음 간다!"

바다의 물은 없고,
강의 흐름은 멎으며,
숲의 나무가 마르고,
도시의 건물은 무너지며,
성의 사람들은 사라졌다!
여기는 어디냐!

그는 전혀 짐작도 안 갔다.

역사상 전설상에 있던 멸망한 나라들의 이름이 떠올랐다 사라졌다.

그것들은 모두 누나가 옛날이야기로 가르쳐준 갖가지 이야기 속에서 들은 것이었다.

그 중에서 무참한 꼴이 된 나라는 없었나?

"카아, 왜 그러느냐! 멍하니 서 있지 마라! 움직여라! 죽는다!"

시노비의 고함. 그는 생각하기보다 먼저 반사적으로 몸을 옆으로 던졌다.

낙하한 고드름이 바닥에 부딪혀 부서졌다.

그는 얼굴을 손으로 막아 얼음 파편으로부터 감싸면서 필사적으로 사고를 계속했다.

지금은 투구를 쓰지 않았다. 머리를 우선해서 지켜야 한다.

그러자 갑자기, 꽤 옛날에 누나랑 했던 수수께끼 놀이 대답이 떠올랐다.

그때도 누나를 당해내지는 못했지만 말이다.

"지도 위."

"핫하아! 맞았다아! 그러나 늦구나 늦어!"

조롱하듯 박수 치는 소리가 울렸다.

그 소리가 웅웅 메아리 쳐서 발생원을 알 수 없었다.

그는 귀에 닿는 소음에 집착하지 않고 전후좌우, 그리고 천장으로 눈길을 주었다.

방심은 못한다. 사고가 끊어지면 안 된다. 숨을 가다듬어라.

서늘한 방인데도 어느샌가 그의 이마에 땀이 맺혀 있었다.

피와 땀이 눈에 들어가지 않도록 팔로 닦자 상처가 상당히 쓰라렸다.

"어디 보자, 더 간다!"

신들보다도 정의!
사신보다도 사악!
부자에게 필요!
빈자에겐 불필요!
이것은 무엇이냐!

그에게 이것은 상당히 어려운 문제였다.

차분하게 생각하고 싶지만 시노비는 그것을 용납하지 않았다.

그는 얼음과 눈 위를 구르며, 사방팔방에서 날아오는 눈덩이를 피하고 막았다.

완전히 차가워진 사지는 핏기가 가셨고, 파란색을 넘어 보라색으로 변해가고 있었다.

그렇다고 시간을 들일 수는 없었다. 똑, 위에서 물방울이 떨어지며—.

“봐라, 조심해라! 깔려 버린다!”

녹은 고드름이 다시 그를 꿰뚫으려는 듯 쏟아져 내렸으니까.

“……윽.”

그것을 피하려고 뛰는 순간을 시노비는 놓치지 않았다.

몇 발째인지 모를 눈덩이가 어깨에 맞아 눈이 흩어지고 자갈이 몸에 박혔다.

그는 고통의 신음을 필사적으로 죽였다.

시간이 없다. 생각할 수가 없다. 대답 따위 떠오르지 않았다. 아무것도 없다.

반쯤 짜증을 섞어 생각했을 때, 그는 퍼뜩 깨달았다.

고개를 들고 외쳤다.

“—아무것도 없다!”

두 발로 땅을 디디고 자세를 고치며 다시 한 마디.

“정답은 아무것도 없다, 다.”

“그렇다! 그러나 사신보다도 사악하며 악랄한 것은 있다!”

쉴 틈 따위 주지 않을 셈이다. 시노비는 쉴 틈 없이 질문을 던졌다.

그는 하얀 어둠 속, 어깨와 이마에서 피를 흘리며 맞섰다.

검정 속의

검정 속의

검정 속의

검정!

그는 즉시 외쳐 대답했다.

"동굴 안에서, 고블린의 우리에 붙잡힌, 여자의 태내에 있는, 고블린!"

그는 고블린에 대해 한시도 잊은 적이 없었다.

문자 그대로, 생각할 것도 없는 것이었다. 보이지 않는 스승을 노려보면서 대답했다.

"간단하다."

"호오, 그러냐! 그럼, 이건 어떠냐!"

놈은 언제 어느 때라도,
반드시 네 곁에 나타난다!
절대로 너를 놓치지 않는다!
너는 놈과 이야기할 수도 없다!
봐라, 왔구나. 네 바로 옆이다!
유감이구나! 포기해라!

지난 문제는 다음 문제를 생각하는 동안 시간을 번 것에 지나지 않았다.

시노비는 이런 잔재주 같은 술법을 많이 쓴다. 그래서 그는 많이 배웠다.

그러나, 이번 수수께끼는 그가 생각도 못한 것이었다.

그는 거친 숨을 내쉬면서 눈덩이 사이를 구르고 고드름을 피했다.

눈이 살을 찢고, 얼음이 살을 때리고, 온몸이 까져서 피가 스며 나왔다.

이마의 상처에서 흐른 피와 땀은 눈에 들어가서 시야를 가렸고, 어깨의 상처가 욱신거리며 아팠다.

그래도 그는 열심히 생각했다. 머리를 쓰고, 몇 번이고 눈을 깜빡거리며, 지혜를 쥐어짜서 대답을 찾았다.

바로 옆에 다가온 존재를 깨닫는데 그리 많은 시간은 걸리지 않았다.

그는 입술을 가볍게 혀로 핥고서 그것을 확실히 입에 담았다.

"죽음, 이다."

"오냐, 잘했다!"

시노비의 웃음소리가 바위 공동에 메아리 쳤다.

웅웅 울리는 탓에 다시 고드름에서 물방울이 똑똑 떨어졌다.

"너는 운이 나쁘다. 지혜도 없다. 그러나 근성은 있다. 그러니 생각해라. 근성을 짜내 생각해라!"

"예, 선생님."

그는 순순히 고개를 끄덕였다. 시노비가 어째서 자신을 돌봐주는 건지는 알 수 없었다.

그러나, 마을이 멸망하고 홀로 남겨진 그에게 남겨진 단 하나의 목적.

그것을 이루기 위한 방책을, 가르침을, 시노비가 내려주었다.

스승의 말을 거부하는 것은 그가 감히 생각하지도 못할 일이었다.

“그리고 솔직해져라—. 이건 이미 됐구나. 너치고는 잘 하고 있다. 그러면, 마지막이다!”

허공에서 빠져 나오듯, 그의 눈앞에 시노비가 나타났다.

그의 키 반 정도밖에 안 되는— 그림자처럼 검게 그을린 작은 남자였다.

시노비는 번뜩이는 단검을 쥐고서, 백금의 사슬 갑옷을 두른 레아노옹이었다.

형형하게 번뜩이는 두 눈으로 그를 노려보면서, 누렇고 삐뚤거리는 치아를 드러내며 조소했다.

“내 주머니에, 뭐가 있느냐!”

수수께끼의 정식 규칙을 따르지 않는 비겁한 질문이었다.

그는 그것에 대답하려고 열심히 머리를 굴려봤지만 전혀 짐작이 안 갔다.

하다못해 세 번 대답하게 해달라고 입을 열려던 다음 순간.

또 다시 머리에 둔탁한 고통이 흐르고, 그의 의식은 어둠 속에 녹아 사라졌다.

이 물음의 대답을, 그는 아직도 모르고 있었다.

제7장 『속삭임과 기도와 영창』

Goblin Slayer
He does not let anyone roll the dice.

눈을 뜨자, 역시 온통 하얀 세계였다.

부드러운 침대. 청결한 시트. 방은 따뜻해서 마음이 편안하고, 천장은 멀었다.

늘어선 백석 원기둥. 그 사이로 바깥을 보니 파란 하늘이 눈에 들어왔다.

정원에 우거진 나무들 사이로 내리쬐는 햇살이 그의 눈꺼풀까지 닿고 있었다.

"……흠."

그는— 고블린 슬레이어는 천천히 상체를 일으켰다.

시야가 가볍고, 넓었다. 두 번, 세 번, 고개를 돌렸다. 투구가 없었다.

어느 틈에 무장이 풀려 있는 건지 다른 장비와 옷을 모두 벗고 있었다.

여기는 어디일까? 생각할 것도 없이 물의 도시 신전의 방 중 하나일 것이다.

적어도 그 지저분한 고블린 놈들의 소굴로 변해버린 지하는 아니었다.

그렇다면 다른 사람들이 무사히 후퇴에 성공했다고 봐도 될 것이다.

"……."

일단 그 사실을 인식한 그는 작게 고개를 끄덕였다.

부상 때문에 의식을 잃은 실책은 있어서는 안 되는 일이지만.

살아 있다면 다음 기회가 있다.

마지막에 이기면 된다. 문제없었다.

—그건 그렇고, 꽤나 그리운 꿈을 꾸었다.

거두어진 것이 열 살 때, 헤어진 것이 열다섯이었으니까 5년도 더 전이었다.

그 교활하기 짝이 없는 늙은 레아가 죽을 것 같지는 않지만, 지금은 어디서 뭘 하고 있을까?

어느 날 아침 「여행을 떠난다」고 하더니 훌쩍 모습을 감췄다. 그 이후로는 만나지 못했지만…….

"……그러면."

현재 상황 파악에 이어서 그는 천천히 오른팔을 뻗었다.

망가진 뼈가 이어지고, 태연하게 기능하고 있었다.

엄지손가락부터 관절을 확인하면서 굽히고, 주먹을 쥐었다 폈다.

이것을 왼팔로도 똑같이 해봤다.

고통도, 이상도, 전혀 느낄 수 없었다.

치유의 기적 덕분이라고 해도 참 훌륭했다.

"……음."

그렇다면 다음은 늑골, 을 확인하려다가 허리 쪽에 위화감을 느꼈다.

눈길을 내렸더니 실오라기 한 점 걸치지 않은 나체의 소녀가 있었다.

"으, 응……."

앳돼 보이는 잠든 얼굴— 여신관이었다.

가늘고, 여리며, 당장이라도 부러질 것 같은 팔.

그것을 그의 허리에 매달리듯 두르고 있었다.

"……."

고블린 슬레이어는 한숨을 쉬었다.

살집이 얼마 없는, 섬세한 유리 세공 같은 소녀였다.

이런 아이가 모험가란 것에 그도 생각하는 바가 없지는 않았다.

그는 세심하게 주의를 기울여 시트를 벗겨내고 그녀의 목줄기와 어깨를 살폈다.

하얀 피부 중에서도 그 부분만 더욱 하얗지만 흉터는 없었다.

"응, 으……."

미약하게 몸을 뒤척이는 그녀. 평온한 얼굴로 잠들어 있었다.

고블린 슬레이어는 시트를 본래대로 되돌려줬다.

"……."

자신은 참 못난 제자였을 것이다.

헤어진 지 5년. 아직도 고블린을 모두 죽이지 못했다.

그리고, 이 꼴이다.

이미 그 한 사람의 실수가 혼자의 실수로 끝나지 않게 됐다.

합쳐서 5명의 파티. 고블린 슬레이어는 신음하듯 목소리를 흘렸다.

"이건, 배우지 못했군……."

"후후, 눈을 뜨신 모양이군요."

문득 아리따운 목소리가 말을 걸었다.

과연 언제부터 거기에 있었을까? 침대 옆에 서 있는— 하얀 여인.

피부가 엷게 비치는 천만 둘렀고, 여신상으로 착각할 만큼의 미모를 가졌다.

“그래서, 어떠셨나요?”

검의 처녀가 촉촉한 입술로 속삭이며 침대에 손을 대고 몸을 내밀었다.

얇은 천 한 장을 몸에 두르고, 천칭검의 지팡이를 손에 든, 법을 다스리는— 성녀.

“저와, 그녀와, 잠자리를 함께 하고서…….”

가만히 볼에 손을 댄 그녀에게 고개를 끄덕이며 대답했다.

“나쁘지는 않았다.”

손가락의 감촉이 서늘하다.

고블린 슬레이어는 늘 그렇듯 담담했다.

“이것이 처녀동침의 기적……《리저렉션(소생)》이군.”

“어머나, 알고 계셨군요.”

“지식으로는.”

검의 처녀가 시시하다고 말하듯 입술을 삐죽이며 몸을 물렸다.

《리저렉션》— 《힐(소회복)》, 《리프레시(치유)》를 웃도는 치유의 기적이었다.

오한에 시달리는 고대의 용사를 덥혀주기 위해서.

혹은 날뛰는 대영웅의 열을 식히기 위해서.

중상을 입고 쓰러진 야만족 왕을 사령(死靈)으로부터 지키기 위해서.

신을 섬기는 정결한 처녀와 동침시켰다— 라는 전승은 예로부터 많았다.
그리고 그것은 그저 전승이 아니라 사실이었다.
신을 섬기는 처녀가 신명을 바쳐 기도해야 비로소 신들이 탄원을 들어준다.
그렇지만, 물론 죽음에서 되살아나는 것은 아니었다.
세상의 섭리를 뒤집는 것은 사람의 몸으로는 도저히 이룰 수 없는 일이었다.
그야말로 신들의 가호를 받은 「용사」가 아닌 이상, 잿더미가 되거나 혼이 소실되며…….
사령술사들의 예지를 가지고서도 완전한 소생은 불가능하다.
《리저렉션》은 생사의 경계에 떨어진 자를 붙들어 이쪽으로 끌어올리는 기적이었다.
그러나 실제로 모험가가 그 은총을 받을 기회는 적었다.
이유는 단순명쾌하게 세 가지.
신전 등의 성역에서 잠들어야하기 때문에 모험을 하다가 시술을 받는 것이 일단 무리다.
음행에 이르면 의미가 없기 때문에 거친 자들이 모인 모험가들 상대로는 기피하는 경향이 강하다.
마지막으로 그런 사정 때문에 시술을 할 때는 보통 고액의 기부금을 내야 한다.
어찌되었건 흑요 등급 정도인 여신관은 이룰 수 없는 신의 기술이었다.
그렇다면, 검의 처녀 말고 이 기적을 신들에게 탄원한 자는 없을 것이다.

"후후."

그녀는 고블린 슬레이어의 시선을 깨달았는지 희미하게 웃음을 흘렸다.

"기부금에 대해서는 보수에서 차감, 하는 것이 모험가의 방식이죠."

"보통 모험가는 인연이 없는 이야기라고 생각했는데."

"후후. 무슨 말씀을 하세요. 당신은 제3위, 은 등급 모험가가 아닌가요."

"……음."

지금 고블린 슬레이어는 그 말에 반박할 수 없었다.

『은 등급답게 행동하라』는 말은 늘 듣고 있었다.

입을 다문 그를 보고 만족스레 고개를 끄덕인 검의 처녀는 키득 소리 내어 웃었다.

"물론, 저는 이미, 정결하다고 할 수는 없습니다만……."

어쩐지 다른 사람 일처럼 말하며 웃는 그녀— 대주교의 두 눈동자.

검은 안대를 풀고 드러난 그녀의 눈동자를 고블린 슬레이어는 처음으로 보았다.

어쩐지 흐릿한, 초점이 안 맞는 눈동자.

충실한 신의 종자로서 완벽한 조형 속에, 오로지 하나.

그녀의 미모가 잔혹한 수법으로 파괴되어 버렸다.

"고블린인가?"

"네."

대답하는 검의 처녀도 딱히 신경 쓰는 기색 없이 고개를 끄덕였다.

"벌써, 10년 전이 되나요. 저도, 모험가였으니까요……."

흘깃. 그 눈동자가 움직여 고블린 슬레이어를 흘겨봤다.

"고블린에게 붙잡혀, 동굴 속에서— 무슨 일을 당했는지, 들으시겠어요?"

"……알고 있다."

고블린 슬레이어는 짧게 말했다.

"후후."

그녀는 웃음을 흘렸다.

"저는, 아파, 아파요, 라며 작은 어린애처럼, 울었어요."

하얀 몸에서도 더욱 하얗게 드러난 상흔이 남은 팔을, 살집이 좋은 다리를.

그녀는 마치 보란 듯이 가는 손가락으로 더듬었다.

"하지만."

요염한 입술이 천진한 소녀 같은 목소리로 속삭였다.

"보이긴 해요. 흐릿하지만, 당신의 그림자 같은 모습이 확실하게."

천천히, 자신의 살에서 떨어진 여인의 손이 허공을 더듬으며 움직였다.

고블린 슬레이어의 윤곽을 도자기처럼 손끝으로 공중에 그렸다.

"어디에나 있는 사람. 그러나, 눈을 떼면 문득 사라져 버릴 것 같은……."

"……."

"그림자 같은 사람."

고블린 슬레이어는 입을 다물었다.

고개를 돌려 주위를 둘러보고 자신의 장비를 확인했다.

투구와 갑옷 한 세트. 검과 방패, 가방까지 한꺼번에 침대 옆에 놓여 있었다.

피와 진흙으로 지저분한 것은 평소와 같았지만 갑옷이 상당히 부서져 버렸다.

모험을 나서기 전에 수선을 했는데 아무래도 새로 장만할 필요가 있을 것 같았다.

"장비를 수선하고 싶다. 공방이나 무구점은 있나?"

검의 처녀는 대답하지 않았다.

그 보이지 않는 눈동자로, 그녀가 말하는 「그림자 같은 사람」을 가만히 바라보고 있었다.

"사람이란, 여자란, 약한 법이랍니다."

삐걱, 부드러운 침대가 약간 흔들렸다.

검의 처녀가 스윽 몸을 내밀어 고블린 슬레이어의 바로 옆에 앉은 것이다.

풍만한 가슴이 출렁거렸다.

"사악한 것들의 강대함과 비교하면, 밀려서 지고 말 것 같아요……."

부드럽고 풍만한, 육체의 감촉. 온기.

"……저는, 불안하답니다. 무서워요. 우습죠?"

장미의 향기일까— 달콤하고 향긋한 냄새가 풍겼다.

"검의 처녀씩이나 되는 여자가. 매일, 매일 밤, 무서워서, 두려워서, 견딜 수가 없답니다."

그녀는 그렇게 말하며 자신의 어깨를, 가슴을, 살며시 끌어안으며 움켜쥐었다.

얇은 천이 흐트러지고 무너지며 단정치 못한 모습을 드러냈다.

남자라면— 그녀가 누구인지 알고서도 이성을 잃어도 이상하지 않았다.

검의 처녀다.

10년 전, 마신과 싸워 세상을 구한 여자였다.

눈동자를 지졌음에도 그 정도 매력을, 미모를 유지하고 있는 여자다.

만약 촉촉한 눈동자로 바라보기라도 하면 견딜 수 있는 자가 없을 것이다.

"이런 세계인걸요. 도움이 되는 거라면, 얼마든지 있는 게 좋죠……."

"……."

"다른 분은, 분명 알 수 없겠지만요. 그렇죠?"

"그런가."

고블린 슬레이어는 짧게 대답했다.

담담한, 평소와 같은 음성으로.

"그런가, 인가요……. 후훗."

우습다는 듯, 유감인 듯, 대주교가 소리 내어 웃었다.

"뭐가, 우습지?"

"하지만, 우습지 않나요? 저는 과거에 마신을 토벌한 여자인걸요."

—그런데 고블린을 무서워한다니.

그녀는 그렇게 말하고 스르륵 일어나 흐트러진 옷자락을 정돈했다.

손에는 천칭검의 지팡이를 들고, 어디선가 꺼낸 검은 안대로 눈을 가렸다.

늠름하게 선 모습에는 방금 전까지 느껴지던 음탕한 기척이 전혀 없었다.

"저기."

문득, 그 가려진 눈동자가 고블린 슬레이어에게 매달리듯 향했다.

"저를, 구해주실 건가요?"

그는 아무 말도 하지 않았다.

할 수 없었다고 해야 할지도 모른다.

무언가 말하려고 입을 열었을 때에는 그녀가 이미 기둥 너머로 물러가 버렸으니까.

희미하고 조용한 발소리가 멀어졌다. 잠시 지나 무거운 문이 열리고 닫히는 소리가 들렸다.

고블린 슬레이어는 크게 숨을 내쉬었다.

허리에 매달린 여신관의 가는 팔을 살며시 풀어서 침대에서 내려왔다.

굳어진 몸을 비틀어 푸는 사이에 그녀의 눈꺼풀이 살짝 움직였다.

"우, 응…… 응……?"

여신관은 멍한 눈을 비비면서 나른하게 몸을 일으켰다.

멍하니 주위를 둘러보더니 눈동자의 초점이 맞자 순식간에 얼굴이 새빨갛게 물들었다.

"어, 아, 와, 아, 그, 저기……!"

허둥지둥 당황해 어쩔 줄 모르면서, 드러나 버린 가슴에 시트를 감아서 가렸다.

고블린 슬레이어는 그 모습을 돌아보지도 않고 자기 옷을 집었다.

"보, 보보, 보셨어요?"

"그래."

즉시 여신관의 얼굴이 확 일그러졌다.

당장이라도 울어버릴 것 같은 모습을 보고, 고블린 슬레이어는 잠시 생각한 다음 입을 열었다.

"안심해라."

움찔. 여신관의 가는 어깨가 튀어 올랐다.

"흉터는 안 남았다."

여신관은 그 말을 듣더니 이번에는 난처한 듯 고개를 숙여 버렸다.

고블린 슬레이어는 뭐라고 말을 걸어야 할 지 몰라서 묵묵히 옷을 입었다.

옷 위에 갑옷용 속옷. 거기에 더해 사슬 갑옷을 입었다. 다행히 이건 찢어지지 않았다.

그러나 가죽 갑옷은 이제 못써먹을 물건이었다. 그다지 애착이 있는 물건도 아니었지만…….

다시 산다면 길이 들 때까지 시간이 귀찮다.

"이, 이제, 상처는 괜찮, 으세요?"

이제야 좀 진정이 됐나보다.

가슴에 댄 시트를 손으로 누르면서 그녀도 살짝 침대에서 내려섰다.

"그래."

끄덕이는 고블린 슬레이어와 등을 맞대듯이 선 여신관도 옷을 입기 시작했다.
살집이 빈약한 가슴과 엉덩이를 검소한 속옷으로 가리고 그 위에 옷을 입었다.
어깨 부분에 커다란 구멍이 난 사슬 갑옷을 아쉬운 기색으로 바라본 그녀가 신관복을 입었다.
질박함과 검소함을 내세우는 지모신을 섬기는 몸이라 찢어진 곳을 깔끔하게 꿰매두었다.
그것을 빼면, 본래 화장도 하지 않는 소녀였다.
중장비의 고블린 슬레이어와 비교하면 그녀의 준비가 훨씬 빨랐다.
"고블린 슬레이어 씨……."
"뭐지?"
등 뒤에서 조심조심 말을 거는 목소리에 고블린 슬레이어는 돌아보지 않고 대답했다.
그녀의 옷이 스치는 소리를 들으면서 가죽 갑옷의 각반을 신고 정강이 받이를 감았다.
고블린은 키가 작다. 발치의 방어를 게을리할 수는 없었다.
"그, 무리 같은 거, 하는 거…… 아니죠?"
"왜 그렇게 생각하지?"
"어쩐지, 평소랑 다른 것 같아서……."
그 말에 장비를 착용하던 손이 잠깐 멈추었다.
"……아니."
한순간 침묵한 다음 그는 주저 없이 잘라 말했다.
찌그러진 자국이 늘어난 철 투구를 집어서 머리에 썼다. 숨을 들이쉬고 내쉬었다.

"아무것도, 변함없다."

뭔가 말하고 싶은 여신관의 시선을 등으로 느끼며, 고블린 슬레이어는 일어섰다.

무구와 장비를 새로 장만해야 한다.

식량. 의료품. 기타 등등. 고블린 퇴치는 장비가 무엇보다 중요하다.

"저기, 고블린 슬레이어 씨……?"

"뭐지?"

가는 목소리를 듣고서 천천히 돌아보았다. 그때였다.

"여기구나!!"

누군가 그야말로 부모의 원수라도 쓰러뜨릴 기세로 중후한 문을 발로 박차 커다란 소리를 내며 열었다.

"둘 다 눈을 떴다고 들었어! 괜찮아? 멀쩡해?"

늠름하고 시원스런 목소리와 함께 가볍게 달려온 것은 말할 것도 없이 엘프 궁수였다.

뒤로 묶은 머리카락을 흩날리고 긴 귀를 흔드는 모습은「기분 좋다」는 말을 고스란히 그림으로 그린 것 같았다.

예리한 얼굴을 어린애처럼 밝게 빛내는 그녀 뒤에서 드워프 도사가 못 말리는 녀석이라며 들어왔다. 리자드맨 승려도 함께였다.

"괜찮은 모양이구먼. 카미키리마루도, 우리 아가씨도."

"이거 참, 다행일세. 시술이 늦지 않아 잘 됐군."

모두 웃었고 목소리도 들떠 있었다.

"음."

고블린 슬레이어는 세 사람의 얼굴을 둘러보고 고개를 끄덕였다.
"……모두 무사한가?"
"그거 오르크볼그가 할 말이야?"
"카나리아는 어떤가."
"아주 멀쩡해. 애당초 오르크볼그가 제일 위험했거든?"
커다란 침대! 엘프 궁수가 경쾌하게 뛰어올라 엉덩이를 묻으며 입술을 삐죽거렸다.
"쟤가 눈을 뜨자마자『고블린 슬레이어 씨?!』그러면서 울어서 큰일이었다니까?"
"오, 와, 와, 자, 잠깐만, 말하지 말라고, 약속……!"
엘프 궁수에게 야유를 받은 여신관이 다시 얼굴이 빨개져서 커다랗게 팔을 휘두르며 항의했다.
그러나 엘프 궁수는 신경 쓰는 기색 없이 태연하게 대답했다.
"말을 안 하면 전해지질 않잖아."
리자드맨 승려가 유쾌하게 혀를 내밀어 코끝을 핥았다.
"뭐 어쨌든 이제 걱정 없이 탐색을 계속할 수 있겠군."
그 고블린 놈들을 놓치기도 했지 않은가. 리자드맨 승려의 말에 고블린 슬레이어가 고개를 끄덕였다.
찌그러진 투구가 약간 삐걱거리자 리자드맨 승려가 눈을 빙글 돌렸다.
"그 전에 먼저 무구를 마련하는 편이 좋겠네."
"이보게 비늘 친구, 바보 같은 소리구먼. 그 전에 일단 밥이 아니던고? 배가 쏙 들어갈 지경이야."

"어이쿠, 이거 실수했군."

드워프 도사가 태클을 걸자 리자드맨 승려가 자기 이마를 손으로 탁 쳤다.

익살스런 동작에 여신관이 키득 웃자 엘프 궁수도 눈으로 웃었다.

"그건 그런데 말야. 드워프는 조금 집어넣지 않으면 허리띠가 끊어지는 거 아냐?"

"하! 이래봬도 나는 어디 사는 모루와 달리 멋쟁이로 통하느니라."

"뭐야아?!"

엘프 궁수가 긴 귀를 곤두세우며 시비를 걸었다. 그리고 떠들썩한 말다툼.

평소와 다름없는 풍경, 광경을 고블린 슬레이어는 가만히 보았다.

마치 환상 같은 것을 눈앞에서 본 여행자가 진위를 확인하려고 시선을 향하는 것 같았다.

"……아직 아무도, 식사를 안 한 건가?"

잠시 지나서 조용히, 누구에게랄 것도 없이 던진 질문.

"네."

여신관이 대답했다.

"아, 저는 《리저렉션》을 준비하느라 시간이 없었던 것도 있지만요."

"어째서지?"

"약속했었잖아요."

여신관은 무슨 소리를 하느냔 기색으로 당연하다는 듯 말했다.

"한 고비 넘기면, 다 같이 밥 먹자고요."

"음……."

"약속은, 지켜야 하는 거예요."

그녀의 미소는 마치 양지에 핀 꽃 같았다.

막간 「어느 모험가가 다른 모험가에게 참견하는 이야기」

아~, 젠장. 엉덩이 아파. 역시 마차란 건 영 안 좋아.

나도 이 녀석이랑 여기저기 모험을 다녔지만, 모험가라면 걷는 게 제일이지.

나? 우리는…… 뭐, 짐 배달이야. 가끔. 가끔이지……. 부탁을 받았으니까.

아가씨들은? 역시 여자애들만 있으면 모험도 이래저래 힘들지?

뭐기는, 그거, 말도 못 타고, 그리고 달마다 그거나. 쉬는 것도 조정— 으프악?!

……푸앗! 야 인마, 갑자기 《스파이더 웹(거미줄)》을 날리면 어떡하냐!

"섬, 세함이, 없어서, 미, 안해?"

……아, 알겠습니다. 내가 잘못했습니다요…….

그렇지만 여자애들 셋이서만 파티를 짰으면 조심해서 나쁠 건 없다.

딱히 괴물이나 강도들만 그런 게 아니라, 같은 모험가라도 고약한 놈들이 있으니까.

초보자니? 도와줄까? 이야 모험이 잘 됐네. 그러면 수업료를 받아야지.

그러면서 못 냈다고 장비만 뜯어내면 그나마 나은 편이고, 까딱하면 빚에 꽁꽁 묶이는 거야.

어느 시대든「나쁜 선배」한테 걸려드는 일은 있는 법이지.

옛날보다는 나아졌지만 말이야. 전에는 건방진 신입을 주점에서 집단으로 패고는 가진 걸 다…….

"그, 거, 2~30년, 전에, 일, 이지."

옛날이야기로 겁을 준다고? 괜찮아. 좀 겁을 먹어야 그만큼 신중해지잖아.

그야 다들 악당은 아니지만 좋은 놈들도 아니야.

다들 기도하는 말(Prayer)을 가진 자잖아.

다툴 때는 다툰다. 꼬일 때는 꼬인다. 싫을 때는 싫다. 그런 거잖아.

아아, 가끔씩 보는데, 여자애들만 잔뜩 있고 남자 한 사람 있는 파티는 굉장하다니까. 질척질척하지.

나는 좀 더 산뜻하게 사귀고 싶단 말이지. 사랑이야, 사랑. 사랑은 자유로워야지.

"……."

어이, 내가 그렇게 노려볼만한 말이라도 했어?

어쨌든, 아가씨들도 조심하라구.

요즘에는 이쪽 물의 도시도 어수선하고, 이상한 사건도 많다고 들었어.

……뭐, 그 녀석이 이 도시에 있으니까 고블린 관련이겠지.

거창한 검을 가지고 있어도 휘두르기 전에 공격 받으면 어쩔 수가 없는 법이야.

제 8 장 『책갈피를 끼우다』

따스한 햇살과 물가에서 불어오는 시원한 바람.

즐거워 보이는 사람들 소리. 떠들썩한 시장.

이방인이나 다종족이 모이는 도시에서 모험가의 모습은 드물지 않았다.

그러나 젊은 신관 소녀와 대낮의 도시 안인데도 철 투구로 얼굴을 가린 남자.

이런 두 사람이 나란히 걷고 있으면 이야기가 달라진다.

"날이 맑아서 다행이네요!"

"그래."

여신관은 약간 볼이 상기된 채 고블린 슬레이어 뒤를 종종걸음으로 따랐다.

무슨 꾸러미를 소중하게 끌어안았고, 발걸음도 가벼웠다.

"……들어줄까?"

"아뇨, 괜찮아요!"

생긋 웃으며 대답했다.

그런가. 고블린 슬레이어는 고개를 끄덕이면서 살며시 발걸음을 늦추었다.

얼마 안 가서 그의 어깨가 여신관의 얼굴 옆에 나란히 섰다. 그녀는 철 투구를 올려다보며 그를 살폈다.

마치 첫 산책에 기뻐하는 작은 강아지 같았다.

오고 가는 도시 사람들이나 상인들이 지나가는 그들을 슬그머니 살폈다.

여신관이 그것에 대해 뭔가 물어보려고 입을 열었다가 결국 아무 말 못하고 입을 다물었다.

고블린 슬레이어니까 전혀 신경 쓰지 않을 것이다.

다른 동료들은 이 광경을 보고 어떻게 생각할까? 여신관은 알 수 없었다.

왜냐면, 엘프 궁수, 리자드맨 승려, 드워프 도사 세 사람은 지금 그들의 발밑에 있으니까.

『그럼 오르크볼그랑 같이 느긋하게 쉬고 있어!』

『전위도 술사도 한 사람씩 줄었으니 무리할 생각은 없다네.』

『그리고, 장비가 없는 전사는 불안해서 못 데리고 가느니라.』

식사를 하면서 세 모험가가 제안했다.

여신관은 송구해 하면서도, 아직 제 상태가 아니라서「죄송합니다」하고 고개를 숙였다.

그러나 고블린 슬레이어까지 순순히 그들 말을 들은 것에는 조금 놀랐다.

『부탁한다.』

여신관은 짧게 대답한 그의 심경 까지는 알 수 없지만…….

지금 생각해 보면 그의 사고에 대해서는 어느 정도 이해할 수 있었다.

고블린 챔피언과 싸우면서 드러난 석관으로 숨겨진 계단.

고블린이 그 방을 잠복에 사용한 이상 그곳도 고블린의 영역인 것은 명백했다.

그렇다면 찾아야만 한다—. 고블린 챔피언을 놓쳤으니까.

지난번 전투로 고블린의 전력을 크게 깎아냈다지만 모험가측도 힘을 소모했다.

그리고 시간은 언제나 고블린들의 편이다.

그렇다면 실력이 확실한 탐색자, 무승, 그리고 술사가 놀고 있을 수는 없다.

그 동안 남은 전사와 여신관은 심신과 장비를 정비하고 다음 탐색을 대비해야 한다.

—그러나, 여기서 문제가 한 가지 생겼다.

모험가 길드 지부의 공방은 고객이 많은 탓인지 세세한 주문에 대응하지 않았다.

고블린 슬레이어가 가죽 갑옷, 방패, 검을 주문하자 떫은 표정으로 고개를 옆으로 저었고…….

결국 바깥에 사러 가게 된 그에게 여신관은 망설임 없이 동행을 청했고, 지금에 이르렀다.

여신관은 들떠서 그에게 말을 걸었고 그때마다 대답이 돌아오기는 했는데…….

"다들 걱정 되지만, 분명히 괜찮겠죠?"

"그래."
"상처는, 이제 괜찮으세요?"
"그래."
"저보다 고블린 슬레이어 씨가 더 중상이었어요."
"그래."
"무리는, 하면 안돼요."
"그래."
우우. 여신관이 볼을 부풀리며 멈춰 섰다.
고블린 슬레이어는 몇 걸음 나아간 다음에야 그것을 알아챘다.
그가 발길을 멈추고 뒤돌아보자 그녀가 가만히 보고 있었다.
고블린 슬레이어는 무슨 문제라도 있었나 하여 고개를 갸웃거렸다.
"왜 그러지?"
"……아이참! 왜 그러지, 가 아니에요."
그러자 여신관이 검지로 척 가리키면서 그에게 다가왔다.
"저 화났어요!"
한껏 눈썹을 치켜 올려보지만 아무래도 박력이 부족했다.
주위 사람들의 시선도 그랬다.
모험가들 사이의 사랑싸움— 아니, 남매싸움 같은 걸로 생각하는 시선이었다.
처음에는 의문스레 보고 있던 통행인도 금세 흐뭇하게 웃음을 지었다.
"고블린 슬레이어 씨, 아까부터 『그래』라고만 하잖아욧!"
"그런가?"

"그래요!"

"……그런가."

"그리고, 『그런가』도 많아요."

"……음."

고블린 슬레이어는 팔짱을 끼고 신음했다.

북적거리는 길거리의 소음. 올려다보면 파란 하늘. 새들이 천천히 날고 있었다.

그는 한차례 뭔가 고민하더니, 느릿한 동작으로 고개를 끄덕였다.

"……선처하지."

"그래 주세요."

여신관이 말하고 키득키득 웃었다.

이 고지식한 모험가는 「선처한다」고 했으면 정말로 그렇게 해준다.

불과 몇 개월 같이 다닌 사이지만 그 정도는 알 수 있었다.

그녀가 가벼운 발걸음으로 걷기 시작하자 고블린 슬레이어도 그에 맞춰 걸었다.

잠시 지나자 두 사람의 발걸음이 맞아 들어서 다시 그의 어깨가 여신관 옆에 섰다.

고작 그것뿐이지만, 어쩐지 굉장히 기뻤다.

"그래서, 장보기라고 하셨는데요……."

"그래."

—라고 대답한 그는 그 다음에 「기다려」라고 말하듯 손바닥을 내밀었다.

아직 이어지는 말이 있다는 뜻이었다.

그의 서투른 배려에 여신관은 다시 키득 웃음소리를 흘렸다.

"나는 무기와 방어구를 보러 간다. 부서졌으니까."

고블린 슬레이어의 철 투구가 가만히 여신관을 보았다.

면갑에 가려서 표정은 보이지 않았다. 그림자 속에 숨어 있는 붉은 눈동자가 희미하게 빛났다.

"너는, 어쩔 거지?"

"그러니까……."

여신관은 가는 손가락을 입술에 대고서 고개를 갸웃거렸다. 머리카락이 스르륵 흘러서 바람을 타고 흩날렸다.

딱히, 물어볼 필요도 없을 것, 같지만…….

"……이건, 의논인가요?"

"그런 셈이다만."

"정말……."

고블린 슬레이어가 당연하다는 태도로 말하자 그녀는 하는 수 없다며 한숨을 쉬었다.

"저도 사슬 갑옷이 찢어져 버렸어요."

여신관은 표정을 새침하게 꾸미고 굳이 의무적으로 말했다.

"고칠 수 있는 가게가 있으면 좋겠어요."

"다시 사는 편이 빠르잖나."

고블린 슬레이어의 대답은 참으로 담담했다.

이 사람은 정말로 아무것도 모른다. 여신관은 눈을 게슴츠레 뜨고서 그를 올려다보았다.

"……그건 싫어요."

"어째서."

이번에는 고블린 슬레이어가 고개를 갸웃거릴 차례였다.

여신관은 꾸러미를— 안에 든 사슬 갑옷을 소중하게 끌어안았다.

"그거야……."

그리고 이렇게 말을 이었다.

"이거 고블린 슬레이어 씨가 처음으로 칭찬해준 거잖아요."

고블린 슬레이어가 멈춰 서서 그녀의 얼굴을 보았다.

여신관은 보물이라도 되는 것처럼 꾸러미를 고쳐 안았다. 쑥스러워서 시선을 피했다.

"저기, 기억 안 나요? 다소 사슬이 조잡해도 그거면 놈들의 칼날을 막을 수 있다, 라고 했어요."

"그런가."

그는 어쩐지 쥐어짜낸 목소리로 말했다.

"……그랬군."

§

두 사람이 찾아간 무구점은 제법 번성하고 있었다.

가게 안쪽에서는 가마에 불을 지피고 망치로 때리는 소리가 울리며, 어슴푸레한 가게 안에는 무기와 갑옷이 찬란하게 전시되어 있었다.

그야말로 무구점다운 그 분위기는 길드의 공방에서는 볼 수 없는 것이었다.

“와아…….”

여신관이 눈을 깜빡 거리는 것도 무리는 아니었다.

본 적이 없는 무기, 어떻게 쓰는 건지도 모를 방어구, 그것들 하나하나가 희한했다.

“아.”

그런 가운데 익숙한 무기가 있는 것을 깨달은 여신관이 그것을 살짝 집었다.

“플레일(편곤(鞭棍)) 같은 것도, 있네요.”

지팡이 끝에 무거운 무게추를 사슬로 매단 그것은 탈곡을 위한 도구인 도리깨에서 발전된 무기였다.

“이건 알아요.”

지모신을 섬기는 성직자가 다룰 수 있기 때문에 여신관도 가슴을 펴고 말했다.

“살 건가?”

“아뇨…….”

고블린 슬레이어가 묻자 여신관은 시선을 피했다.

아무래도 앞으로 나설 용기는 없었다. 호신용으로 쓸 무기라면 석장이 있었다.

“……사양, 해둘래요.”

결국 플레일을 살며시 선반에 돌려놓고, 점원으로 보이는 남자에게 갔다.

“저기, 죄송한데요…….”

“어엉?”

그 남자가 눈을 희번득 거리며 바라보자 여신관은 무심코 고개를 숙이고 말았다.

젊은 남자. 스무 살 정도 됐을까? 그러나 이제 막 성인이 된 15세쯤 되는 분위기가 풍겼다.

결코 거칠지는 않았다. 옷은 청결했고, 머리와 수염도 잘 정돈했다.

그러나 어째…… 맥이 빠져서 늘어진 반응 때문에 묘하게 오한이 들었다.

"아, 어서옵쇼. 무슨 용건이십니까?"

"어, 저기. 방어구 수리를…… 이거, 사슬 갑옷, 인데요."

여신관이 조심조심 사슬 갑옷을 내밀자 점원이 거침없이 받아서 펼쳤다.

그리고 어깨 부분의 찢어진 곳에 손을 집어넣고 펼쳐 보더니 하아, 한숨을 쉬었다.

"아, 이건 구멍이 뚫려 버렸네요. 다시 사는 편이 좋지 않습까?"

"아뇨, 수선으로……."

"예, 예, 수선 말이죠."

남자의 시선이 여신관의 가는 몸을 훑었다.

거침없이, 버릇없이, 핥는 것처럼 위 아래로 움직였다.

"사이즈 재조정 같은 거, 하실 건지?"

"괘, 괜찮아요……."

여신관은 얼굴에 열이 오르는 것을 느끼면서 고개를 옆으로 붕붕 저었다.

이렇게 대응하는 것이 보통인 걸까? 변경 도시에서는 생각할 수 없는 일이었다.

아니면 척 보기에도 초보자니까 깔보는 걸까?

그렇게 생각하자 분하기도 했지, 만…….

"수선이다."

고블린 슬레이어였다.

여신관이 떨구고 있던 시선을 들자 눈앞에 사슬 갑옷을 입은 등이 보였다.

"으……."

지저분한 철 투구를 들이밀자 점원이 묘한 목소리를 흘렸다.

"으, 은 등급……."

그의 가슴에서 흔들리는 은 인식표를 본 점원의 목소리가 떨렸다.

"예, 예입. 수선이십니까, 그게……."

"가죽 갑옷과 원형 방패다. 서둘러 부탁한다. 그 사슬 갑옷도 함께다."

"어, 그, 때 묻은 것도 닦아내거나……. 그리고 이거, 방패, 손잡이가……?"

"닦을 필요는 없다. 손잡이는 떼어뒀다."

"그리고, 대금은, 그게, 특급이라면, 돈이……."

"있다."

고블린 슬레이어는 주저 없이 자루에서 꺼낸 가죽 주머니를 탁상에 던졌다.

찰그락 묵직한 소리가 나면서 떨어진 주머니 형태가 무너졌다. 금화다.

"가, 감사합니다……!"

"검도 보겠다."

"아, 저기, 지금은 미스릴(진은(眞銀)) 검이 있습니다요!"

"필요 없다."

성큼성큼 거침없는 발걸음으로 나무 술통에 적당히 넣어둔 잡다한 검들로 다가가 한 자루를 뽑았다.

극히 평범한 양날 장검이었다. 자루도 길다. 한 뼘 반쯤 된다.

"아, 그런 형태의 검이 취향이시면 드워프가 만든 상등품이……."

"너무 길다."

철커덕. 난잡하게 검을 통에 꽂아 넣고 휘젓더니 다음으로는 자그마한 외날의 도를 집었다.

"아아, 소검이 취향이십니까? 그럼 유적에서 발견된 주문이 부여된 게 있습니다요."

"주문?"

"네입!"

점원이 소리를 높였다.

"절삭력을 높이는 건 물론이고 적이 다가오면 소리를 내서 경고하는……."

"필요 없다."

문자 그대로 잘라내는 대답이었다.

"이것도 사지. 조금 길지만 직접 갈아낸다. 수선을 기다리는 동안 숫돌을 빌리지."

"아, 아니. 하지만, 손님, 그런 걸로는 고작해야 고블린 정도밖에…….”

“고블린을 죽이는데 쓴다.”

점원의 얼굴은 이제 뭐라고 해야 할지 형용하기 어려운 표정이었다.

그러나 고블린 슬레이어는 그것을 신경 쓰는 기색도 없이 평소와 같았다.

—신경 쓰지 마라, 는 걸까요?

정말이지, 알기 어렵다.

여신관은 미소를 지으면서 희미하게 숨을 내쉬었다.

§

“후훗, 아하하하하핫!”

“왜 그러나.”

“그치만, 고블린 슬레이어 씨가…….”

수선이 끝나는 것을 기다려 가게를 나서자 늦은 오후의 바람이 포근하게 지나갔다.

하늘은 파랗고 초여름의 햇살은 기분이 좋았다. 운하를 흐르는 물의 재잘거림도 듣기 좋았다.

“우, 웃으면, 안 되겠지만, 그래도…….”

여신관은 방울이 굴러가는 것처럼 소리 내어 웃으며 눈가에 맺힌 눈물을 손으로 살짝 닦았다.

도신을 무지막지하게 깎아내는 그를 보다 못한 점원이 말을 걸었다. 그러자…….

"『그리고 던져서 일회용으로 쓸 거니까 문제없다』라고 했잖아요……!"

"사실 아닌가?"

"그 점원 표정이 엄청났거든요?"

"그런가?"

그래요. 여신관이 웃음소리 사이로 간신히 대답했다.

지모신의 신자로서 바람직하지 못하다고 생각은 하지만, 그래도 기분이 좋았다.

반성하자고 내심 반복하면서 「조금은 괜찮겠죠?」라고 기도하기도 하면서.

그런데…….

"여길 보시라. 볼이 녹아내리는 『아이스크림』! 맛있고 또 맛있는 『아이스크림』이오!"

인파의 소란을 넘어서 울리는 목소리와 딸랑딸랑하는 종소리.

"아이스크림……?"

여신관이 뭘까 하여 발길을 멈추고 바라보자 자그마한 판매대가 있었다.

아이들이 바닥 돌을 박차고 달려 쇄도하더니 점원에게 차례차례 동전을 내밀었다.

"저 가게는 뭘까요?"

멀리서는 잘 모르겠지만 아이들이 달려가는 걸 보니 과자 종류일까?

여신관이 고블린 슬레이어를 흘끔거리며 보자 그가 고개를 끄덕여 주었다.

"상관없다."

"아, 네! 고맙습니다!"

기쁜 기색으로 고개를 깊숙이 숙인 여신관이 머리칼을 나부끼며 달려갔다.

아이들과 뒤섞여 줄을 서는 것이 조금 부끄럽기는 했지만…….

—저도, 아직 열다섯 살, 이잖아요?

불과 두세 살 차이에요. 자신에게 말하며 손에 넣은 그 과자.

과연, 『아이스크림』은 녹기 시작한 하얀 얼음 같은 물건이었다.

위쪽에는 색감을 의식한 건지 빨간 체리가 올라가 있었다.

단단한 과자 접시에 담긴 것을 여신관이 숟가락으로 떠서 입에 넣었다.

"—와, 와, 왓!"

그 즉시 볼이 느슨해지며 얼굴이 확 밝아졌다.

눈을 깜박거리면서 흥분이 섞인 기색으로 고블린 슬레이어를 돌아보았다.

"굉장해요! 이거, 차갑고 달콤해요……!"

"맛있나."

"네, 무척! 신전에서는 달콤한 건 별로 먹을 수가 없었으니까요……."

에헤헤. 그녀는 수줍게 웃었다.

"오늘은 조금 나쁜 짓한 느낌, 이에요."

"그렇군. ……음, 얼음과자란 거로군."

고블린 슬레이어가 희한한 듯 판매대를 빤히 들여다보았다.

차갑게 식힌 금속 용기에 『아이스크링』이 듬뿍 담겨 있었다.

그것을 커다란 숟가락으로 퍼서 담아주는데, 보아하니 마술적인 흔적은 없었다.

햇살에 그을린 점원이 마술사……도 아닌 것 같았다.

"……술법 같은 것은 아니군. 어떻게 마련한 거지?"

"헤에, 저도 뭐 원리는 잘 모르는데 말입죠."

점원은 기분 나쁜 기색 없이 생글생글 웃으면서 용기 뚜껑을 닫았다.

"어느 학자님이 불의 비약을 물에 넣어 버리면 아주 차가워진다는 발견을 해서 말입죠."

"호오."

"그래서 만든 얼음에, 또 무슨 비약을 넣으면 아주 그냥 더 꽁꽁 차가워진답디다!"

"과연."

"그래서 술을 차갑게 마셔도 맛있지만, 과일을 얼려버리면 이 또한 맛있고."

"흐음."

"그러면 어디 한 번 소젖을 얼려보면 맛있지 않겠는가? 그렇게 된 겁니다."

"과연. ……좋은 이야기를 들었군."

그의 목소리는 마치 속임수의 원리를 알게 된 어린아이처럼 흥미가 가득했다.

여신관이 무심코 눈을 깜빡일 정도로, 지금까지 들어본 적이 없는 목소리와 태도.

고블린 슬레이어는 가방에서 큼직한 금화를 1닢 꺼내더니 그것을 점원에게 던졌다.

"거스름돈은 됐다. 하나 줘."

"헤에, 고맙수!"

쾌활하게 대답한 점원이 익숙한 손놀림으로『아이스크림』을 퍼줬다.

고블린 슬레이어는 그 모습을 흥미진진한 기색으로 바라보았다.

"……후훗."

여신관이 무심코 웃음을 흘리자 고블린 슬레이어가 의문스레 돌아보았다.

"뭐지?"

"아뇨, 고블린 슬레이어 씨가 어째서 이것저것 알고 있는지 알게 됐거든요."

"……그런가."

서서 먹는 것보다는 앉아서 차분하게 먹는 편이 좋다.

여신관이 제안하여 둘이서 나란히 길옆에 놓인 벤치로 갔다.

나란히 앉아서 얼음과자를 퍼먹고, 혀끝으로 차가움과 달콤함을 느끼면서 경치를 보았다.

여신관이 옆을 올려다보자 그도 투구 틈으로 주섬주섬 먹으면서 바라보고 있었다.

나뭇잎 사이로 내리는 따스한 햇살. 수로를 넘어서 불어오는 시원한 바람. 사람들의 즐거운 목소리.

차려 입은 남녀가 오고 가고, 아이들은 웃으며 뛰어다녔다.

꼼꼼하게 깔린 바닥 돌 위를 마차가 소리 내면서 달려갔다.
"신기, 하네요."
여신관이 그 경치를 보고는 웃으며 작게 말했다.
"아무도, 이 발 밑에 고블린이 있다고 생각하지 않아요……."
"……그래."
"물론 피해가 나왔으니까, 그건 분명히, 아마도, 무서울 거라고 생각하겠지만요."
하지만 아무도 신경 쓰지 않는다.
방금 전 무구점의 점원도 그랬다.
얼음과자 장수도 그랬다.
지금 이렇게 살아가는 사람들도 그랬다.
변경의 도시에서는— 어땠을까?
괴물의 위협은 가까운 것, 으로 느꼈던 것 같지만…….
"……어렸을 때."
조용한 목소리가 들려왔다.
"한 걸음 내디디면 땅이 무너져 구멍에 떨어져 죽는 것이 아닐까 했었다."
"네……?"
고블린 슬레이어가 말하자 여신관이 숟가락을 쥔 손을 멈추었다.
"그 생각에 걷는 것조차 망설이던 시기가 있었다."
녹아내리는『아이스크림』꼭대기에서 아래쪽으로 체리가 굴러 떨어졌다.
여신관은 그것도 신경 쓰지 않고, 그저 고블린 슬레이어의 얼굴을 보았다.

철 투구에 가려서 그 너머 표정은 알 수 없었지만.

"있을 수 없는 이야기는 아니다. 그러나 아무도 그런 것은 신경 쓰지 않는다. 나는 그것이 신기했다."

하지만, 그는— 아무래도 희미하게 웃은 것 같았다.

"누나와 그 녀석도 웃었다만…… 무섭다고 해도 걷는 수밖에 없다는 것을 깨닫는데, 상당히 오래 걸렸지."

"그런, 건가요?"

"그런 거다."

바람이 나뭇잎 스치는 소리를 내며 두 사람 사이를 지나갔다.

"그러나 나는…… 지금도 무서워서 어쩔 수가 없다."

무엇이? 그는 그것을 말하지 않았다. 어째서인지도.

여신관도 그것을 물어보려고 하지 않았다.

만난 지 고작해야 몇 개월.

그렇지만, 몇 개월. 그 동안 계속 옆에 있었다.

모를 리가, 없었다.

"도와주는 건, 고맙게 생각한다."

고블린 슬레이어는 담담하게, 굳이 평소처럼 평탄한 목소리로 말했다.

"그러나, 도와줄 **필요**는 없다."

여신관은 대답하지 않았다.

고개 숙인 그녀는 녹기 시작한 『아이스크림』을 숟가락으로 의미도 없이 찔러댔다.

잠시 지나서 그녀는 체리를 집어 입에 넣었다.
새콤달콤한 맛 안에 단단한 씨앗의 감촉.
토라진 것처럼 일부러 볼을 부풀렸다.
"……좋을 대로 한다고, 말했었잖아요."
"그런가."
"그랬어요."
"……."
"……정말이지, 못 말리는 사람이네요."
고블린 슬레이어는 무슨 말을 해야 할지 망설이는 것처럼 파란 하늘을 올려다보았다.
여신관이 입술에 물고 있는 체리 꼭지를 버릇없이 살살 흔들었다.
결국 그가 고른 말은 짧은 한 마디였다.
"미안하다."
"그런 말은 듣고 싶지 않아요."
"……미안하다."
"……딱히, 사과하지 않아도 돼요."
—저도, 무섭기는 무서워요.
조용히 중얼거린 말이 과연 그의 귀에 닿았을까?
"……앗 차거?!"
걸쭉하게 녹은 얼음과자가 손에 떨어지자 여신관이 소리를 질렀다.
어색한 표정으로 고블린 슬레이어를 보고서 손수건으로 닦아냈다.
그릇 대신 쓰는 과자도 꽤 축축하게 젖어서 흐물흐물해졌다.
"……응."

그 과자까지 통째로 덥석. 마지막 한 입을 먹자 차가워서 두통이 왔다.

눈꼬리에 맺힌 눈물을 얼버무리듯 살짝 비빈 여신관이 일어섰다.

"그러면 갈까요? 고블린 슬레이—."

"고블린 슬레이어, 거기 있었냐앗!!"

그녀의 움직임이 우뚝 멈췄다.

패기가 한 가득 차오른 목소리는 여신관도 귀에 익었다.

하지만 이 도시에서는 결코 들을 리 없는 목소리였다.

고개를 들자 파란 갑옷에 창을 장비한, 사나운 생김새의 모험가—창잡이가 보였다.

"이 자식, 남을 굳이 편지로 불러놓고는……. 접수원 아가씨한테 이른다!"

"뭘 말인가."

"이 애랑 놀러 다닌 거다!"

"장보기다."

변경의 도시처럼 거칠게 시비를 거는 창잡이를 고블린 슬레이어가 귀찮다는 듯 떨쳐냈다.

여신관은 그 옆에서 괜히 얼굴을 붉히며 재빨리 의미도 없이 몸가짐을 정돈했다.

왜냐하면 창잡이가 있다는 것은 그녀 또한 옆에 있다는 것이니까.

"후, 후, 후후."

육감적인 몸을 움직인 마녀가 마치 그림자처럼 창잡이 옆에 딱 붙어 있었다.

그녀의 눈동자가 여신관에게 흘러오더니 고혹적으로 반쯤 감겼다.

여신관이 무심코 마른침을 삼켰다.

"아, 저기……."

"건강해 보, 여. 다행이, 야."

"아, 네."

여신관이 황급히 벤치에서 일어나 고개를 숙였다.

신관 모자가 미끄러지자 손으로 눌러 고쳐 썼다.

근사한 여성, 이었다.

그래서 부끄러운 모습을 보이기 싫었다.

"어험."

가볍게 헛기침을 하고—.

"저, 그런데, 무슨 일이신가요? 여기까지…… 일하러 오셨나요?"

"그렇, 네. 일. 그래, 서, 온 거, 야."

키득키득. 놀리고 있는 건지 분명치 않은 미소와 대답이었다.

마녀가 손을 빙글 돌리며 어디선가 곰방대를 꺼내고, 《인프라마라에》(점화)를 읊어 불을 붙였다.

달콤한 향기가 풍겼다. 그녀는 그것을 두르고 창잡이의 등을 가볍게 팔꿈치로 찔렀다.

"얼른."

"……칫."

창잡이가 고블린 슬레이어를 노려보다가 노골적으로 혀를 찼다.

"……여깄다."

"그래."

"내 참. 나는 운송업자가 아니란 말이다. 이런 걸 배달시키지 말라고."

그러면서 고블린 슬레이어에게 건넨 것은 뭔가 들어 있는 마대자루였다.

겉보기에도 상당히 묵직해 보이는 그것을 고블린 슬레이어가 가방 안에 단단히 챙겨 넣었다.

그리고 창잡이에게 철 투구를 되돌리고 담담하게 말했다.

"미안하군. 고맙다."

"……윽."

"내가 아는 한 가장 몸이 가볍고 신용할 수 있는 모험가가 너니까."

"으그그그……!!"

"……후, 후, 후후."

억누를 수가 없는 웃음. 마녀가 그런 식으로 웃음소리를 흘리자 창잡이가 그쪽을 노려보았다.

물론 마녀는 그런 걸 신경 쓸 리 없기 때문에 시선을 가볍게 흘려버렸다.

"……일손은 충분하냐? 보수만 낸다면 내가 도와주지 못할 것도 없어."

"아니. 어떻게든 된다."

여신관은 마녀에게 이끌리듯 웃었다.

지난번 고블린 퇴치 이후로 어쩐지 모르게 두 사람 사이가 이해될 것 같았다.

"그리고 이런 건 여기서도 팔고 있잖아! 여기서 사!"

"이쪽 물건은 안 된다."

쑥스러움인지 분함인지, 아니면 양쪽 다인지.

창잡이가 울부짖는 것처럼 불평하자 고블린 슬레이어는 고개를 옆으로 저었다.

"입자가 가는 것이 필요했다."

"……그러냐."

창잡이는 지긋지긋하단 기색으로, 아무래도 좋다는 듯 어깨를 으쓱거렸다.

"그런데, 그런 거 뭐에 쓰려고?"

"뻔하지 않나."

아아. 여신관의 웃음이 짙어졌다. 그렇다, 그렇고말고. 그는 언제나 진지하기 짝이 없다.

그래서 걱정되기도 하고, 내버려둘 수가 없는 건데…….

"고블린 퇴치다."

정말로, 못 말리는 사람이다.

§

여신관과 고블린 슬레이어는 두 사람과 헤어진 뒤 이것저것 사들이고 돌아가기로 했다.

여름은 낮이 길지만 이미 해가 떨어지기 시작했다. 붉디붉은 석양이 그림자를 길게 늘이고 있었다.

석양이 이렇게나 그림자를 늘이고 있어도 여신관의 키는 그의 어깨까지밖에 닿지 않는다.

"……."

어쩐지 모르게 머리 위에 있는 그의 얼굴을 올려다보았다. 철 투구에 가려서 표정은 알 수 없는 얼굴을.

—따라잡을 수, 있을까?

그녀의 가슴에서 흔들리는 인식표는 흑요. 제9위. 그의 은에는 한참 못 미친다.

고블린만 퇴치해서 고블린 슬레이어라고 불리는 사람.

만난 지 몇 개월 지났다.

알게 된 것도 있고 모르는 것도 있다.

가르쳐준 것도 있고 그렇지 않은 것도 있다.

"……아."

그렇게 생각에 잠기는 동안에도 다리는 나아가고 목적지는 다가온다.

물이 흐르는 소리가 커지고, 문득 고개를 들자 법의 신전이었다.

그리고 제각각 장비를 갖춘 3인 3색의 모험가…….

석양에 물든 여신관의 얼굴에 붉은 꽃이 피는 것처럼 확 미소가 떠올랐다.

"여러분, 돌아오셨네요!"

"그~럼! 참 힘들었다니까!"

지친 표정이지만 구김살 없는 웃음을 짓고서 엘프 궁수가 손을 흔들었다.

"올라왔더니 둘 다 아직 안 돌아왔잖아? 그래서……."

"기왕 이렇게 된 것 아니더냐? 마중을 나가자는 이야기를 하던 참이다."

옆에 있던 드워프 도사가 하얀 수염을 당기던 손으로 툭 튀어나온 배를 퉁, 쳤다.

"좀 성가신 일이 몇 가지 있었단 말이다. 밥이라도 먹으면서 의논을 해보자꾸나."

"드워프 잠깐! 식사하는 자리에서 일 이야기 꺼내는 건 금지야, 금지."

"너는 요즘 『금지』, 『금지』를 입에 달고 사는구나. 남자들이 안 좋아할 게다."

"우……!"

엘프 궁수의 긴 귀가 곤두섰다.

그리고 외쳤다.

"그거 무슨 뜻이야?!"

당연히 드워프 도사가 그것을 부추겨서 평소처럼 떠들썩한 말다툼이 일어났다.

"아이 참. 두 분은 정말로 사이가 좋네요."

처음 만났을 무렵에는 말리려고 했던 여신관이지만 이제는 익숙해졌다.

떠들썩한 말다툼을 한 번 보더니 고블린 슬레이어는 금세 시선을 돌렸다.

"성과는 어땠나. 성가신 것은 뭐지? ……고블린인가?"

"아니, 그것이 참으로……."

리자드맨 승려가 목을 안쪽에서 그르르 울리면서 꼬리를 크게 흔들어 땅을 때렸다.

“여기 서서 할 이야기가 아니니 신전 안에서 의논하고 싶군.”

“아, 그렇다면.”

명안이 생각났다. 여신관이 두 사람의 대화에 끼어들었다.

슥 팔을 뻗은 리자드맨 승려에게 그녀가 안고 있던 짐을 건넨다.

개인의 장비라면 모를까, 식량 같은 것은 파티 모두의 공유물자다. 모두 함께 점검할 필요가 있었다.

“오늘은 제가 식사를 만들 테니까 그 다음에 다 함께 의논할까요?”

“소승은 좋네만, 소귀 살해자 선생은 어떠신가?”

“상관없다.”

무뚝뚝한 대답이었다.

우음. 여신관이 입술을 삐죽거리며 바로 대답했다.

“그럼 고블린 슬레이어 씨. 밥 먹는 동안 고블린이 아닌 이야기를 해주세요.”

“음…….”

“핫핫핫하!”

리자드맨 승려가 유쾌하게 눈을 돌리고 혀를 내밀어 코끝을 핥았다.

“여행 동료(파티)의 의견은 존중해야 하는 법이네. 아, 거기 두 사람도 가세나.”

쉭. 날카로운 숨을 내쉬자 엘프 궁수와 드워프 도사가 입을 다무는 것도 평소와 같았다.

거한인 리자드맨에게 떠밀려 신전으로 들어가는 세 사람을 따라 가려던 여신관.

"……?"

"——."

그러나 옆에 있던 고블린 슬레이어가 그 자리에 서 있는 것을 깨달았다.

붉은 석양빛에 비쳐 긴 그림자를 달고서, 우두커니, 그저 홀로.

열심히 놀다 보니 친구들이 돌아가 버려서 남겨진 아이처럼.

어째서 그렇게 생각해버렸는지 여신관은 알 수 없었다.

"고블린 슬레이어 씨, 어서요. 가야죠?"

"……그래, 그렇군."

그녀가 부르자 그가 작게 중얼거렸다.

"그렇군."

동료. 혀에 익숙지 못한 말을 입 속으로 반복해 보았다.

"……그렇게 되는 거군."

그리고 고블린 슬레이어는 여신관과 함께, 천천히 동료들 뒤를 따랐다.

막간 「사교집단이 살해(Slay)되는 이야기」

젠장, 젠장, 젠장젠장젠장젠장, 빌어먹을(가이각스)[#2]!

이렇게 대실패(펌블)[#3]를 하다니, 이럴 수가 있나!

설마 우리들의 제단 위치가 드러나다니!

도시 지하에 거점을 구축하고, 은밀하게 침투하여 고블린 놈들에게 제물을 모으게 하고, 부활의 의식을 한다.

고블린 놈들이 날뛰게 만들어서 여자를 잡아오게만 하면 되는 거였다.

그 주구(呪具)만 있으면 마신님을 불러오는 것도 가능할 것을……!

역시 그 역겨운 대주교를 처리하지 않은 것이 문제였던가?

처음으로 응보를 내려야 할 것은 10년 전, 우리들의 기적을 막아선 썩어빠진 검의 처녀지만…….

애당초 뱃속까지 검게 물든 주제에 뭐가 **처녀**란 말인가. 그걸 위해서— 에에이!

어째서 고블린 놈들이 몰살당했지?! 어디서 실수가 있었나?

우리들의 계획은 완전하고, 결정적이었을 텐데……!

《아니, 네놈의 계획은 완전하지도 않고 결정적이지도 않았다.》

#2 개리 가이각스 현존하는 모든 RPG의 시초 D&D의 아버지. TRPG계의 예수라고 할 수 있는 인물이다.
#3 펌블(Fumble) 주사위를 굴려서 최저수치가 나오는 대실패. 스포츠 경기 등에 나오는 어이없는 범실을 칭하기도 한다.

오, 오오, 그 목소리는 위대하신 나의 신이여……!

부디 이 가련한 신도에게 자비를! 당신의 힘을 한 조각이나마 내려주소서!

《아니, 보도록 해라.》

뭣……?!

“야호! 거기까지야. 나 이거 한 번 말해보고 싶었어!”

“기습의 어드밴티지를 스스로 버리는 의미를 모르겠어.”

“그래도 자기소개는 중요하다. 도발(프로복(Provoke))에 성공하면 공격을 모을 수 있다.”

흑발의 계집— 그리고 여자 두 명…… 모험가들이냐?!

어째서! 어째서, 우리들 교단의 잠복 장소를 알았나?!

“찍기(크리티컬)로 찾았어!”

……뭐라?!

“당신들의 계획은 이미 발각됐어.”

“이제 도망칠 수 없음을 알라!”

아니, 설마, 현자…… 그리고, 성검? 혹시— 혹시!

그렇군, 네놈이냐! 네놈이, 그렇군!

네이놈, 마신님의 원수! 여기서 보복을 이루어야겠다!

“용사, 등장!!”

제9장 『이름을 말해선 안 되는 괴물』

Goblin Slayer
He does not let anyone roll the dice.

"성가시구먼, 그야말로 그것이로다."

그날 재개된 탐색행은 드워프 도사의 한 마디로 시작됐다.

지하분묘— 가장 깊은 곳.

그곳은 그야말로—.

예배당 같은 장소였다.

아담한 실내에 돌을 깎아낸 긴 의자가 늘어서 있었고, 안쪽에는 제단.

그리고 수면처럼 기묘하게 흔들리는 대형 거울이 벽에 고정돼 있었다.

아무튼, 커다랗다.

전쟁용 대형 방패라고 해도 신기하지 않을 정도의 거울. 그렇다면 여기는 저것을 모시는 장소일까?

그렇다면 신전, 혹은 성역이라 불러야 할까?

석관 안쪽으로 이어지는 계단을 내려가자 끝에서 다시 오르막으로 변했다. 그 끝의 끝이다.

문제— 성가신 것은 바로 그곳에 자리 잡고 있었다.

"저, 게, 뭐죠……?"

통로 모서리에서 살펴본 여신관이 굳은 목소리로 말했다.

엘프 궁수가 긴 귀를 늘어뜨리고 수긍했다.

"모르겠어. ……하지만, 눈알, 인 것 같아."

하늘을 나는 눈알, 그것이 첫인상이었다.

사람의 키만한 직경을 가진 거대한 안구.

바닥에서 약간 떠 있는 그것이 방의 중앙에서 모험가들을 기다리고 있었다.

괴물은 기하학적인 형상의 동공이 충혈되어서는, 희번득거리며 주위를 노려보았다.

더욱이 눈꺼풀 — 이라고 해야 할까 — 에서 몇 개의 촉수가 돋아나 꿈틀거렸다.

그 촉수들 끝에 있는 또 다른 무수한 눈들.

본체를 모방한 것처럼 뭐라 형용키 어려운 눈동자가 모두 번뜩이는 기색을 띠고 있었다.

고양이과 맹수가 연상되는 송곳니가 돋아난 입이 어우러져서, 도저히 우호적인 생물이라고는 생각할 수 없었다.

통로에서 살피는 그들의 모습은 시야에 들어왔을 테지만 반응이 없었다.

눈치 못 챘다, 는 건 아닐 것이다. 그들을 위협이라고 인식하지 않은 것이다.

그야말로 이 세상의 것이 아닌, 성역을 침범하는 모독적인 괴물이었다.

"언뜻 보기에도…… 혼돈의 권속이 아니겠는가?"

리자드맨 승려가 불쾌한 듯 눈을 반쯤 감았다.

"적어도 질서의 신이 만든 것은 아닐 걸세."
"토멸하면 무훈이 되겠지만……. 정체를 알 수가 없구먼."
"이름을 불러선 안 되는…… 그런 종류의 괴물이네요."
드워프 도사가 어깨를 으쓱거리며 불평하자 여신관이 겁을 먹고 눈동자가 흔들렸다.
모험에서 미지의 괴물에게 도전하는 것만큼 위험한 행위는 없다.
전위도 후위도 모여 있지 않다면 더욱 그렇다.
어제 유적 탐색과 정찰을 왔던 세 사람이 직면한 이 기이한 괴물.
교전을 피하고 후퇴를 결심한 것은 전투에 능숙한 리자드맨의 판단이었다.
이것은 이미 고블린 퇴치의 영역이 아닌 것 아닐까?
어쩌면 검의 처녀, 의뢰인에게 지시를 구해야 하지 않을까?
"알 바 아니다."
그러나 고블린 슬레이어는 망설임 없이 말했다.
"이건 고블린 퇴치다."
그렇게 말을 해버리니 어쩔 수 없다. 애당초 파티는 여기서 물러날 생각이 털끝만큼도 없었다.
미지의 위험에 도전하지 않고서야 모험가라고 할 수 없다. ―다만 되도록 안전하게.
그리하여 제단을 찾아와 실제로 거대한 눈알 괴물을 보고서, 고블린 슬레이어가 말했다.
"이름 따위는 왕눈깔이든 뭐든 상관없다."
"네 녀석은 정말로 흔들림이 없구나……."

"커다란 눈알 괴물니까 왕눈깔(BEM)[#4]이라 한 겐가."

드워프 도사가 기가 막힌 듯 웃고, 리자드맨 승려가 유쾌하게 눈을 돌렸다.

"나쁘지 않아. 그거 찬성."

엘프 궁수가 고개를 끄덕이며 긴 귀를 흔들었다. 대궁에 나무눈 화살을 메기고 현을 느슨하게 당겼다.

"그래서, 그 왕눈깔을 어떡할 거야?"

"그러면, 어쨌든지 《프로텍션》은 당연히 걸어야겠죠."

여신관이 석장을 끌어당겨 매달리듯 양손으로 쥐면서 말했다.

그녀의 제안을 반대하는 자는 아무도 없었다.

"그렇다면 평소처럼 소승이 앞으로 나서겠네. 벽은 많을수록 좋을 테니."

"나도, 평소처럼 활을 쏠게."

"나는 어찌하면 좋을꼬……."

드워프 도사가 수염을 잡아당기며 하늘을 노려보았다.

오랜 석조 천장에는 어느샌가 나무뿌리가 만연해 있었다.

이미 물의 도시 아래를 벗어나 그 바깥에 이르렀다.

광야에 돋은 초목이 긴 세월을 거쳐 이 지하까지 끄트머리를 뻗친 것이다.

앞으로 몇 백 년 지나지 않아 이 유적은 수목에 지배당할 것이다.

시간을 이길 수 있는 자는 없다. 그런 것이다.

"……아~무리 봐도, 저건 눈알로 보이는 게로구먼."

#4 BEM Bug(Big) Eyed Monster. 이름 그대로 눈이 커다란 괴물. 본래는 SF에 나오는 외계인처럼 곤충의 겹눈 같은 커다란 눈을 가진 괴물을 가리킨다.

"드워프, 그거 말장난이야?"

"시끄럽구먼, 길쭉귀. 나는 아주 진지하니라."

엘프 궁수가 끼어들자 드워프 도사가 역정을 내며 손을 흔들었다.

용은 불을 뿜는다. 하피는 노래한다. 뱀에게는 독이 있다. ……그렇다면, 눈알 괴물은 볼 것이다.

꿈틀거리는 대량의 촉수. 그것에 매몰된 흉악한 눈을 얕볼 수는 없었다.

"……시선을 막아야 할 거다."

고블린 슬레이어가 말했다.

"방법은 상관없다. 할 수 있나?"

"못할 것은 없느니라."

드워프 도사가 고개를 끄덕이고 촉매가 든 가방을 뒤지더니, 이어서 발치의 바닥을 손바닥으로 쓰다듬었다.

"흙의 정령도 강하구먼. 《스피릿 월(정령의 벽)》이라도 만들어야겠구나."

"그럼, 그걸로 한다."

드워프 도사는 고개를 끄덕이면서 자신의 배를 두드렸다.

고블린 슬레이어도 이야기가 끝났다고 생각했는지 자신의 무구를 점검했다.

수선 자국은 조금 새롭지만, 오래 써온 가죽 갑옷은 길이 잘 들어서 상태가 좋았다.

자그마한 방패는 왼팔에 단단히 고정했고, 새로 장만한 검도 좁은 곳에서 휘두르기에 적당했다.

가방 안에 든 장비도 충분하다. 다음은 평소처럼 지저분한 철 투구.

보통 모험가가 보기에는 너무나도 볼품없는 장비였다.

신입이라도 조금 더 나은 꼴을 하고 다닌다.

그러나 이 남자가 누구인지 아는 자라면 결코 바보 취급하지 않는다.

고블린 슬레이어는 그야말로 완전무장이었다.

엘프 궁수가 그것을 보고 키득키득 웃었다.

"조금 더 멋을 부려도 될 텐데 말이야."

"그렇네요."

여신관도 생각에 잠기더니 문득 가볍게 손뼉을 쳤다.

"그렇지, 고블린 슬레이어 씨. 투구에 깃털 같은 거 달아보실래요?"

"흥미 없다."

그는 두 여자의 제안을 가볍게 거부하고서 일어섰다.

허리에서 랜턴이 흔들리는 것을 보고 엘프 궁수가 눈을 깜빡였다.

"어라, 오르크볼그. 그러고 보니 오늘은 횃불이 아니네?"

"시험해보고 싶은 게 있다. 불은 방해 된다."

그는 랜턴의 창을 가려서 빛을 줄였다.

"간다."

신호와 함께 일제히 방으로 뛰어든 모험가들은 익숙하게 진형을 짰다.

고블린 슬레이어와 리자드맨 승려가 벽이 되어 수비를 하고, 엘프 궁수가 유격병으로 뛰어든다.

후방에 드워프 도사와 여신관이 대기하고, 주문을 쓰기 위해 의식을 집중시키고 기도를 바친다.

왕눈깔은 처음에는 예의를 모르는 침입자들을 노려보기만 했다.

그것이 틀림없는 공격동작이었다는 것을 가장 먼저 깨달은 것은 여신관이었다.

그녀는 두 손으로 매달리듯 석장을 쥐고서 자비 깊은 지모신에게 기도를 바치다가—.

"자비 깊은 지모신이여, 부디 나약한 우리들을 대지의 힘으로 지켜주소…… 윽, 아?!"

"BEBBEBEBEBEHOOO!!"

녀석이 눈을 부릅뜨자, 보이지 않는 충격에 얻어맞은 것처럼 여신관의 몸이 날아가 버렸다.

공중에서 움찔 경련하며 무너지는 그녀를 보고 엘프 궁수가 비명을 질렀다.

"괜찮아?!"

사선을 확보하기 위해 달리며 큰 소리로 부르자, 여신관이 숨을 헐떡이며 몸을 일으켰다.

"네, 에…… 윽."

여신관은 웅크린 채 안색이 파래져서 고개를 끄덕였다.

천상의 신들과 이어져 있던 정신의 실을 강렬한 시선이 난잡하게 잘라내 버렸다.

혼을 직접 얻어맞은 것 같은 고통은 그녀의 정신을 호되게 자극하고 있었다.

그러나 석장에 매달리며 일어선 그녀의 염려는 그것이 아니었다.

"……술법을, 쓸 수 없어요……!"

다른 누군가가 술법을 쓰려고 하기 전에 현명하고 필사적인 목소리로 여신관이 외쳤다. 파티는 확실하게 들었다.

승려 두 사람, 술사 한 사람. 이 파티의 반 이상이 주문술사였다.

술법 행사는 문자 그대로 사활문제였다.

“저 눈알이구나!”

드워프 도사가 이를 갈면서 외쳤다.

“카미키리마루, 한 수 부탁하마!”

“알았다.”

고블린 슬레이어는 말하자마자 가방에서 꺼낸 달걀을 괴물에게 던졌다.

날카로운 선을 그리며 괴물에게 부딪히자 최루탄의 껍질이 깨지며 동시에 검붉은 연기가 확 퍼졌다.

“OOOOODEEARARARA?!?!”

무수한 눈알이 자극 받자 왕눈깔이 견디지 못하고 비명을 지르며 뒤집어졌다.

물론 고블린 따위하고는 괴물로서 위계가 다르다. 별 대미지는 되지 않는다.

그렇지만—.

“어디, 내게 맡기거라!”

시간(턴)을 확보하기에는 충분했다.

굴러 나온 드워프 도사가 곧장 가방에서 흙을 한줌 꺼내 공중에 확 뿌렸다.

“《흙의 정령아, 흙의 정령. 바람막이 물막이 단단히 세워서 지켜주어라》!"

염원하며 읊자 곧장 모래먼지가 일어났다.

드워프 도사는 이어서 어린애 장난감 같은 석벽을 바닥에 던졌다.

그랬더니 그것이 커다랗게 부풀어 올라 단단한 돌 벽으로 변하지 않는가?

《스피릿 월》—《프로텍션》과 다른 점은 물리적인 벽이란 것이다.

보이지 않는 역장인 《프로텍션》으로는 막을 수 없는 시선도 《스피릿 월》이라면 문제없다.

"어떤고……?!"

그러나 그 행동이 최루탄을 떨쳐낸 왕눈깔의 흥미를 끌고 말았다.

꿈틀거리는 무수한 촉수 눈이 《스피릿 월》을 향하더니 험악하게 번득였다.

"BEEEHOOOOLLLL!!"

다음 순간, 눈부신 섬광이 성역을 뒤덮었다.

"음……!"

"이런!"

"으, 옷?!"

고블린 슬레이어와 리자드맨 승려가 소리치며 물러나고, 드워프 도사가 신음했다.

《스피릿 월》에 한 방울 번진 것 같은 붉은 광점이 생기더니 점점 부글부글 끓어오르며 녹기 시작한 것이다.

"앗뜨……!"

"이건, 안 되겠구나!"

드워프 도사는 여파를 받아 비명을 지르는 여신관을 지탱하면서 《스피릿 월》에서 황급히 뛰쳐나왔다.

《스피릿 월》이 금세 꿰뚫어지더니, 뚫고 나간 빛이 예배당 돌바닥에 그을음을 남기고 사라졌다.

열광선— 아니.

그것은 왕눈깔의 작은 눈동자에서 뿜어져 나온 강렬한 《디스인티그레이트(분해)》였다.

"이거 당했군. 《디스펠(해주)》에 더해 《디스인티그레이트》의 사안(邪眼)이라니!"

아무리 리자드맨 승려라도 이래서는 섣불리 공격할 수 없으니 멀리서 간격을 재고 있었다.

아무리 강인한 비늘이라도 저 《디스인티그레이트》를 막을 수 있다고 과신할 수는 없었다.

벽 대신 용아병을 불러내고 싶지만, 커다란 눈알이 노려보면 《디스펠》될 것이 자명했다.

그렇다고 타고난 무기인 손톱 발톱 꼬리를 구사하자니 열선이 무섭다.

"자, 잠깐 이거, 어떡할 거야……?!"

엘프 궁수가 공격을 머뭇거리자 후퇴한 고블린 슬레이어가 날카롭게 외쳤다.

"한 번 후퇴한다!"

오른손에 검을 뽑고 왼팔의 방패를 내민 그는 등 뒤에 드워프 도사와 여신관을 감싸고 있었다.

"알았어……!"

그곳을 안전권으로 인식한 엘프 궁수는 마지막 몇 걸음을 날듯이 달렸다.

"BEBEBEBEBEEEEHOO!!"

"끼약?!"

발치에 명중했지만 간신히 도약. 열선이 머리카락 몇 가닥을 태웠다. 그녀가 엘프어로 욕지거리를 한두 번 내뱉었다.

제대로 정하지도 않고 착지해서 구른 곳은 고블린 슬레이어 근처였다.

"무사한가?"

"엿차……?!"

엘프 궁수가 긴 귀를 움찔 떨면서 뛰어 오르듯 거리를 벌렸다.

"괜찮아. ……고마워."

"그런가."

"후우우. 그러나, 이거 힘들 걸세……."

바닥에 바짝 붙어 열선을 피하며 돌아온 리자드맨 승려가 고생했다며 숨을 내쉬었다.

"BEEHOHOHO……."

모험가들을 예배당 밖으로 격퇴한 것에 만족했는지 왕눈깔의 공세가 우뚝 멎었다.

둥실둥실 떠다니는 눈알과 입구를 끼고서 대치하는 모습은 처음으로 돌아간 것 같았다.

"방에 들어가지 않는 한, 공격하지 않나…… 보네요."

벽에 기댄 여신관이 숨을 헐떡이며 말했다.

"여기를 지키는, 거겠지만……."

"됐으니까 좀 쉬어. ……자, 물."

"아, 죄, 죄송합니다……."

한 모금 두 모금 물주머니로 입술을 축인 엘프 궁수가 여신관에게 물주머니를 내밀었다.

그녀는 그것을 양손으로 받아 물을 입에 살짝 머금고 목을 꿀꺽 움직였다.

"아마도, 눈이 노려보지 않으면 기적을 쓸 수 있다고, 생각하는데요."

"……하지만 다가가면 노려보지. 이를 어찌할꼬?"

풀썩 주저앉은 드워프 도사가 기분 틀어진 것을 감추지도 않고 말했다.

"술법은 못 쓴다. 열선은 번쩍번쩍. **전법의 수**가 저쪽이 위구나. 어찌할 도리가 없구먼."

"아니."

고블린 슬레이어가 가방 속을 뒤지며 말했다.

"시험해 보고 싶은 방법이 있다."

"……말해두는데, 화공이나, 수공이나, 독 같은 건 안 돼."

"그렇게 약속했다."

게슴츠레한 눈으로 노려보는 엘프 궁수에게 고블린 슬레이어가 태연하게 말했다.

"그래서 불도 물도, 도구도 안 가지고 왔다. 독은 효과가 있을 것 같지도 않다."

"그럼 좋아."

흥. 작게 콧방귀를 뀐 그녀는 긴 귀를 약간 흔들었다.

"확인하겠다만, 여기는 이제 도시 바깥이 맞나?"

"그렇다고는 생각하느니라."

드워프 도사가 귀와 고개를 기울였다.

"상당히 많이 걸었고, 내 느낌으로도 꽤 떨어졌을 게다."

"그러면 문제없다."

"결정됐군. 소승들은 다른 묘안이 없으나, 놈은 멸해야 하네."

리자드맨 승려가 손을 마주쳤다.

"……그렇다면, 소귀 살해자 선생의 술책을 써야 하겠지."

"부탁한다."

고블린 슬레이어가 고개를 끄덕이고 엘프 궁수에게 투구를 돌렸다.

"놈의 눈을 한순간 비껴내고 싶다. 안에 들어가서, 달린다. 부탁할 수 있나?"

"맡겨둬!"

엘프 궁수가 긴 귀를 위로 퉁기더니 활기차게 고개를 끄덕였다.

"《드렁크(만취)》를 걸 수 있나? 놈이 열선을 쓰면 안 된다."

"여기서 말이냐?"

드워프 도사가 턱수염을 잡아당기며 엄지를 세우고 한쪽 눈을 감았다.

그대로 예배당 안쪽의 왕눈깔을 조준하는 것처럼 팔을 뻗어 거리를 쟀다.

"바닥 돌의 수로 셈을 해보면……. 오냐, 오냐. 이 정도면 뭐든 될 것이야!"

드워프 도사가 사납게 씨익 웃으며 자랑스럽게 배를 두드렸다.

좋다. 고개를 끄덕인 고블린 슬레이어가 이어서 리자드맨 승려에게 투구를 돌렸다.

"하나면 되는데, 용아병이 필요하다. 할 수 있나?"

"《디스펠》의 사안이 다소 신경 쓰이긴 하네만……."

"놈의 시야는 이쪽에서 막는다."

"사안이 없다면야, 못할 이유가 없다네. 맡겨 두게."

리자드맨 승려가 즐겁게 눈을 돌렸다.

"그리고."

고블린 슬레이어가 여신관을 보았다.

"신호를 하면, 입구에 《프로텍션》을 쳐야 한다."

그녀가 침을 꿀꺽 삼키고 그를 필사적으로 마주보았다.

"할 수 있나?"

"……네! 괜, 찮아요."

양손으로 석장을 단단히 쥐고서, 그녀는 커다랗게 고개를 끄덕이며 대답했다.

"시작해요!"

그리하여 싸움이 시작됐다.

"일단, 맞지만 않으면 되는 거니까……!"

토끼처럼 재빨리 입구에서 뛰어든 엘프 궁수를 왕눈깔이 노려보았다.

그녀는 날렵한 다리를 활용하여 예배당의 돌 의자 위를 신들린 것처럼 달렸다.

공중을 떠돌면서, 왕눈깔은 그녀의 모습을 문자 그대로 눈으로 쫓았다.

눈꺼풀에 돋아난 몇 개의 촉수 눈알이 꿈틀거리며 험악한 빛을 뿜었다.

"BEBEBEBEBEHOHOOOOOL!!"

"왔어, 왔어왔어왔어……!"

엘프 궁수가 비명인지 교성인지 구분이 안 되는 소리를 지르면서 달렸다.

물론 아무리 민첩한 엘프라도 빛의 속도에서 벗어날 수는 없었다.

그러나 조준하는 눈동자 끝에서 몸을 빼내는 거라면 이야기가 달라진다.

소리도 없이 섬광이 번쩍이며 역사 깊은 벽이나 바닥에 엘프 궁수의 그림자를 지져냈다.

—불만이 없는 건 아니지만 말이야.

엘프 궁수는 곡예사처럼 몸을 던지면서 볼이 풀렸다.

그녀의 혈족, 경험이 풍부한 언니나 사촌 형제라면 더 잘 할 것이다.

왕눈깔의 《디스인티그레이트》의 사안에서 벗어나면서 녀석을 남김없이 화살로 맞추는 정도는 손쉬울 것이다.

아직 한참 미숙하다. 그렇지만 동족들도 혼자서 그런 영역에 이른 것이 아니었다.

그녀도 시간은 듬뿍 있었다. 시간은 엘프의 편이다. 죽지 않는 한.

그렇다면 미래보다도 지금에 온 힘을 다하는 것이 좋다.

조바심도 없고 두려움도 없이. 엘프 궁수는 대담하게 예배당 안을 뛰어 다녔다.

왕눈깔로서는 분하기 짝이 없었다.

"OOOOOLLDER!!"

보다 많이, 보다 정확하게 열선을 쏘려고 중심의 눈을 빙글 선회시키자…….

"허. 길쭉귀 처녀가 오늘 몸 상태가 좋은가 보구나."

예배당 입구에서 유쾌하게 웃는 드워프 도사에게서 눈을 돌리게 되어 버렸다.

그는 촉매가 든 가방에서 술이 가득한 빨간 항아리를 꺼냈다.

형용키 어려운 향을 풍기는 그것을 긴 수염에 방울을 떨어뜨리며 단숨에 한 모금.

그리고 입 속을 가르륵 헹구더니, 기세 좋게 그것을 공중으로 뿜어냈다.

"《마시라, 노래하라, 술의 정령(스피릿). 노래하고 춤추고 잠에 빠져, 술 마시는 꿈을 보여주거라》!"

그러자 어찌된 일일까?

주정(酒精)의 물보라가 눈앞에서 희미한 안개가 되더니 왕눈깔을 감싸버리지 않는가?

"BE……DERRRR……?"

비틀비틀 흔들리며, 부유하는 궤도조차 불안정하다.

혼돈의 권속이 과연 어떤 몽환 속에 떨어졌는지는 알 수 없지만…….

"노려보지만 않으면 이쯤은 쉬운 일이니라."

드워프 도사가 자랑스럽게 말하면서 입가를 손등으로 쓱 닦았다.

"……좋다."

고블린 슬레이어가 고개를 끄덕이고 곧바로 예배당 안으로 뛰어들었다.

엘프 궁수하고는 비교할 바가 못 되지만, 전신장비라고는 생각하기 어려울 정도로 발이 빨랐다.

그렇게 달리면서 가방에서 꺼낸 주머니 내용물을 뿌렸다.

고블린 슬레이어의 뒤에서 꼬리를 끌며 순식간에 뭉게뭉게 하얀 분진이 피어올랐다.

"오르크볼그, 그거 뭐야?"

엘프 궁수가 물었다.

"밀가루다. 들이키지 마라."

"……무슨 생각인지는 모르겠지만, 그런 건 먼저 말해줘."

얼굴을 찌푸리며 입가를 가린 그녀는 신경 쓰지 않고, 그는 차례차례 밀가루를 뿌렸다.

그것이 좁은 예배당에 가득 차는 데는 얼마 걸리지도 않았다.

이제는 《드렁크》에 걸린 왕눈깔의 모습은커녕 한치 앞도 보이지 않을 정도였다.

"어이, 카미키리마루! 길쭉귀 처녀! 이제 곧 술법이 끝날 게다!"

드워프 도사의 부름에 그가 대답하기도 전에 엘프 궁수가 달리기 시작했다.

"이쪽이야, 오르크볼그!"

엘프의 예민한 오감은 시각이 가려진 상태에서도 문제가 없었다.

그 시원스런 목소리에 이끌려 고블린 슬레이어도 예배당에서 뛰쳐나왔다.

리자드맨 승려가 교대하듯 앞으로 나서더니 입구에서 안쪽으로 무수한 송곳니를 뿌렸다.

그 송곳니가 눈앞에서 부풀어 오르고 조합되더니 검과 방패를 가진 뼈 병사가 되어 일어섰다.

모험가들에겐 익숙한 사나운 해골이 말없이 예배당 안으로 들어섰다.

석회 연기 안으로 사라지는 등을 노려보면서 리자드맨 승려가 입을 열었다.

"그런데 소귀 살해자 선생. 아무리 용아병이라도 《디스인티그레이트》에는 당해낼 수 없네만?"

"문제없다."

고블린 슬레이어가 말하더니 엘프 궁수와 여신관을 돌아보았다.

"놈에게 화살을 쏴라. 맞추기만 하면 된다.

"《드렁크》— 다 끝나 가니까, 맞추면 풀릴 텐데?"

"상관없다. 그리고 곧장 입구에 《프로텍션》을 쳐라."

그리고 그는 여신관에게 담담하게 말했다.

"네가 중요하다. 실수하면 죽는다."

"……네, 엣."

그녀는 석장을 양손으로 꼭 쥐고서 열심히 고개를 끄덕였다.

"말을 좀 다르게 해도 되잖아."

엘프 궁수가 구시렁대면서 대궁에 화살을 메겼다.

거미줄 현을 쭉 당기고, 나뭇가지와 나뭇잎으로 만든 화살을 조준한다.

엘프 사수는 눈으로 노리는 게 아니라 마음으로 노린다.

"……흡!"

바람을 가르는 소리조차 제치고서, 분진 속에서 꿈틀거리는 그림자를 향해 화살이 날아갔다.

그 결과는 보지 않아도 알 수 있었다.

"—맞는다!"

"《자비 깊은 지모신이여, 부디 나약한 우리들을 대지의 힘으로 지켜주소서》……!"

경건한 신도의 기도에 응해서 이번에야말로 지모신이 수호의 기적을 내렸다.

보이지 않는 장벽이 예배당 입구를 완전히 봉쇄했다. 드워프 도사가 눈빛을 반짝였다.

"가루— 밀폐……. 어이, 어이어이어이, 설마……!"

고블린 슬레이어가 외쳤다.

"귀를 막고, 입을 벌리고, 숙여라!"

§

"BE…… HOOLLLOOHOHOHO!!"

왕눈깔은 갑자기 찾아온 둔탁한 통증 때문에 환혹에서 각성했다.

눈꺼풀에 나무눈 화살촉이 박혔다. 주위는 분진으로 가득해서 시야가 좁았다.

그 가운데에서, 무구를 손에 든 그림자가 이쪽으로 다가오고 있었다.

또 질리지도 않고 침입자가 찾아온 것이다.

녀석이 감정을 표현할 수 있었다면 분명히 짜증을 냈을 것이다.

왕눈깔은 눈을 부릅뜨고서 방향을 바꾼 뒤, 촉수 눈으로 침입자를 노렸다.

《디스인티그레이트》의 사안이 치명적인 위력의 열량을 품고서, 빛, 반짝임—.

"LDEEERRRRRRRR!!!!"

그 뒤에 무슨 일이 일어났는지.

여신관은 처음에 번개가 떨어진 것이 아닌가 생각했다.

§

폭발.

§

여신관은 처음에 번개가 떨어진 것이 아닌가 생각했다.

무언가가 잇따라 터지는 소리가 울린 다음 순간, 방을 불덩어리가 집어삼켰다.

부풀어오른 그것은 단숨에 예배당 내부를 뭉개더니 굉음과 폭렬을 동반하여 터져 버렸다.

"으, 아……?!"

《프로텍션》 너머로도 피부를 태우는 열풍이 통로를 빠져나가서, 그녀는 견디지 못하고 얼굴을 감쌌다.

미약한 시야 구석에서 몸을 웅크린 엘프 궁수가 긴 귀를 필사적으로 누르고 있는 것이 보였다.

머리 위에서 흙먼지가 쏟아져 내리고, 유적 전체가 무너지는 것 아닌가 싶을 정도로 크게 흔들렸다.

이윽고 뭉게뭉게 피어 오른 연기가 그나마 엷어졌을 때—.

"……봐라."

고블린 슬레이어의 목소리. 그는 몸을 숙이기만 했을 뿐 태연한 태도였다.

그 말에 엘프 궁수가 들여다보니 예배당 안에는 왕눈깔의 모습이— 있었다.

위다.

천장으로 튕겨 올라가 뭉개져 버렸으리라.

검게 그을린 괴물이 몸부림치듯 촉수를 꿈틀거렸다.

한순간 정체된 그것은 저항하지도 못하고 끌려 내려오듯 떼어져 ……추락했다.

푸직.

예배당 중앙에서, 문자 그대로 고기가 뭉개지는 징그러운 소리가 들렸다.

검게 그을린 고깃덩이는 점액을 뿜으면서 경련하더니, 이윽고 움직이지 않았다.

혼돈의 괴물, 이계에서 불려온『주시자』의 최후였다.

"—해냈구먼."

멍하니, 드워프 도사가 말했다.

몸을 일으키는 그에게 손을 빌려주면서 리자드맨 승려가 혀를 슈륵슈륵 내밀었다.

"소귀 살해자 선생은 밀가루라고 했는데…… 무엇을 한 겐가?"

"탄광부에게 들은 이야기다."

성큼성큼, 고블린 슬레이어는 평소처럼 거침없는 발걸음으로 예배당에 들어섰다.

"좁은 장소에 고운 분진이 흩어지고, 거기에 불꽃이 튀면 타오르면서 폭발한다고 하더군."

그는 검을 뽑아 바닥에 쓰러진 왕눈깔을 찔러 반응이 없는 것을 확인했다.

"……그러나, 생각보다 준비가 귀찮군. 인화, 유폭의 가능성도 높다. 위험하기 짝이 없다."

고블린 슬레이어가 고개를 좌우로 저으며 시시하다는 기색으로 중얼거렸다.

"이건 고블린 상대로는 못 쓴다."

"그보다, 폭발이라니!"

엘프 궁수가 긴 귀를 곤두세우며 고블린 슬레이어에게 다가섰다.

그럴 법도 했다. 약속했지 않은가? 그녀가 노려봤지만 그는 태연히 대답했다.

"화공도, 수공도, 독도 아니다."

"그런 문제가 아니라……. 아아, 이제, 됐어."

한숨을 섞어 말한 엘프 궁수가 조심조심 예배당으로 들어섰다.

—약속을 지키려고 해주는데도 이 지경이니 참 까다롭군.

다행히 왕눈깔이 죽자 이 방에 다른 생명의 기척은 없었다.

그 혼돈의 권속이 이 지하 분묘의 우두머리였을 것이다.

그 이전에는 지하수로를 제 것처럼 헤엄치는 앨리게이터가 주인이었을지도 모른다.

어쨌든 옥좌에 앉은 자가 바뀌었다는 것이다.

"저기……. 폭발하지 않으면, 어쩔 셈이었어요?"

여신관이 종종걸음으로 고블린 슬레이어의 곁에 다가왔다.

"뭐라고 불렀더라……. 어쨌든, 이놈은 이 장소를 지키는 것밖에 머릿속에 없는 것 같았다."

그녀의 의문에, 그는 발치의 시체를 턱으로 가리키며 대답했다.

"통로에서 화살을 쏘고, 제정신으로 돌아오기 전에 도망친다. 이걸 죽을 때까지 반복한다."

고블린 슬레이어는 지극히 당연하다는 태도로 말하며 고개를 끄덕였다.

"수고롭지만, 확실하다."

"그건 싫어. 내가 제일 고생하잖아."

탐색을 한 바퀴 끝내고 안전을 확인한 엘프 궁수가 적당히 좀 하라고 불평했다.

완전히 다 내려놓은 모습이었다. 옆에서 그것을 본 드워프가 웃음이 나오는 것을 억누르며 수염을 쓰다듬었다.

"너한테는 사활 문제가 아니더냐? 살을 좀 불리지 않으면 언제까지고 모루일 테고 말이다."

"오히려 드워프가 좀 살을 빼야 해."

"바보인 게냐? 덩치가 좋아야 드워프란 것이다."

리자드맨 승려가 유쾌하게 어깨를 으쓱거리며 눈을 돌리고, 여신관이 입가에 손을 대고 키득키득 웃었다.

엘프 궁수도 거기에 이끌려 웃었고, 드워프 도사의 굵직한 목소리가 이어졌다.

고블린 슬레이어는 웃지 않았지만…….

"……."

후우, 숨을 내쉬고 오른손에 쥐고 있던 검을 칼집에 집어넣었다.

탐색으로 긴장된 분위기는 어느샌가 이완되어 기묘한 편안함이 퍼졌다.

그들은, 이겼다.

§

어슴푸레한 예배당에 한차례 웃음이 메아리 친 다음.

"어디, 그러면…… 신경 쓰이는 것은 이걸세."

리자드맨 승려가 가리킨 제단 위에는 아직도 그것이 건재했다.

거대한 크기의 거울.

표면이 계속 수면처럼 흔들려서 기묘하게 반사되고 있었다.

치밀하고 섬세한 조금(彫金)도 감탄스럽지만 대폭발에 휘말리고도 생채기 하나 없었다.

범상한 물건이 아닌 것은 보기만 해도 알 수 있었다.

"어떤 신체(神體) 같은 것…… 일까요?"

여신관이 말하면서, 몸을 내밀어 제단에 다가갔다.

"섣불리 만지면 위험하지 않겠는가?"

"그렇지만, 조사를 해보지 않고서야……."

"우리들 파티는 척후나 도적이 없으니 말이다."

여신관의 하얀 손가락이 부드러운 표면을 쓰다듬은 순간이었다.

첨벙. 손가락 끝이 거울에 가라앉았다.

"……윽?!"

무심코 손가락을 빼자 거울 표면이 수면처럼 파도 쳤다.

만진 곳부터 파문이 번져서 거울 전체가 흔들렸다.

"아, 그, 이거……."

"대비해라."

황급히 후퇴한 여신관과 교대하며 고블린 슬레이어가 외쳤다.

제각각 무구를 들고 임전태세에 들어갔지만 그 동안에도 거울의 이변은 멈추지 않았다.

이윽고 파도치던 거울 표면이 흐트러지고, 돌고, 미치고, 잠시 지나자 기괴한 광경을 비추었다.

어딘지도 모를, 기이하게 메마른 녹색 모래가 깔려 있는 광야.

기분 나쁘게 흐린 저녁 하늘에는 누런 태양이 이글이글 빛나고 있었다.

그리고 무엇보다도 눈길을 끈 것은 거대한 정체 모를 기계 장치였다.

마치 맷돌처럼 흔들리면서 움직이는 그것을 작은 사람 그림자가 열심히 밀고 있었다.

아니, 사람처럼 보이지만 사람이 아니었다. 고블린 슬레이어가 보기에는 명백했다.

"—고블린이군."

추악한 생김새의 고블린. 그 집단이었다.

채찍을 손에 든 고블린이 입을 크게 벌리고 — 아마도 발작적으로 외치면서 — 작업을 재촉했다.

고블린들이 무엇을 위해서, 무엇을 하고 있는지. 상상만 해도 역겹다.

왜냐하면 그 기계장치, 거대한 톱니바퀴는 명백히 사람의 뼈를 모아 만든 것이었으니까.

"이건, 대체……."

"고블린 놈들의 소굴, 이라 보아야 할 걸세."

두려움에 떠는 여신관 옆에서 리자드맨 승려가 천천히 고개를 끄덕였다.

앞으로 유유히 나선 그가 비늘이 돋아난 손의 손톱으로 다시 거울을 만지자…….

문득 거울 표면의 상이 흔들렸다.

몇 겹으로 겹치고, 옆으로 흐르고, 빙글빙글 회전하고, 마치 모래 폭풍처럼 휘날렸다.

“아……앗!”

그 와중에 잠깐 나타난 경치를 보고 엘프 궁수가 외쳤다.

“저거! 그거!”

긴 귀를 위아래로 흔들면서, 우아한 손놀림으로 가리키며 모두에게 말했다.

“지금, 보였어. 요전에— 밀림 속, 유적!”

“밀림 속?”

고블린 슬레이어가 말했다.

“이상하게 장비가 좋은 고블린이 있던 곳인가?”

“그렇게 기억하는 건 좀 그렇다고 생각하지만, 그거 맞아.”

엘프 궁수가 흥분한 기색으로 긴 귀를 흔들며 고블린 슬레이어에게 고개를 끄덕였다.

“혹시, 거기 있던 녀석들은 여기서 날아간 거 아냐?”

“……이것이 《게이트》를 만들어내는 고대의 유물이란 게냐?”

드워프 도사가 믿을 수 없다는 투로 말했다.

무리도 아니다. 애당초 공간과 공간을 잇는 《게이트》 주문은 한참 전에 실전됐다.

전에 고블린 슬레이어가 사용한 스크롤이 아니고서야 볼 수 없는 것이다.

그것조차 실제로는 유적 안에서 찾거나 거금을 내고 사야 한다.

그 환상의 주문을 자유롭게 발동할 수 있는— 마법의 물품.

모험가들은 올바른 사용법을 알 수 없었지만, 올바르게 사용한다면…….

대체 어느 정도 가치가 나올 것인가?

가늠하기도 어려웠다.

"누군가가 이걸로 고블린을 불러들여서—."

엘프 궁수가 무시무시한 것에서 떨어지려는 듯 가만히 거울에서 뒤로 물러났다.

드워프 도사가 한쪽 눈을 감고 거울 표면을 노려보며 말했다.

"무기를 주고, 『이 지하에 살거라』 하고는……."

"거울은, 그 괴물이 지키도록 했다는 것인가."

드워프 도사의 뒤를 이어서 리자드맨 승려가 꼬리를 흔들며 수긍했다.

"……고블린 슬레이어 씨, 어떡할까요?"

여신관이 불안한 표정으로 그를 올려다보았다.

고블린 슬레이어는 대답하지 않았다.

아니.

그는 천천히 고개를 옆으로 젓고는 성큼성큼 결단적으로 걸었다.

왕눈깔. 그 시체를 툭 차서 굴리고 아래 보이는 누더기를 끄집어냈다.

폭발로 날아갔을 것이다. 불에 타고, 그을리고, 지저분하지만…….

펼쳐보니 그것은 악취미적인 군기 같은 것이었다.

검붉은 안료— 피를 물감으로 삼아 그려진 치졸한 낙서.

외눈.

너무나도 유치하지만, 그래도 그것이 가리키는 의도는 역겨울 정도로 명백했다.

빼앗긴 한쪽 눈에 대한 보복을 하겠다는 표식. 고블린들의 깃발. 본거지의 증거.

"역시 고블린이었군."

고블린 슬레이어의 말에 응답하듯, 땅속 깊은 곳에서 으르렁대는 소리가 들렸다.

원망의 소리. 질시하는 소리. 빼앗고, 범하고, 죽이려는 소리. 욕망에 가득 찬, 추악한 외침.

지저분한 동굴 안쪽, 악몽 속에서만 있을 수 있는 암흑에서 울리는 소리.

"……힉."

여신관이 두 손으로 석장을 꼭 쥐고 부르르 몸을 떨었다.

들어본 적이 있다. 이제 싫을 정도로. 이것은, 이 소리는. 고블린……!

"허허어……. 지금 그 폭발은 멀리서도 들렸을 테니 말일세."

리자드맨 승려가 쉬익 사납게 숨을 내쉬면서 고개를 돌렸다.

소리는 사방팔방— 예배당으로 이어지는 몇 개의 회랑에서 들렸다.

발소리. 무구가 부딪히는 소리가 몇 겹으로 메아리치며 다가오고 있었다.

시간이 얼마 없었다.

"고블린 놈들의 출입구가 여기에 있다면 간과할 수는 없네."

"그렇다면……."

드워프 도사가 화주 병을 가방에서 꺼내 벌컥 들이켰다.

굳어진 표정에 붉은 기색이 돌면서 기묘하게 시원스런 웃음으로 일그러졌다.

"놈들, 여기를 되찾으러 온다는 게구나."

그러자 엘프 궁수는 흐늘흐늘 그 자리에 주저앉아 버렸다.

"잠깐, 좀…… 봐달라니까아……."

방금 전의 흥분은 어디 갔는지 긴 귀가 한심스레 아래로 늘어져 버렸다.

아름다운 얼굴도 콱 일그러져서 조금만 더 있으면 울상이 되겠다.

그 옆에 있는 여신관 또한 비슷한 꼴이었다.

떨림, 두려움, 굳어진 손은 하얗게 질릴 정도로 석장을 쥐고 놓지 못했다. 눈동자도 흔들린다.

그러나 그녀는 고블린 슬레이어를 보고 있었다.

매달리는 것이 아니라, 의지하는 것이 아니라, 그저 똑바로.

"고블린 슬레이어, 씨."

여신관의 가는 목소리를 계기로, 모두의 시선이 자연스레 고블린 슬레이어에게 모였다.

과거에 오우거와 대결할 때도, 고블린 로드와 싸울 때도, 이번 모험도.

궁지에 빠졌을 때, 확실하게 무언가 **저질러주는** 것이 이 남자였다.

그것은 이제 포기에 가까운 어떤 감정일지도 모르지만, 그뿐만은 아니었다.

그뿐이라면 아무도 고블린 슬레이어를 리더로 삼지 않는다.

그것은 못난 짓이라는 걸 알면서도, 말로 표현하자면 신뢰라고 부르는 감정이었다.

“…….”

고블린 슬레이어는 조용히 방 전체를 둘러보았다.

무너져가는 예배당.

무시무시한 《게이트》의 힘을 품은 거울.

사방팔방에서 몰려드는 고블린들.

이쪽은 피로에 지친 모험가 다섯 명.

절체절명— 과연 그럴까?

“내 주머니에 뭐가 있지?”

그것은 대답을 바라지 않는, 독백이었다.

과거에는 몰랐던 수수께끼였다.

지금도 알겠느냐고 물어보면 의문이었다.

아무것도 없다.

손은 있다.

손이 있다.

언제나.

그렇다면.

“…….”

그는 겁먹으면서도 도망치지 않는 엘프 궁수를 보았다.

그는 술을 마시고 전의를 불태우는 드워프 도사를 보았다.

그는 닥쳐오는 투쟁에 피가 끓는 리자드맨 승려를 보았다.

그는 똑바로 자신을 바라보는 여신관을 보았다.

그리고 조용히 고개를 끄덕이고 말했다.

“안심해라.”

철 투구에 가려서, 고블린 슬레이어의 표정은 보이지 않았다.
그러나 여신관은…… 아니.
그가 유일하게 가진 **동료**들은.
"문제도 안 된다."
그가 희미하게 웃고 있는 것 같은, 그런 느낌이 들었다.

제 10 장 『마의 함정의 폐도시』

죽음의 발소리를 표현한다면 이것 말고는 없을 것이다.

지옥 바닥에서 울리는 것 같은 전투의 북소리.

무장을 울리며 걸음을 나아가는 괴물들.

호흡에 섞인 썩은 내는 유적의 공기를, 떨어지는 침은 바닥 돌을 더럽혔다.

외설적인 말들, 고함들. 욕망과 제멋대로인 분노만이 가득했다.

건방진 모험가들을 어떻게 찢어 죽이고, 짓밟고, 범할 것인가?

쿵. 땅울림과 함께 맨 앞에서 달려오는 거한의 고블린— 고블린의 영웅.

일단 모두 한쪽 눈을 도려낸다. 죽이는 것도, 먹는 것도, 범하는 것도, 일단 그 다음이다…….

"우, 으……."

그것을 모두, 엘프 궁수의 예민한 긴 귀가 남김없이 포착하고 있었다.

핏기가 가셔 파란 얼굴로 부르르 몸을 떨고 신음을 흘렸다.

대궁에 거미줄 현을 다시 걸고서 남은 화살을 확인하고 심호흡을 한 번 한다.

"괜찮겠나?"

"……당연하지!"

평소와 다름없이 담담한 고블린 슬레이어의 물음에, 그녀는 빈약한 가슴을 내밀며 대답했다.

억지로 짜낸 활기도 활기다. 무서울 때일수록 혀가 잘 움직인다. 농담 따먹기라도 하지 않으면 분명히 죽어 버린다.

"그쪽이야말로 요전처럼 날아가지 마."

눈을 게슴츠레 뜨고 노려보자 고블린 슬레이어가 무뚝뚝하게 고개를 끄덕였다.

"그럴 생각이다."

그는 불을 붙인 횃불 4개를 사방에 두어 광원으로 삼고서 성역의 사방을 빙 둘러보았다.

그들이 침입해온 입구 말고도 어디로 이어지는지 알 수 없는 회랑이 몇 개나 뻗어 있었다.

"어디서 오는지 알 수 있나?"

"사방팔방."

엘프 궁수가 말하고 어깨를 으쓱거렸다.

"수는 묻지 마."

그때 리자드맨 승려가 고개를 내밀었다.

"소귀 살해자 선생. 진지 준비가 끝났다네."

물론 그 동안에도 다른 자들이 쉬고 있었던 것은 아니었다.

리자드맨 승려는 폭발로 무너진 잔해 같은 것들을 모아서 제단을 둘러싸는 형태로 쌓아 올렸다.

간이적이긴 해도 진지가 있고 없고의 차이는 방어전의 성패를 크게 좌우한다.

진지가 있으면, 그것을 넘으려고 하는 동안 적이 무방비가 되고 속도도 떨어지니까.

지시를 내린 드워프 도사가 손의 먼지를 탁탁 털면서 대답했다.

"그러나 급히 마련한 것이니라. 너무 기대하진 말거라."

"충분하다. 그쪽은 어떻지?"

"네. 준비, 됐어요!"

여신관이 기특하게 소리 높여 대답했다.

그녀는 지금 작은 몸으로 제단 위에 기어 올라가 자리를 잡았다.

주위의 바닥에 투척용 작은 돌, 예비 단검, 화살 따위를 죽 늘어놓는 것이 그녀의 일이었다.

여차할 때 즉시 다음 무기를 집을 수 있도록. 사소하지만 중요한 준비다.

"좋아."

고블린 슬레이어가 고개를 끄덕였다.

이미 그의 귀에도 확실하게 고블린들의 행군 소리가 들렸다.

여유가 없다. 느긋하게 설명할 시간도 없다. 고블린 슬레이어는 망설이지 않았다.

"술법은 얼마나 남았지?"

"저는, 그러니까……."

여신관은 가는 손가락을 입술에 대고 생각했다.

천상의 신들에게 탄원하는데 앞으로 몇 번 자신의 혼이 견딜 수 있을까?

경험에 따라 생각하면…….

"한 번 실패하고, 한 번 썼으니까…… 앞으로 한 번이에요."

"아껴둬라."

고블린 슬레이어는 확실하게 말했다.

"쓸 곳이 있다."

"네."

그가 한 말이다. 여신관은 망설임 없이 수긍했다.

석장을 양손으로 단단히 쥐고서 제단 위에서 사방의 암흑을 둘러보았다.

다시 말해서 술법을 쓰기 전까지는 여신관이 모두를 대신하여 전체 파악을 맡는 것이다.

책임이 막중— 아니, 혼자서 짊어지는 것이 아니다. 모두 함께다.

"열심히 할게요……!"

"하하하하. 이거 무녀 선생도 상당히 듬직해졌군."

제단 옆에서 꼬리를 흔드는 리자드맨 승려가 유쾌하게 혀로 코끝을 핥았다.

"그렇지는, 않아요……."

그는 부끄러운 기색으로 중얼거리는 여신관을 바라보며 눈을 한 번 빙글 돌리더니, 촉매인 송곳니를 쥐었다.

"소승은 두 번. 《용아병》을 한 번 더 부르지 않는다면, 세 번이 되네."

아껴둘 생각은 없지 않은가? 리자드맨 승려가 송곳니를 드러내며 사납게 웃었다.

"부탁한다."

고블린 슬레이어는 즉시 대답했다.

"방패를 들게 해라."

그는 턱으로 여신관을 가리켰다.

"저 애를 지키게 해."

"그래, 알겠네. 소승은 거울을 맡으면 되겠나?"

"그래."

리자드맨 승려가 고개를 느긋하게 끄덕이더니 기괴한 합장으로 대답했다.

그는 제단에 스르륵 올라가더니 재빨리 송곳니를 던지고 의식을 집중시켰다.

이 세상에서 리자드맨만큼 전투에 빼어난 종족은 없다고 한다.

일행의 참모인 그는 이미 고블린 슬레이어의 책략을 어느 정도 눈치챈 것 같았다.

"《금룡의 선조인 뿔이며 발톱이여, 네 다리, 두 다리, 땅에 서서 달리라》!"

주문을 외치는 리자드맨 승려와 조립되는 용아병을 일별하고서, 드워프 도사가 수염을 손가락으로 빗어냈다.

"나는 아까 《스피릿 월》을 치고, 《드렁크》를 썼으니……. 앞으로 두 번이구먼."

"아껴둬라. 비장의 수다."

"호! 그거 중대한 일이구먼. ……그러면 쓸 때가 오기까지 카미키리마루를 도와야겠구나."

배를 두드리며 말한 드워프 도사는 이미 평소와 같은 모습이었다.

그가 없었다면 이 파티가 이렇게 원활하게 돌아가지 않을지도 모른다.

엘프 궁수는 방울 소리 같은 웃음소리를 흘렸다.

"우리는 운이 좋아. 주문술사가 셋이나 있잖아."

"오? 설마하니 길쭉귀 처녀도 솔직해지는 거냐?"

"실례잖아. 나는 언제나 솔직해."

누군가가 웃었다. 서로 웃고, 그들은 고개를 끄덕였다. 그걸로 충분했다.

고블린의 희번득거리는 눈동자가 벌써 사야에 들어왔다. 고블린 챔피언의 으르렁거리는 소리가 벌써 들린다.

엘프 궁수는 한쪽 눈을 살짝 감아 고블린들과 거리를 재면서 긴 귀를 천천히 흔들었다.

"……그래서, 나는 어쩌면 돼?"

"놈들을 끌어들인 뒤 처리해라. 수는 줄이면서, 한 마리라도 많이 끌어들인다."

"무지막지한 소리를 들은 것 같은데……."

"그런가?"

고블린 슬레이어는 빈 오른손에 슬링을 쥐고서 돌에 감았다.

동시에 가방에서 꺼낸 슬링을 드워프 도사에게 맡기고 다음 돌 준비에 여념이 없었다.

"흐응."

엘프 궁수는 한숨을 흘리면서 현에 화살을 메겨 당겼다.

"좋아, 해줄게."

그녀의 굳어진, 그러나 우아한 미소와 동시에…….

"GOROORORRRRRB!!"

고블린 챔피언이 내지른 전투의 포효(워 크라이).

외눈의 고블린 챔피언이 곤봉을 휘두르며 울부짖자 고블린의 사기가 올랐다.

제각각 창이나 막대기에 도끼와 녹슨 단검, 잡다한 무기를 손에 든 고블린들.

우글우글거리며 나타나서 달려오는, 그 중에서도 가장 앞에 뛰쳐나온 한 마리를—.

"하나."

"GROB?!"

고블린 슬레이어는 주저 없이 투석으로 맞춰 죽였다.

유사이래, 이 세상에서 가장 물건을 던지는데 적합한 종족은 흄이었다.

설령 용이라도 인간만큼 투척을 할 수는 없으리라.

고블린은 완력이 부족하며, 엘프는 화살을 사랑한다. 드워프, 레아는 손재주 삼아서 다루긴 하지만…….

말보다 빠른 속도로 자갈을 정확하게 던져 맞추는 생물은 인간 말고는 없었다.

"GOROB?!"

"GROOORRB?!"

"허. 이것은 노릴 필요가 없으니 좋구먼."

그리고 돌멩이만 있으면 탄이 떨어질 염려가 없는 것이 슬링이었다.

드워프 도사의 굵은 손가락이 마법처럼 번뜩이며, 차례차례 끈을 돌에 감아서 고블린 슬레이어에게 건넸다.

"카미키리마루, 마음껏 던져라! 이렇게 되면 죄다 맞추면 되는 게다!"

"그럴 셈이다. ……이걸로, 셋."

휭 소리와 함께 자갈이 날아가 또 고블린 한 마리가 두개골이 부서져 숨졌다.

두 마리, 세 마리, 계속해서. 고블린 슬레이어는 오리 사냥을 하듯 고블린을 처리했다.

두개골에 자갈이 박혀 몸부림치며 쓰러지는 동족, 그 시체를 짓밟아 넘고 덮쳐 오는 고블린들.

"GROB! GOOOROBB!!"

고블린들은 자신들이 모험가를 공격하고 있다는 생각은 조금도 하지 않았다.

자신들이 공격받고 있는 것이다.

고블린들은 온갖 일에서 언제나 자신들이 피해자라고 생각한다.

그리고 공격받고 있으니까 때려눕혀도 된다고, 언제나 책임을 전가한다.

때문에 동족이 살해당하면 분노를 지피면서 복수심을 태우는 것이다.

잔해를 쌓아 만든 장벽 따위가 어쨌다는 것이냐?

이글거리는 눈동자가 모험가들이 지키고 있는 제단의 계집들을 노리고—.

"오른쪽, 진지에 달라붙어요!"

"나한테 맡겨!"

두 소녀의 목소리가 들리더니 순식간에 쏘아져 나간 화살이 차례차례 그것을 꿰뚫었다.

여신관은 이마에 비지땀을 흘리며 주위를 살피고, 엘프 궁수가 그것에 맞춰 활을 당겼다.

움찔, 움찔, 긴 귀를 떨면서 지하의 바람을 타고 필살의 사격을 한다.

고블린 따위가 피할 수 있을 리가 없다.

"그렇지만, 수가 많다니까……!"

"왼쪽에서, 셋……! 앞에서, 넷!"

"그래, 그래애!"

제단 주위를 춤추듯 뛰면서 쉴 틈 없이 공격을 반복하는 엘프 궁수.

이마에 비지땀이 흐르는 것은 피로가 아니라 긴장과 절박함 때문이었다.

화살을 하나씩 들 생각은 진작에 사라졌고, 막 쏴도 맞는다고 생각하여 셋을 한 번에 잡아 쏘아댔다.

당연히 화살통이 텅 비고 이미 바닥에 놓아둔 화살로 보급하여 쏘고 있었다.

그러나 그 화살이 이어지는 한, 고블린 놈들은 다가오지 못하며 시체를 쌓아야 한다.

"GORORORORB! GROB! GOORB!"

그렇다면 이러쿵저러쿵 할 틈이 없었다.

고블린 챔피언의 지시가 떨어지자 고블린 한 마리가 소중하게 안고 있던 항아리 마개를 뜯어냈다.

고블린 놈들이 추악한 뇌로 생각해낸 끈적한 독액이었다.

조잡한 활을 손에 든 고블린 사수가 돌화살촉을 집어넣어 적신 뒤 차례차례 독화살을 쏘았다.

"GOORB?!"

적당하기 짝이 없는 조준 때문에 고블린 몇 마리가 등에 맞아 죽었다.

급소에 맞지 않아도 움찔움찔 경련을 반복하고 거품을 뿜으며 이윽고 죽는다.

그러나 중요한 것은 후방에서 활을 쏘는 엘프, 지시하는 인간 소녀에게 화살이 닿는다는 것이다.

맞으면 독에 걸린다. 움직이지 못하게 되면 좋다. 죽어도 좋다. 즐기는 법은 이래저래 많다.

"——."

그러나 용맹하고 충성스런 용아병이 있는 것을 잊어선 안 된다.

방패를 든 해골 병사가 묵묵히 소녀들을 지키고자 무구를 들어 화살을 튕겨냈다.

설령 방패를 넘는다고 해도, 피와 살이 없는 몸에는 독이 통할 리 없었다.

"흐음."

엘프 궁수가 숨을 내쉬더니, 이마의 땀을 닦고 발치의 화살을 주우며 용아병의 등을 두드렸다.

“이거, 꽤 귀엽다니까.”

“그, 그런가요?”

여신관이 굳은 표정으로 고개를 갸웃거렸지만, 날아오는 화살을 보고 황급히 머리를 숙였다.

모자를 누르며 호흡을 가다듬고 이마의 땀이 눈에 들어가기 전에 닦아낸 뒤 어둠 속을 살폈다.

그 옆, 리자드맨 승려가 거구를 이용하여 거울 앞에 버티고 섰다.

“핫핫하. 칭찬해 주니 영광일세. 그렇지만…….”

석벽에 고대의 기법으로 붙어있는 신비의 거울.

물결치는 거울 표면을 둘러싼 금색 테두리에 리자드맨의 날카로운 손톱이 파고들었다.

“이 거울은, 대체 어떻게 붙어 있는지 모르겠군……!”

슈욱 숨을 내쉬면서, 팔을 감싼 비늘이 근육 때문에 안쪽에서부터 부풀어 올랐다.

“《오오, 기품 있고 묘연한 뇌룡(雷龍)이여. 내게 만인의 힘을 내리소서》!”

무시무시한 용, 위대한 조상령의 가호를 바라여 그 몸에 받아들이
용 내림
는 《파셜 드래곤(Partial Dragon)》의 기적이었다.

팽창한 근육이 만들어낸 용력은 머나먼 고대에 땅을 활보한 무시무시한 용의 힘에 가깝다.

손톱이 파고들자 석벽에 금이 가면서, 거울은 깨지지 않고 틈이 벌어졌다.

그러나 한 수나 두 수로 떼어낼 수는 없었다. 시간이 없다.

"GOROOOOBB! GOOROOROB!!"

멀리서 진지가 일격에 부서지고 잔해가 무너져 흩어졌다.

쿵. 발소리를 울리며 곤봉을 휘두른다. 외눈의 고블린 챔피언이 돌격을 개시한 것이다.

"GORRB!"

"GORB! GOORB!!"

함성을 지르며 기쁨을 드러내는 잡다한 고블린들.

영웅이 함께 한다. 그저 그것만으로 이겼다고 생각하는 것은 사람이든 고블린이든 큰 차이 없었다.

그 귀에 거슬리는 고블린들의 소리를 듣고 여신관이 가녀린 몸을 미약하게 떨었다.

입술을 꾸욱 깨물고, 석장을 쥐면서 열심히 소리 높여 외쳤다.

"커다란 게, 와요……!"

"내가 하겠다."

고블린 슬레이어는 망설이지 않았다.

그는 곧바로 바닥의 단검을 낚아채 허리띠에 끼우더니 진지를 넘어 뛰쳐나갔다.

"제단에서 떨어지지 마라!"

"오냐. 알았다."

그가 던진 슬링을 건네받고 드워프 도사가 자갈을 날렸다.

등뒤에서 엄호를 받으며 고블린 슬레이어는 화살처럼 달렸다. 질주했다.

© 2016 Noboru Kannatuki

눈앞, 제각각 무기를 들고 덤벼드는 고블린. 수는 셋. 그게 어쨌다는 건가?

"열에 아홉…… 스물!"

"GROOB?!"

정면, 오른손의 검을 뽑으면서 고블린의 목을 찢어 치명상(크리티컬).

피거품을 뿜는 것을 걷어차 검을 뽑고, 오른쪽에서 덤비는 또 한 마리의 두개골을 부수었다.

처리할 수 없다고 판단한 왼쪽 고블린은 방패로 후려쳐서 등 뒤로 흘렸다.

곧장 드워프 도사의 자갈이 날아왔다.

"GOR?!"

가슴을 맞고 비틀거리는 고블린을 고블린 슬레이어가 망설임 없이 찔러 죽였다.

목을 노렸다. 단말마조차 지르지 못하고 쓰러지는 고블린. 목에 박힌 검을 손에서 놓는다.

"GOROOB!!"

"스물 하나……!"

등 뒤를 잡히지 않도록 허리띠에 끼운 단검을 투척. 돌격하려던 고블린의 목에 맞는다.

동시에 달려든 고블린 슬레이어가, 숨이 끊어지며 허공을 허우적거리는 고블린의 무기를 가로챘다.

곤봉. 인간이 아마도 사상 처음으로 손에 들었을 무기. 나쁘지 않다.

"스물 둘…… 셋."

둔기를 통한 원시적인 일격이 또 한 마리 고블린의 두개골을 부수었다.

후방에 화살 든 놈을 발견한 고블린 슬레이어는 그쪽으로 곤봉을 던졌다.

“GORARA?!”

물론, 그걸로 치명상을 줄 수는 없었다. 고블린 궁병을 처리한 것은 엘프 궁수의 화살이었다.

“해냈다!”

엘프 궁수의 쾌재. 보지 않아도 긴 귀가 쫑긋대는 것을 짐작할 수 있었다.

“오르크볼그, 화살!”

“음……!”

이심전심까지는 아니라도 이미 이 파티의 호흡이 맞지 않을 리 없었다.

문자 그대로 고블린을 치우며 전장을 달린 고블린 슬레이어는 고블린 궁수의 화살통을 빼앗았다.

그리고 돌아보면서 원심력을 이용해 엘프 궁수에게 화살통을 던졌다.

중량이 있는데다가 즉흥적인 것이었으니 도저히 닿을 리 없었다. 하지만—.

“옜다!”

삭 뛰쳐나온 드워프 도사가 화살통을 주워 후방으로 던지면 문제없었다.

"잡았어요!"

"……좋아!"

여신관이 끌어안듯 받아서 엘프 궁수에게 건네면 이제 그녀의 독무대다.

화살비가 내린다. 활과 화살이 모였을 때 엘프의 화력은 마술사와 비교해도 결코 떨어지지 않는다.

고도로 숙달된 기술은 마술과 구별이 안 된다— 누군지 몰라도 말 참 잘했다.

물론 드워프 도사의 의견으로는「마술사가 번개를 던지기만 한다」고 생각하는 녀석은 얼간이다.

"GROORB!!"

진지에서 뛰쳐나온 드워프를 단체로 후려치려고 하는 고블린들.

"에에이, 비늘친구, 아직이냐!"

이미 사격전의 간격이 아니었다. 슬링을 내던진 드워프 도사는 손도끼를 뽑아 휘둘렀다.

드워프는 누구도 예외 없이 튼튼한 법이다.

짧은 팔다리를 마구잡이로 휘둘러 때리고 차고, 구르듯이 진지 안으로 돌아왔다.

"조금, 만…… 더, 어!!"

리자드맨 승려가 디딘 제단이 발톱 때문에 금이 가고 살짝 부서졌다.

리자드맨은 땀을 흘리지 않지만, 만약 인간과 마찬가지로 피부가 있었다면 땀투성이가 되었을 것이다.

거울은 우득우득 기이한 소리를 내며 벽에서 떨어져가고 있었지만 아직 시간이 걸릴 것은 명백했다.

"……윽! 도울게요……!"

"고맙네!"

한순간 주위를 둘러본 여신관이 삭 다가가 거울 옆에 무릎을 꿇었다.

다수에는 못 당한다.

고블린 최대의 무기가 바로 많은 수이며, 모험가 최대의 약점은 적은 수였다.

서서히 제단으로 다가오는 고블린의 수가 점점 늘어난다.

여신관은 이미 망을 보는 것보다 시간이 중요하다고 본 것이다.

그렇지만 그 가녀린 팔로 할 수 있는 일이 있을까? 당연히 있다.

그녀는 망설임 없이 석장을 거울과 벽 사이에 끼우더니 지레의 원리로 힘을 주었다.

"영, 차……아!!"

등 뒤를 동료들에게 맡긴 고블린 슬레이어가 낮게 말했다.

"……아직 시간이 필요하군."

전위는, 이제 그 혼자였다.

어중이떠중이가 푹푹 쓰러지는 가운데 고블린 슬레이어는 빈손에 고블린의 검을 잡았다.

곤봉에 돌 칼날을 파묻은, 검이라고 할 수도 없는 검.

그러나 고블린 슬레이어는 무기에 대해 불평을 하지 않는다.

"GORARAB……!"

"흥."

그리고, 눈앞에는 올려다봐야 하는 거구— 외눈의 고블린 챔피언.

무참하게 도려낸 외눈. 활활 도깨비불처럼 타오르는 눈동자. 얼굴에는 추악한 미소. 분노.

"GORARARABOOBOBORIIIIN!!"

다음 순간, 고블린 슬레이어는 후방으로 쓰러지듯 뛰었다.

"GORAB?!"

말려든 한 마리가 비명을 지르는 것도 개의치 않고 뒤구르기의 요령으로 낙법을 하며 자세를 회복한다.

한쪽 무릎을 짚은 그의 눈앞에서, 몸부림치던 고블린이 곤봉에 맞아 뭉개졌다.

"GORARARAB!!"

울부짖는 고블린 챔피언은 이미 고블린 슬레이어 말고는 안중에 없었다.

휘두른 곤봉의 일격이 바닥 돌을 부수고 땅울림을 일으키며 위에서 흙이 떨어졌다.

"힘만 센 바보 녀석."

내뱉은 고블린 슬레이어를 노리고 끊임없이 다음 일격이 덤벼든다.

과거에 대치했던 — 그는 이미 이름도 기억 못하지만 — 오우거에게도 뒤떨어지지 않는 위력.

치명타(크리티컬)도, 대실패(펌블)도 피하고 싶었다.

고블린 슬레이어는 방심하지 않고 방패를 내밀더니, 망설임 없이 고블린 무리 안으로 뛰어들었다.

"GORAB?!"

비명, 절규. 고기와 뼈가 뭉개지는 소리에 뒤섞여 지저분한 피보라가 튀었다.

모두 고블린 챔피언의 곤봉이 한 짓이었다.

고블린 슬레이어를 후려치려고 종횡무진으로 휘두른 곤봉은 동료에게도 가차 없었다.

불쌍한 고블린들은 고블린 슬레이어의 방패가 되어 목숨을 잃어 갔다.

"바보 녀석."

"GORAB?!"

고블린 슬레이어는 겁먹고 물러나는 고블린의 정수리에 검을 박아 넣고, 그것을 놓은 뒤 다른 무기를 빼앗았다.

모험가에게 빼앗은 것으로 보이는 녹슨 검은 며칠 만에 다시 모험가의 손에 돌아왔다.

어떤지 확인하려고 한 마리의 목을 찌르자 피분수가 흘러나온다.

꾸륵꾸륵. 물에 빠진 것처럼 몸부림치는 고블린을, 찌른 검을 휘두르며 뒤쪽으로 차버렸다.

"GOOORORORB!!"

마무리는 고블린 챔피언이…… 때려 박았다.

자신의 피로 질식사하는 것보다는 편한 죽음이리라.

"고블린치고는 축복받은 방식으로 죽었군."

"GORARARAB!! GORARARA!!"

일격. 고블린이 뭉개지고, 충격이 울리고, 천장에서 흙이 내린다.

일격. 고블린이 맞아 날아가고, 굉음과 함께 천장에서 흙이 떨어졌다.

일격. 일격. 일격. —고블린 슬레이어는 그것을 차례차례 피했다.

고블린에게 반성이란 두 글자는 없다.

자기 손으로 동족을 죽였다 해도, 그것은 하필 거기 있었던 동족이나 그 동족을 방패로 쓴 녀석이 나쁜 거다.

이렇게 비겁한 녀석이 있다니! 눈을 파헤치고, 손발을 부수고, 동료를 눈앞에서 죽여도 부족하다!

분노를 태우는 고블린 챔피언은 과거에 자신이 동료를 방패로 삼은 것은 편리하게 잊고 있었다.

제대로 싸우지 않는 눈앞의 모험가에 대한 짜증이, 과거에 자신들이 독을 뿌렸다는 사실도 덮어씌웠다.

고블린은 바보지만, 멍청하지는 않다. 고블린 슬레이어가 반복했다.

그러니까 멍청하지는 않지만, 어리석지 않다는 소리는 아니다.

그리고 어리석은 자가 무기를 휘두르며 날뛴다면 이것을 이용하지 않을 이유가 없다.

어째서 그곳에 있는 최고의 화력을 활용하지 않겠는가?

그리하여 고블린 슬레이어는 똑바로 전장을 질주했고, 고블린 챔피언이 그 뒤를 쫓았다…….

"오르크볼그가 유인하고, 있으니까……!"

엘프 궁수가 그것을 가만 보고 있을 리 없었다.

그녀는 길고 아름다운 다리로 덤벼드는 고블린을 걷어차며 제단으로 올라갔다. 그리고는 혀를 한 번 찼다.

정말이지. 역겨운 고블린의 화살을 써야 하다니!

"정말로, 믿기지가 않네!"

반쯤 분풀이를 겸해서, 긴 귀를 흔들어 바람을 읽은 그녀의 화살이 날아갔다.

물론 고블린 챔피언이 아니라 어중이떠중이들을 노렸다.

"GROB?! GOORB?!"

조잡한 화살이지만 꽂히면 목숨을 빼앗는다.

풀썩풀썩. 고블린들이 쓰러져 갔지만 역시 수가 많다.

자랑스런 하얀 수염이 피에 젖어 빨갛게 물든 드워프 도사가 다시 한 마리의 두개골을 부수었다.

"얘야, 길쭉귀야! 좀 더 많이 못 쏘겠느냐!"

"시끄러! 그럼 좀 더 좋은 화살을 내놔!"

"돌이라도 던지면 될 것 아니더냐!"

"싫어!"

왁자지껄. 평소와 같은 대화는 혹여 의도적인 걸까?

농담을 주고받을 수 없으면 정말로 끝장이다. 모험가는 그런 거다.

이를테면 얼굴이 새빨개져서 석장을 쥔 손에 힘을 주고 있는 여신관이 그랬다.

"응, 으으…… 응!"

가는 팔이 부들부들 떨리고, 입술을 꼭 다물었다. 체중을 실어서 거울과 격투하고 있는 그녀.

훨씬 가녀리고 약한 인간 소녀가 이랬다.

용맹과감, 일세의 영웅이 되고자 하는 용의 후예가 여력을 남길

리가 없었다.
"으랏차. 이제, 한 번만 더……!"
무시무시한 용이었을 선조의 가호가 깃든 리자드맨 승려는 몸에 흐르는 피를 마음껏 태웠다.
드러낸 송곳니 사이로 기운을 뿜어내고, 손톱과 꼬리에 이르기까지 그의 육체가 힘 그 자체가 되었을 때.
"이이이이이이이이잇차아아아아아아아아아앗!!"
드디어 우드득 소리를 내면서 신비의 거울이 근력 앞에 굴복했다.
돌 벽의 파편이 붙어 있었지만 대형 거울은 이제 리자드맨 승려의 손에 있었다.
"고블린……! 슬레이어, 씨!!"
숨이 끊어질 듯 헐떡거리며, 갈라진 목소리로, 지쳐빠지면서도 여신관이 그를 불렀다.
삭 돌아본 고블린 슬레이어는 덤벼드는 고블린 챔피언을 걷어차고 달렸다.
"거울 표면을 위로 들어라! ―아래로 들어가!"
"알겠네!"
흠. 리자드맨 승려가 기합을 내지르며 대형 거울을 지붕처럼 지탱하고 제단 위에 버티고 섰다.
그는 모든 게 이것에 달려있다는 것을 이해하고 있었다.
그는 한쪽 무릎을 짚어서 지지대를 안정시키고 어깨에 거울을 올려 흔들림 없는 자세를 만들었다.
"오너라아!"

반대쪽은 충복인 용아병이 받쳤다.

"ORARARAG!!"

고블린 챔피언의, 혼신의 일격.

고블린들이 어떤 사태인지 알 리 없었다. 그러나 무언가 일어나는 것은 명백했다.

한시의 여유도 없이 휘두른 곤봉에 또 몇 마리의 고블린이 뇌수를 흩뿌렸다.

고블린 슬레이어는 뛰면서 고블린에게서 빼앗은 창을 던졌다.

창끝이 고블린 챔피언의 손가락 몇 개를 잘라 공중에 날려버리자 비명이 울렸다.

"GARAOR?!"

"《스톤 블래스트》! 큰 걸로, 위다!"

"위?! ―오냐!"

한순간 놀라긴 했지만 드워프 도사는 그 이상 망설이는 우를 범하지 않았다.

가방에서 꺼낸 점토를 한줌. 손 위에서 굴려 숨을 불어넣더니 염원을 담았다.

"《일이다 일이다, 흙의 정령들아. 모래알 하나, 계속 구르면 돌이 되느니》!"

그리고 혼신의 힘을 다해 던진 점토 구슬은 공중에서 거대한 바위로 변했고…….

"빛!"

"네!"

여신관은 일절 되묻지 않고 주저 없이 응했다. 그의 지시에. 신뢰에.

자신이 여기에 있는 의미가 이것이다. 작은 가슴을 펼 수 있는 자부와 마음가짐.

그 모든 것을 한 마음으로 엮어서 천상에 거하는 신들과 혼을 이어 맺는다.

"《자비 깊은 지모신이여, 어둠 속 길 잃은 우리들에게 성스러운 빛을 베푸소서》……!"

나약한 소녀가 혼을 깎아내며 바치는 정결한 기도.

자비 깊은 지모신이 《홀리 라이트》를 내리지 않을 리가 있으랴.

"GORORB?!"

태양의 폭발!

여신관의(지레 대신 쓰인) 석장에서 눈부신 백광이 공간을 태웠다.

오랜 신화시대 무렵부터 있었을 유적이라 해도 이러한 빛이 비친 적은 없으리라.

고블린들은 불꽃에 노출된 것처럼 비명을 지르고 몸을 뒤집으며 얼굴을 가렸다.

망막이 타버린 것이다.

그리고 반사적으로 얼굴을 가렸다지만, 그 영향은 고블린 슬레이어에게도 예외는 아니었다.

"……윽."

"오르크볼그, 이쪽!"

그러나, 하얀 어둠 속에서 늠름하고 시원스런 목소리가 울렸다.

엘프 궁수— 탐색자로서 탁월한 기량을 가진 그녀의 손이 고블린 슬레이어의 손을 잡았다.

"미안하다."

"됐어! 뭘 할 셈인지는 모르겠지만!"

그것을 의지하여 마지막 한 걸음, 두 걸음, 세 걸음.

엘프 궁수는 우아하게 뛰어서, 고블린 슬레이어는 기어서 제단에 올랐다.

리자드맨 승려의 꼬리가 뻗어서 그의 육체를 거울 아래로 밀어 넣었다.

고블린 슬레이어는, 외쳤다.

"《폴링 컨트롤》— 떨어뜨려라!"

"허, 거참! 《흙의 정령아, 흙의 정령. 통을 돌려라. 휘휘 돌려라, 돌려서 놓아라》!"

"……이걸로."

돌아보려다가 비틀거리는 고블린 슬레이어의 몸을 리자드맨 승려의 꼬리가 지탱했다.

그의 오른손을 여신관이 꼭 붙잡았다. 그녀의 손은 약간 떨리고 있었다.

왼손은 엘프 궁수가 계속 쥐고 있었다. 가죽 장갑 너머로도 알 수 있을 만큼, 아프고, 강하게.

드워프 도사가 그의 등을 툭 두드렸다. 정신력이 다하고도 평소와 변함없는 모습.

고블린 슬레이어는 아직도 빛의 잔상이 남아 있는 시야로 고블린의 모습을 포착했다.

혼란, 두려움, 짜증, 질투와 증오의 소리를 지르며, 버둥거리며 몸부림치는 고블린들의 모습을.

"GO?! GROB?!"

"GRAROOROROROROROB?!"

거대한 돌이 천장에 맞아 부서진 것은 드워프 도사가 복잡한 주인(呪印)을 차례차례 맺은 직후였다.

폭발에 노출되고, 눈알 괴물이 부딪히고, 고블린 챔피언의 용력으로 흔들린 천장.

나무뿌리로 지탱되고 있던, 머나먼 고대부터 존재했던 석조 천장.

그러나 세월을 이길 수 있는 것은 존재하지 않는다.

그리고 이 경우 세월은 질량과 중량에 더해 정령의 힘을 함께 가졌다.

땅을 다스리는 흙의 정령은 있는 힘껏 그것을 휘저은 다음 아래 방향을 향해 놓았다.

일단 쩌적 금이 가고, 부서지고, 견디지 못한 나무뿌리 일부가 부러져서 떨어졌다.

그리고—.

"얼추…… 50하고, 셋인가?"

울부짖는 고블린 챔피언의 얼굴이, 다음 순간 노호처럼 쏟아지는 토사에 가려 파묻혀 사라졌다.

그것이, 마지막이었다.

§

모든 것이 끝나고 모든 것이 죽은 것처럼 되기까지, 아주 짧았다.

뭉게뭉게 갈색 연기가 피어오르는 공동은— 과거에 예배당이었을까?

지금은 토사, 잔해, 바위, 파편에 파묻혀 그림자도 찾아보기 힘들었다.

천장이었던 곳에는 이제 종횡무진으로 뒤엉킨 나무뿌리가 우거졌을 뿐.

내리쬐는 희미한 빛은 나뭇잎 사이로 비치는— 아니, 저것은 달과 별의 빛이었다.

초여름 밤. 반짝이는 별들의 빛은 하늘 높이 거하는 신들의 눈동자라고 하지만…….

그들이 지켜보는 이 자리에 과거 주민들의 흔적이라고 부를 수 있는 것은…… 없었다.

굳이 말하자면, 잔해 틈으로 슬쩍 보이는 무참한 고블린의 주검들뿐이다.

……아니.

거울이, 있었다.

공터로 바뀐 폐허의 중앙, 과거에 제단이었을 것으로 추정되는 잔해의 산.

그 산의 정상에 별빛을 반사하며 빛나는 거대한 거울 하나가 자리 잡고 있었다.

그리고, 덜커덕.

"푸, 아."

귀여운 목소리와 함께 잔해의 산이 약간 무너졌다.

미약한 틈으로 바위를 밀어내고 흙을 떨쳐내며 기어 나온 것은…… 엘프 소녀였다.

얼굴이 분진으로 지저분한 엘프 궁수였다.

"……저, 정말이지. 정말이지이이! 무, 무슨 생각을 하는 거야? 오르크볼그!"

물에 빠진 고양이처럼 몸을 부르르 떨더니 긴 귀를 확 곤두세웠다.

그래도 지저분한 것 말고는 조금도 대미지가 없어 보였다. 이어서 나온 여신관도 안도의 한숨을 내쉬었다.

콜록, 콜록. 몇 번 짧게 기침을 하여 입에 들어온 흙을 뱉어냈다.

"까, 깜짝 놀랐어요……."

"깜짝으로 끝날 일이야?!"

"어쩐지, 조금, 이제, 익숙해져 버려서요."

"아아, 정말이지……!"

그녀에게 손을 내밀어 일으켜주면서도 엘프 궁수의 분노는 가라앉지 않았다.

리자드맨 승려가 기어 나와 두 사람의 모습을 보더니 눈을 빙글 돌리며 그 자리에 털썩 앉았다.

"이것 참……. 《게이트》의 거울이 있어서 다행이로군."

큰일을 해내고 숨을 내뱉는 그의 옆에서 용아병도 재주 좋게 함께 고개를 흔들었다.

제단은 아직도 건재했다. 그렇기 때문에 그들이 살아 있는 것이지만…… 기묘한 점이 있었다.

주위를 둘러싸듯 토사가 쌓여 있는데도 중심인 제단은 공백이었다.

이유는 이제 용아병이 혼자서 안고 있는 거울.

리자드맨 승려와 용아병이 떠받친 거울이, 쏟아져 내리는 토사를 모두 《전이》시킨 것이다.

그렇지 않았다면 지금쯤 시체의 산을 만든 고블린들과 마찬가지로 뭉개져 죽었으리라.

"잔해가 빨려 들어갔군. 그렇지만, 무게가 제법 나가서 힘들었다네."

"하긴 비늘 친구가 제일 큰일을 하지 않았던고?"

이어서 기어 나온 드워프 도사가 껄껄 웃으며 리자드맨 승려 옆에 털썩 앉았다.

"방패로 쓰기에는 조금 지나치게 크구먼."

이제야 마음 편히 마시겠구나. 드워프 도사는 주저 없이 술병을 꺼내 쭉 들이켰다.

정신력을 소모해서 얼굴은 창백했지만, 술기운이 퍼지면 금세 붉게 돌아올 것이다.

"헌데, **건너편 놈들**이 불쌍하구먼."

고대의 유물. 조작방법을 완전히 숙지하고 있는 것은 고대인들뿐이리라.

누가 가져온 것인지 알 수는 없지만 《게이트》가 오작동을 했을 것이다.

고블린들의 소굴에서 이 도시 지하로 이어졌어야 하는데, 어째선지 그쪽 고대 도시로 이어졌다.

"혹여나, 먼 옛날의 여행장치 같은 것이었을 지도 모르지. 안 그러냐? 카미키리마루."

"관심 없다."

그리고 고블린 슬레이어.

마지막으로 잔해의 산에서 모습을 드러낸 그는 지친 기색도 보이지 않고 태연하고 담담하게 말했다.

먼지투성이, 고블린의 피투성이. 싸구려 철 투구에 지저분한 가죽 갑옷. 평소와 같다면 같았다.

그를 보고서, 석장에 매달려 겨우 일어선 여신관이 입술을 삐죽거렸다.

"……도시 아래가 아니라, 다행이네요. 정말."

"도시 아래라면 또 다른 방법을 생각했을 거다."

우우 정말. 볼을 부풀려봤자 이 남자가 신경 쓸 리 없었다.

고블린 슬레이어의 철 투구가 그 자리에서 빙 주위를 둘러보았다.

여신관의 질린 표정, 유쾌한 리자드맨 승려, 술을 들이키는 드워프 도사의 붉은 얼굴.

그리고 마지막으로 눈을 게슴츠레 뜨고서 그를 뚫어져라 노려보는 엘프 궁수를 보았다.

"어이."

"……뭔데."

"불도, 물도, 독도, 폭발도 없었다."

어떤가, 라며 어쩐지 자랑스러운 목소리로 말한다.

달빛 아래, 엘프 궁수의 얼굴에 미소가 떠올랐다. 투명한, 유리세공처럼 아름다운 미소.

"오르크볼그?"

"뭔가."

이 짜샤! 라며 엘프 궁수가 걷어차자, 고블린 슬레이어는 잔해 속으로 굴러 떨어졌다.

제 11 장 『가서, 돌아오리』

Goblin Slayer
He does not let anyone roll the dice.

그녀에게 그 세계는 순백이었다.

빛으로 가득한 온통 하얀색의 공간.

따스한 공기, 상쾌한 바람, 나뭇잎이 흔들리는 소리도, 맨발로 느껴지는 풀의 감촉까지.

모든 것이 빠짐없이 청량하며, 빛이 가득하고, 혼돈이 끼어들 여지가 없다.

따스함과 편안함 가운데 그녀는 사락사락 걸었다.

그렇다. 편안했다. 이것은 놀라운 일이었다.

지난 며칠 동안 그녀의 가슴은 기묘한 따스함을 품고 있었다.

그 정체는 짐작도 하기 어려웠지만 계기는 상상할 수 있었다.

상처 입고 쓰러진 그를 끌어안은 뒤부터— 일거라고, 그녀는 생각했다.

재능이 없는 평범한 전사의, 그저 하염없이 단련하기만 한 몸.

그렇기 때문에 어떠한 영웅보다도 존귀하다고 생각했다.

살을 맞대고 느껴지는 상흔 하나하나조차 가치가 있었다.

—그때, 문득 다리가 멈췄다.

신전 정원의 잔디를 짓밟는 미약한 발소리.

하얀색 안에, 검은색이 번졌다. 흐릿한— 검은 그림자.

그녀의 입가가 풀어지고, 입술에는 희미한 미소가 떠올랐다.

그 모습을 잊을 리 없었다.

“무사하셔서, 다행이시어요.”

흑색— 그가 희미하게 고개를 끄덕인 것 같았다.

그는 가죽 갑옷과 철 투구를 입고, 어중간한 장검을 차고 있다고 하는데.

몇 번이고 그려본 무인의 모습에 흐릿한 그림자를 겹쳐서, 그녀는 그를 몽상했다.

“확인하러 왔다.”

그는 그렇게 말하며 성큼성큼 그녀의 곁으로 다가왔다.

그녀는 어떤 표정을 지어야 할지, 조금 고민했다.

의연한 태도를 취할까? 아니면 순순히 웃는 편이 좋을까?

너무 기뻐하는 것처럼 보이는 것은 어린애 같아서 부끄러웠다.

“네, 뭔가요? 제가 대답할 수 있는 것이라면, 무엇이든…….”

결국, 그녀는 평소처럼 온화한 미소를 선택했다.

그것이 가장 자신답다고 생각한 것이다. 그가 그렇게 생각해주길 바랐다.

그는 어떤 표정을 짓고 있을까? 그림자로는 알 수 없었다.

철 투구를 쓰고 있으니 어찌됐든 보이지야 않겠지만 말이다.

그것이 조금, 유감이었다.

그는 조용한 목소리로 말했다.

“전부, 알고 있었나.”

심장이 희미하게 뛰었다.

볼이 열기를 띠었다.

손에 든 천칭검 지팡이를 끌어당기고, 늠름하게 등줄기를 폈다.

아아, 목소리가 떨리지 않으면 좋을 텐데…….

"—네, 그 말씀이 맞아요."

그런가. 그가 희미하게 중얼거렸다.

담담한, 처음 만났을 때, 잠자리에서 이야기했을 때와 변함없는 목소리.

그것이 어째선지 신기하게도 분하기 짝이 없었다.

뭔가 변하는 것을 기대하고 있었다. 그녀는 이제 와서 그것을 깨달았다.

이런 신기한 기분은 처음이었다.

"하지만, 어째서 눈치를 채신 건가요?"

"눈치챈 것이 아니다."

그녀가 고개를 갸웃거리며 묻자, 그가 대답했다.

"알고 있을만한 입장인 자 모두에게 물어볼 셈이었다."

"모두……."

검의 처녀가 조용히 말했다.

"……뭐야. 그런 거였군요."

다소 낙담을 느낀 그녀는 무심코 볼을 부풀려 버렸다.

아아, 볼썽사나워라. 어린애 같은 짓은 하기 싫다고 지금 막 생각했었는데.

"그런 거였다면, 조금 시치미를 떼는 편이 좋았을까요……."

가만히 한숨을 내쉬고, 그녀는 그의— 그 검은 모습을 바라보았다.

"하지만 첫 번째로 물으러 오셨다, 는 것은…… 싫지 않아요."

입술이 살짝 풀려서 호를 그리며 올라갔다.

의식한 건지, 자연스럽게 된 것인지, 스스로도 알 수 없었다.

"의심받은 이유를, 물어도 될까요?"

"몇 가지, 있다."

그녀의 시야 안에서 검은 그림자가 천천히 움직였다.

성큼성큼 거침없는, 난잡한 걸음걸이. 그러나 소리는 나지 않았다.

그녀는 그의 걸음걸이가 좋았다.

"그 하얀…… 뭐라고 했더라."

"앨리게이터?"

아아. 그가 중얼거렸다. 분명히 그런 이름이었지.

"그것이 우발적 조우(랜덤 인카운트)라고 생각할 수 없었다."

"그러면 계획적 조우(심볼 인카운트)였다는 건가요?"

"적어도 우리를 쫓아내려고 하며, 한편으로 고블린 놈들을 공격할 정도로는."

"다소, 강박관념(파라노이아)을 가진 것 아닌가요?"

"이 정도 유적인데 지도도 없고, 쥐 퇴치 의뢰도 없으며, 모험가들이 방치하고 있다."

그녀의 물음에 대한 대답이라는 듯, 그는 천천히 고개를 옆으로 저었다.

"관리하는 자가 없다면 있을 수 없는 일이다."

"잘 아시는군요."

"……그래."

고블린 슬레이어가 말했다.

“모험가에 대해서는, 잘 안다.”

키득. 그의 무뚝뚝한 대답에, 그녀의 목 안쪽에서 웃음이 맴돌았다.

“그러니까, 지하를 관리하는 무언가가 있다는 것이겠지. ······그
패밀리어
건 사도(使徒)다.”

“······.”

그녀는 아무 말 없이, 하염없이 얼굴에 웃음을 씌운 채 그를 가만히 보고 있었다.

긍정하는 것은 분하고— 그렇지만 부정하자니 부끄러웠다.

맞는 말이다. 그 늪지 용은 지고신을 섬기는 질서의 수호자. 도시 지하의 수호수였다.

몸을 때리는 차가운 비. 전투의 열기. 고블린의 냄새. 비늘과 피부에 박히는 녹슨 칼날.

앨리게이터에게서 공유되는 감각을 얼버무리기 위한 입욕.

그곳에서 그 여신관에게 드러낸 추태를 생각하면 스스로도 볼에 열이 오르는 것을 알 수 있었다.

“얄궂은 일이랍니다.”

그녀가 목을 떨었다.

“지고신의 사도가 지켜주시는 것이 도시뿐, 이라니.”

“너라면 눈치챘을 거다.”

—여자를 죽이는 것도, 그 자리에서 내장을 끄집어내는 것도, 시체를 그대로 방치하는 것도.

“고블린의 수법이 아니다.”

맞는 말이었다.

고블린은 겁쟁이에 추악하며, 도리가 없을 정도로 잔꾀를 부린다. 그리고 잔혹한 자들이었다.

사람의 영역에서 느긋하게 먹잇감을 해체하여 먹는 것은, 고블린들은 생각도 못하는 일이었다.

붙잡힌 가엾은 소녀는 언제나 소굴로 끌려가, 그곳에서 존엄과 정조를 유린당한다.

혹여 이미 충분한 포로가 있다면 죽을 때까지 장난감이 되어 희롱당한다.

그리, 간단히 죽을 수가 없다.

그녀는 그것을 모두 알고 있었다.

"……네."

지금도 떠오르는 문자 그대로 눈에 새겨진 광경.

어슴푸레한 바위굴에 갇혀서, 놈들과 자신의 배설물로 더럽혀지고, 비참한 심정으로 울면서…….

그녀의 두 눈동자는 횃불에 지져 닫혀 버렸다. 벌써 10년도 넘은 일이었다.

"그 거울을 사용해서 무언가 꾸미고 있었겠죠……. 흑막은 마신이란 것의, 잔당이랍니다."

이제는 이 세상에 없었다.

자신들하고는 전혀 인연이 없는 곳에서 간단히 모두 당해 버렸다.

그녀는 기둥에 기대어 보이지도 않는 바깥 경치에 눈길을 돌렸다.

"하지만……."

번져서 흐릿한 하얀 세계. 어디까지고 이어지는 그것을 바라보며 숨을 내쉬었다.

지루한 화제로 대화를 하게 된 마을처녀 같은 태도였다.

"하지만, 고블린이 공격해오면, 저는 분명히, 울어 버릴 테니까요……."

과거에 검의 처녀 자신도 대치했던 사교의 움직임은 이미 알고 있었다.

처참한 산 제물 의식. 그 흔적을 알고 있다면 그들이 무엇을 꾸미고 있는지 짐작할 수 있었다.

자신에 대한 복수. 그저 그것뿐이라면, 어떻게든 할 수 있었으리라.

그러나…….

—고블린.

다리가 떨렸다. 천칭검을 쥐고서 간신히 서 있을 수 있었다. 안대로 표정을 감출 수 있어 다행이었다.

누구에게 말할 수 있을까?

검의 처녀라고 불리는 영웅이…….

부디, 고블린에게서 저를 구해주세요, 라고.

"아무도, 생각도 못하겠죠."

그녀는 단정치 못하게 얇은 천을 헤치고 가만히 자신의 어깨를 쓰다듬었다.

입가를 장난스럽게 끌어올리고 놀리는 어조로 그에게 물었다.

"저를, 어찌하실 셈인가요?"

"아무것도 안 한다."

그의 어조는 역시 변하지 않았다. 의무적이고, 평탄하고, 무기질적이고, 차가웠다.

"고블린이 아니니까."

그녀는 입술을 삐죽거렸다. 토라진 것처럼— 아니, 토라진 것이다.

"그래서 이유를 묻지 않으시는군요."

"이야기한다면 듣지."

후우. 그녀의 입에서 나른한 한숨이 흘렀다.

"알아줬으면 했어요."

바람이 나뭇가지를, 초목을 흔들면서 쏴아아 지나갔다.

무섭고, 괴롭고, 아프고, 두려워서, 어쩔 수가 없어서.

그런 일이 이 세상에 있고, 그런 일을 하는 자가 이 세상에 있다.

"……알아줬으면 했을, 뿐이에요."

—도시 지하에 도사리고 있는 고블린.

밤마다 수로에서 기어 나와 길 가는 사람을 공격한다.

모험가를 보내면 돌아오지 않고, 언제 누가 희생될지도 모른다.

침대 아래, 문 너머에 고블린이 숨어 있다. 잠을 청하면 공격해온다.

분명히 다들 겁을 먹어줄 거라고 생각했다.

자신과, 마찬가지로.

"결국, 아무도 알아주지는, 않으셨지만요……."

그렇다. 어차피『그뿐인』일이었다.

고블린에게 살해당할지도 모른다고, 겁을 먹고 살아가는 자는 없었다.

죽는 것은『누군가』이지 자신이 아니니까.

"……그《게이트》의 거울을 드릴 수도, 있답니다."

그녀는 한껏 아양을 떨며 미소를 지었다.

스스로도 알 수 있을 만큼, 당장이라도 사라질 것처럼 덧없는 미소였다.

"당신에게는, 당신이라면, 분명히 알아주실 거라고……."

그는, 그 말을 중간에 잘라내며 말했다.

"그건, 버렸다."

"네……?"

그녀의 얼굴에 처음으로 웃음이 아닌 표정이 떠올랐다. 놀라움과 희미한 당혹.

"……고대의 유물. 천금의 가치가 있는, 재보인데도?"

그러나, 그는 말했다.

"다른 고블린이 사용법을 학습하지 않는다고 장담할 수 없다."

흥미가 없다는 태도로 차갑고, 쉽사리.

"거울 표면을 다짐 찰흙으로 굳히고, 가라앉혔다. 그, 뭐냐. 하얀 녀석에게는 좋은 침상이 되겠지."

그의— 그림자는 전혀 흔들리지 않았다. 당연하다는 말투였다.

"……후훗. 정말로……. 정말로, 재미있는 분……."

그가 너무나 평소와 다름없어서 그녀는 오히려 우스워지고 말았다.

둥실둥실 떠 있는 것처럼, 뭐라고 말하기 힘든 기묘한 편안함.

"망가져 버린 거군요. 분명히."

"그럴지도 모르지."

“저기. 저도 물어봐도 될까요?”

대답할 수 있을지는 모른다. 그가 말했다.

“고블린을 퇴치하고서, 뭔가…… 변했나요?”

그녀는 두 손을 펼치고 물었다. 천진한 소녀가 사소한 비밀을 털어놓는 것처럼.

용사— 용사는 다르다.

용사가 사교 집단을 멸하여, 정의나, 세계나, 평화 같은 것은 구원을 받았다.

고블린에 겁먹은 가련한 소녀를 구하더라도 결코 그리 되지는 않으리라.

사람들은 태연하게 살아가며, 강은 흐른다. 아무것도 변함없다. 아무것도.

그래서 아무도, 그녀를 구해주지 않는 것이다.

고작해야 이름 없는 신관이 고블린에게 공격을 받아 범해졌다고 해도.

동굴 속에서 아무리 울부짖어도, 무엇을 당해도.

검의 처녀라고 칭송 받는 여자 안에서 15세의 소녀가 구원을 바란다고 해도.

그런 것을, 신경 쓰는 사람은, 아무도 없었다.

그렇지 않으면 어찌『고블린 퇴치』의뢰를 낼 수 있으랴?

“아무것도…… 무엇 하나, 바뀌지, 않았나요?”

“그거면 된다고, 나는 생각한다.”

그는 한순간의 주저함도 없이 대답했다.

"너는, 지독한 일을 당했다고 했지."

네. 그녀가 고개를 끄덕였다.

"나는, 그것을 보고 있었다. 처음부터, 끝까지."

그래서. 그는 말을 이었다.

"너의, 기분은, 알 수 없다."

그는— 고블린 슬레이어는 확실하게 잘라 말했다.

"────."

그녀— 검의 처녀는 멍하니 서 있었다.

하얀 세계 속에 떠오른 흐릿한 그림자에게. 매달리듯 가만히 손을 뻗었다.

"……저를, 구해주시지는 않는 건가요?"

"그래."

그는, 그 손을 잡지 않았다. 대답을 하고 담담하게 뒤돌아섰다.

그녀는 나락의 바닥에 떠밀린 심정으로 고개를 떨구고 힘없이 웃었다.

포기와 비슷한 마음이 휘몰아쳤다. 이제, 그런 것에도 익숙해졌다.

—늘 있는 일이다.

처녀의 혼은 과거에 완벽하게 부서지고 말았다.

그녀의 눈에는 아직까지도, 마지막까지 보고 있던 역겨운 광경이 새겨져 있었다.

밤이 오면 그것이 선명하게 그녀의 눈앞에 나타나 그녀를 탓하며 갉아 먹는다.

몰려드는 고블린들에게 더럽혀지고, 범해지고, 빼앗기고, 반복해서 유린당한다.

누구 한 사람, 그녀를 그곳에서 구해내 주는 자가 없었다.

그러니까, 그것은 분명히 언제까지고 끝나지 않는다…….

아무도, 구해주지, 않는 것이다.

언제나.

언제든지.

"다만."

조용히. 울린 그 말에 그녀는 퍼뜩 고개를 들었다.

"고블린이 나오면, 나를 불러라."

검은 그림자는, 그의 등은 이제 꽤 멀었다.

그러나 그의 담담한 무기질적인 목소리는 확실하게 들렸다.

"고블린은, 내가 죽여주마."

"아……."

그녀는 그 자리에서 무너지듯 무릎을 꿇었다.

그녀의 아름다운 얼굴이 엉망으로 일그러졌다.

손으로 막은 입가에서 오열이 흐르고, 눈꼬리에서 주륵주륵 흐르는 눈물을 참을 수가 없었다.

꿈을 꾸지 않을 때 운 것이 대관절 얼마만일까?

"꿈…… 꿈, 속……이라도?"

"그래."

"와, 주시는, 건가요……?"

"그래."

어째서? 그렇게 묻는 목소리는 떨려서 말이 되지 못하고 목에서

떨어져 버렸지만.

그는, 확실히 대답해주었다.

"나는, 고블린 슬레이어니까."

고블린 슬레이어(소귀를 죽이는 자).

그렇게 불리는 검은 그림자가 걸어갔다. 물러간다.

고블린을 죽이기 위해서.

"아……."

검의 처녀는 무심코 자신의 풍만한 가슴을 움켜쥐었다.

결코 정결하다고 할 수 없으리라.

그러나, 이런 날이 올 거라고는 생각지 못했다.

또 다시 이런 마음을 품는 날이 올 거라고 생각지 못했다.

이제 영원히 얻을 수 없으리라 생각했던 그것을, 그녀는 분명히 손에 넣었다.

별 다른 일도 아니었다.

부서진 처자와 부서진 남자가 이야기를 나눈 것뿐이다. 분명히 그뿐이었다.

그러나, 그녀는 지금 자신의 가슴에 피어난 따스함의 정체를 알았다.

그것은 계속 타오르지 못하고 있던 불씨가 문득 붉게 타오르는 것 같았다.

비유하자면 그것은 누군가와 함께 쬐는 난롯불같았다.

모든 것을 맡기고, 아무런 걱정도 없이, 그저 편안하게 잠든다.

불안도, 공포도, 그곳에는 없었다.

어둠에 떨면서 우는 일도, 악몽에 비명을 지르며 깨어나는 일도 없었다.

얼마나 애타게 바랐을까? 마음 편히 잠들 수 있는 밤을…….

얼마나 생각했을까? 어둠에 떨지 않는 밤을…….

"저, 저는, 저, 는……!"

딸꾹질을 하며, 흐느끼면서, 그녀가 소리를 높였다.

보이지 않는 눈동자에서 계속해서 흘러넘치는 눈물을 손으로 필사적으로 닦았다.

가슴이 찢어질 것처럼 애절한 기쁨과 함께 그녀는 자신의 마음을 외쳤다.

"당신을, 사모하고 있습니다……!"

그 말이 닿았는지 아닌지는— 신만이 알고 있었다.

§

비가 그친, 멀리 구름이 맴도는 하늘 아래.

광야를 똑바로 지르는 가도를 마차가 덜컹덜컹 나아갔다.

중앙에서 변경으로. 동쪽에서 서쪽으로.

장사를 하러 가는 자. 가족을 만나러 가는 자. 혹은 그 반대인 자.

개척을 하러 가는 자. 도시에서 낙향하는지 볼품없는 자.

합승 마차답게 승객의 표정은 제각각이었다.

그런 사람들 가운데 모험가 다섯 명의 모습도 있었다.

자리에 앉은 그들은 제각각의 자세로 쉬고 있었다.

그것을 보고「아아, 한탕 끝낸 거구나」라고 깨닫는 사람도 있으리라.

그러나 그들이 무슨 모험을 하고 왔는지, 거기까지 생각이 미치는 자는 없었다.

당사자들이 아니고서야 별로 상관없는 것이다.

용퇴치 따위는 옛날이야기 속의 일이다. 실제로 용에게 공격받는 것을 생각하는 사람은 없다.

모험가의 일은 대부분 그런 것이다.

"으응……! 아~, 즐거웠어어……!"

짐 상자에 등을 기댄 엘프 궁수가 굳어진 어깨를 풀려고 기지개를 켰다.

긴 귀가 기분 좋게 올라가 있고 표정도 부드러웠다.

다리를 틀고 무릎에 팔꿈치를 대고 괸 드워프 도사가 기막힌 듯 말했다.

"고블린에게 붙들려서 꺄꺄 울었던 주제에 말은 잘 하는구나."

"어머. 이겨서 살아남았으니까 됐잖아."

그리고 보수도 받았어. 그녀는 가죽 주머니를 손 위에 놓고 만지작거렸다.

주머니의 묵직함은 안에 가득 담긴 금화의 무게였다.

그렇지만 그녀에게 보수는 딱히 문제가 아니었다. 덤이다.

"뭐, 그《게이트》거울은 좀 아까운 생각도 들었네만."

꼬리를 둘둘 말고 있던 리자드맨 승려가 말했다.

그는 혀끝으로 코를 핥으면서 뭔가를 꼼꼼하게 넘겨보고 있었다.

그《게이트》의 거울을 굳혀서 가라앉히기 전에 되도록 특징을 기록해둔 것이다.

"가치 있는 자료를 얻었고, 이단을 멸하고 공덕도 쌓았다네. 소승으로서는 충분하고도 남으니 문제될 것은 없군."

"나는 이 돈으로 맛있는 거라도 먹으면 불만 없느니라."

"드워프는 먹보들뿐이야."

"그야 드워프는 그런 법이니라."

엘프 궁수와 드워프 도사, 두 사람의 떠들썩한 평소와 같은 대화.

떨어져서 앉아 있는 여신관이 그것을 즐겁게 듣고 있었다.

—끝났다. 그렇게 생각해도 될 것이다. 아마도.

누가 《게이트》를 이용해 소귀 재해를 일으켰는지에 대한 염려는 남아 있지만…….

그것은 그들의 모험과는 아무런 상관이 없는 다른 이야기일 것이다.

"……."

슬쩍. 그녀는 시선을 옆으로 돌렸다.

그가 짐칸 울타리와 천막에 기대어 앉아 있었다.

검을 끌어안고, 철 투구를 쓴 머리를 숙이고서.

그는 마차가 물의 도시에서 출발하고 얼마 지나지 않아 잠들어 버렸다.

"……못 말리겠네요."

키득 웃은 여신관은 가방에서 얇은 모포를 꺼냈다.

그도 쉴 때 정도는 갑옷과 투구를 벗으면 좋을 텐데…….

가만히 어깨부터 모포를 덮어주고, 그녀는 그의 옆에 살며시 앉았다.

깍지 낀 두 손을 무릎 위에 올리고, 등을 펴고 석장을 옆에 세웠다.
그렇다. 그는 고블린 슬레이어다. 그러니 어쩔 수 없는 일이다.
고블린을 상대하는 이상 방심하는 순간은 있을 수 없었다.
그래서 여신관도 그에게 무언가 물어보려는 생각은 하지 않았다.
검의 처녀에게 보고하러 갔다가 돌아온 그는 그녀에게 「끝났다」라고만 말했다.
그렇다면 그걸로 된 것이다.
끝났으니 그가 쉬도록 해줘야 한다.
"어머?"
그때 여신관은 그가 검 말고 또 하나를 안고 있음을 깨달았다.
작은 새장— 카나리아다.
새장 안에서 홰에 올라가 눈을 감고, 주인과 마찬가지로 잠들어 있었다.
그는 먹이도 제때 주면서 카나리아를 보살피고 있었다.
묘하게 성실한 부분이 그다웠다.
"이름 같은 건 생각해둔 걸까요?"
그라면 보살피고 있으면서도 생각하지 않았을 게 틀림없다.
변경 도시에 돌아가서 그가 깨어나면 확인을 해야겠다.
그가 「카나리아면 되잖나」라고 한다면 너무한 일이다.
"후훗."
여신관은 그도, 카나리아도 깨우지 않도록 조심하며 살며시 손을 뻗었다.
가는 손가락으로 카나리아에서 빠진 깃털 하나를 집었다.

새장 틈으로 천천히 뽑아서 천막 틈으로 들어오는 빛에 비춰 보았다.

엷은 담녹색이 반짝거리고 있었다.

여신관은 그것을 살며시 그의 투구 틈에 끼워 넣었다.

담녹색 깃털은 지저분한 투구에는 안 어울렸지만, 그녀는 신경 쓰지 않았다.

그는 다소 괜한 멋을 부려도 용서가 되는 훔이니까.

“수고하셨어요, 고블린 슬레이어 씨.”

“돌아가면.”

문득 조용히. 철 투구 안쪽에서 목소리가 들렸다.

여신관은 눈을 깜빡이더니 「아이참, 정말」 하며 입술을 살짝 삐죽거렸다.

“깼으면, 깼다고 말을 해주세요.”

“지금, 일어났다.”

몸을 일으킨 그의 목소리는 평소보다 약간 느렸다.

자고 있던 것은 정말이구나 생각하면서도 여신관은 불평을 했다.

“철 투구를 쓰고 있으니까 몰라요.”

“그런가.”

고블린 슬레이어는 가방에서 물주머니를 꺼내 한 모금, 두 모금 마셨다.

물론 투구를 쓴 채 면갑 틈으로 재주 좋게 마시고 있으니 들을 생각이 없어 보였다.

—아니면, 벗어달라고 말하지 않으면 전해지지 않는 걸까요?

우웅. 입술에 검지를 대고 생각하는 여신관을 보더니, 그가 말했다.
"돌아가면."
아까와 같은 말을 반복했다.
"시험해 보고 싶은 것이 있다."
"시험해 보고 싶은, 거요?"
"얼음과자다."
"아……."
그걸 떠올리고 볼이 느슨해진 여신관 옆에서 가장 먼저 리자드맨 승려가 반응했다.
"얼음과자라! 소승도 신세를 질 수 있겠나?!"
"먹고 싶다면, 상관없다."
고블린 슬레이어는 조금 생각하고서 덧붙였다.
"우유를 쓴다."
"오오! 진미겠군!"
올라간 꼬리가 감격하여 마차 바닥을 때리자 마부가 무슨 일인가 싶어 천막 안을 들여다보았다.
"죄, 죄송합니다. 아무것도 아니에요. 죄송합니다."
여신관이 황급히 고개를 숙이자 마부는 조용해 달라고 하며 다시 앞을 보았다.
가슴을 쓸어내리며 한숨을 내쉬었다. 마차에서 내리라고 하지 않아 다행이었다.
그런 그녀를 슬그머니 무시하고서 드워프 도사가 밝게 웃으며 배를 두드렸다.

"오우, 카미키리마루! 먹을 길로 드워프를 빼놓으면 어쩌느냐!"

"그런 건가?"

"그렇고말고!"

고블린 슬레이어는 잠깐 공중으로 투구를 향하며 신음하더니 고개를 끄덕였다.

"그럼, 부탁하지."

드워프 도사가 어떻게 만드는 거냐고 묻자 그는 손으로 그림을 그려가며 이렇게 한다고 설명했다.

그러자 리자드맨 승려가 손톱을 세우며 제안을 내놓고, 고블린 슬레이어가 그것을 조합했다.

고블린 슬레이어는 말수가 적고 결코 친해지기 쉽지는 않지만…….

"아이참. 정말."

지금 이 자리의 중심에 있는 것은 틀림없이 그였다.

그것을 생각하기만 해도 여신관은 작은 가슴에 따스함이 퍼졌다.

"좋아."

그녀는 말만큼 긴장되지 못한 얼굴로, 결심하며 손을 들었다.

"고블린 슬레이어 씨, 저도 받아도 되는 거죠?"

"상관없다."

상관없다, 래요. 키득키득 소리 죽여 웃은 여신관이 흘끔 엘프 궁수를 보았다.

그의 맞은편에 앉아 고개를 돌리고 움찔, 움찔, 귀만 흔드는 그녀.

그것을 깨달은 것은 아니겠지만, 고블린 슬레이어가 담담하게 말했다.

"너는 어쩔 거지?"

"……."

엘프 궁수는 움찔 귀를 떨었다.

"먹을, 거야."

"그런가."

고블린 슬레이어가 중얼거렸다.

"실패해도, 차지 마라."

그리고 날카롭게 말했다.

"우……."

—마음에 담아뒀나?

아니, 아닐 것이다. 엘프 궁수는 작게 콧방귀를 뀌었다.

그는, 뭐, 응. 부아가 치민 엘프가 걷어차도 마음에 담아두지 않는 타입이다.

물론 보통은 화를 낸다는 점은 제쳐두고서.

잠시 지나, 엘프 궁수는 후우 숨을 내쉬었다. 그리고 쓱 몸을 내밀고 그를 마주보았다.

"그래그래, 알았어. 안 차. 안 찰 테니까 나도 줘. 그러면 되지?"

"그래."

철 투구가 끄덕 세로로 흔들렸다.

그 투구에 담녹색 깃털이 꽂혀 있는 것을 그는 언제 깨달을까?

마차 안에서? 도시에 도착한 다음에? 아니면 벗을 때까지 모를까?

깨달았을 때 어떤 식일까? 화낼까? 웃을까? 신경 쓰지 않을까?

그것을 생각하니 기대가 되어, 엘프 궁수는 저도 모르게 고양이처럼 눈으로 웃었다.

"고블린 퇴치라는 게 조금 감점이긴 해도……."

긴 귀를 위 아래로 쫑긋쫑긋 흔들면서 그녀는 손가락으로 공중에 원을 그렸다.

지하의 유적에 들어가서, 탐색하고 함정에 걸리고, 그것을 헤쳐 나왔다.

미지의 괴물과 싸우고, 그걸 쓰러뜨리고, 귀중한 고대 유산을 발견했다.

다 함께 덜컹덜컹 달리는 마차에 탔다.

중앙에서 변경으로. 동에서 서로.

모험을 끝내고 집에 돌아가기 위해서.

"……뭐, 나쁘지는, 않았나?"

솔직하지 못한 엘프가 말하자 카나리아가 눈을 살짝 뜨고 지지배배 노래했다.

■작가 후기

안녕하세요. 카규 쿠모입니다.

고블린 슬레이어 2권을 손에 집어주신 여러분 정말로 감사합니다.

1권도 대단히 호평을 해주셔서 독자 여러분에 대한 고마움으로 한가득합니다.

잡담에서 태어난 뭔가 이상한 모험가는 제 상상을 넘어서 점점 나아가고 말았습니다.

이게 다 여러분이 제가 생각한 것 이상으로 그와 그의 동료들을 응원해주신 덕분입니다.

그는 앞으로도 고블린을 퇴치할 겁니다만, 부디 잘 부탁드립니다.

그러면 고블린 슬레이어 제2권 어떠셨나요?

고블린이 나와서 고블린 슬레이어가 고블린 퇴치를 하는 이야기였죠.

그러나 단발성 모험을 반복했던 1권에 비해 이번에는 장대한 던전 공략입니다.

역시 캠페인의 참맛은 던전입니다. 이것이 TRPG란 거죠.

동료들과 함께 미궁을 답파하고, 지략을 짜내고, 괴물과 싸우고, 보물을 얻는 기쁨은 각별한 법이죠.

그런 생각을 하면서 제가 좋아하는 것들을 마구 집어넣어 써내려간 것 같습니다.

여러분도 그 즐거움과 재미를 느끼셨다면 더 기쁠 수가 없을 겁니다.

여기서부터는 감사 인사를 하려고 합니다.

일단 웹판 1권 2권부터 읽어주신 독자 여러분, 응원 고맙습니다.

앞으로도 열심히 할 테니 잘 부탁드립니다.

1권에 이어 근사한 삽화를 그려주신 칸나츠키 노보루 선생님 감사합니다!

삽화를 볼 때마다 모니터 앞에서 기뻐서 춤을 추는 작가가 바로 접니다.

그리고 코미컬라이즈 담당을 해주시는 쿠로세 코우스케 선생님, 부디 잘 부탁드립니다.

2권과 같은 달에 빅 간간에서 시작됩니다. 굉장합니다! 꼭 보세요! 이얏호!

창작 관련 친구들, 게임 동료들, 여러분 덕분에 앞으로 나아갈 수 있습니다. 고마워요.

담당자 님, 편집부 여러분, 출판 선전 판매에 연관된 여러분, 감사합니다!

그리고 본작 이전의 웹 작품 때부터 응원을 해주시는, 정리 사이트 관리인 yaruok 님.

출판까지 인연을 이어주신 것은 틀림없이 당신입니다. 언제나 감사합니다.

그 밖에도 다 쓸 수 없을 정도로 많은 분들 덕분에 여기까지 왔습니다.

정말로 감사합니다.

이어지는 제3권에서는 변경 도시의 수확제가 예정되어 있습니다.

고블린이 나와서 고블린 슬레이어가 고블린을 퇴치하는 이야기입니다.

여러분께서 즐기실 수 있도록 열심히 쓰려고 하니 부디 잘 부탁드립니다.

카규 쿠모

■역자 후기

안녕하세요. 불초 역자입니다.

고블린 슬레이어 2권입니다. 어디, 이번에는 고블린 슬레이어의 세계관 설정과 밀접한 관련이 있는 TRPG의 세계를 만든 사람에 대해서 한 번 이야기를 해보죠!

혹시 1권 작가 후기에 언급된 개리 가이각스(Ernest Gary Gygax)란 사람을 기억하십니까? 기억하시더라도 아마 대부분은 이 사람이 누군지 잘 모르실 겁니다.

하지만 앞으로는 기억해 두세요. 이 사람이 바로 RPG의 아버지입니다.

현대 서브 컬처에 지대한 영향을 끼치고 있는 그 유명한 TRPG 《D&D(던전즈 앤 드래곤즈)》를 만든 사람이죠. 정확하게는 개리 가이각스와 데이브 안손(David Lance Arneson)의 합작입니다. 다만 D&D를 만들어서 발매한 회사 TSR(Tactical Studies Rules)을 창립한 것이 개리 가이각스와 그의 친구인 돈 케이(Don Care)이며, 데이브 안손은 이후 TSR을 퇴사하여 블랙무어란 새로운 시리즈를 만들었기 때문에 보통 D&D의 아버지라고 하면 먼저 개리 가이각스를 꼽습니다. 개리 가이각스는 2008년, 데이브 안손은 2009년에 작고하셨는데 당시 수많은 게임 회사들이 추도사를 보냈죠.

그런데 과연 D&D의 영향이 어느 정도일까요? 너무 커서 콕 짚어내기 어려울 정도입니다. 간단히 말해서 현존하는 모든 컴퓨터 게임의 태반은 D&D의 자식이라고 보셔도 좋습니다. RPG 장르는 직계 자손이고 그밖에 수많은 게임들이 방계로 이어져 있죠. 컴퓨터 게임 중에서 D&D의 영향을 받지 않은 것이 있는가를 따지는 게 오히려 더 빠를 겁니다. 아마 찾아보면 없지는 않을 겁니다. 아마도.

개인적으로 생각하는 D&D의 가장 커다란 그림자는 아마 스테이터스일 겁니다. 게임을 하다가 이 스테이터스(레벨, HP, MP, 경험치 등등)란 것을 대체 누가 생각해냈을까? 라는 의문을 품어보신 적 있으십니까? 그 정답이 바로 가이각스와 안손입니다.

이것은 게임의 시스템이기도 하지만, 주인공이나 등장인물이 경험을 쌓아서 점점 강해진다는 개념을 정립한 것이기도 했습니다. 그렇기 때문에 라이트 노벨을 포함한 장르 문학과 서브 컬처 전반에도 D&D의 빛은 널리 비추고 있습니다.

바로 그런 D&D를 만든 사람이 바로 가이각스인 겁니다! 오오! 찬양하라 가이각스! 그야말로 RPG계의 예수 그리스도라고 할 수 있습니다. 오오!

그래서 그런지 고블린 슬레이어의 작중에선 지저스가 아니라 가이각스를 외치더군요. 어이쿠!

참고로 가이각스가 설립한 TSR은 현재 세계 최초의 트레이딩 카드 게임인 《매직 더 개더링》으로 유명한 위저드 오브 더 코스트(Wizards of the Coast)에 인수되었습니다. 위저드 오브 더 코스트는 또 해즈브로에 인수됐죠.

해즈브로라고 하니 어디서 들어보신 것 같죠? 네. 아마 영화 크레딧에서 보셨을 겁니다. 트랜스포머 영화 시리즈를 직접 만들기도 했고, 여러 영화에 스폰서로 나서고 있으니까요. 그러니까 말하자면 대단히 커다란 회사입니다.

그렇기 때문에 우리는 작중에 나온 괴물의 이름을 부를 수가 없는 겁니다! 하하하하! 저작권은 무서운 거니까요! 월트 디즈니에서 해즈브로를 인수한다는 소문도 들렸었는데 그랬으면 아주 그냥……. 디즈니가 저작권에는 굉장히 까다롭거든요.

제 생각에 말이죠. 모 세계적 히트를 친 판타지 소설 속 어둠의 군주도 아마 그런 이유로 이름을 불러선 안 된다고 한 것 아닌가 싶어요. 아마도 처음에는 작은 기업으로 시작해서 몇몇 부하직원들과 함께 저작권을 사수하려고 했지만, 그것이 좌절되자 수단방법을 가리지 않고 거대기업으로 성장하면서 타락해버리신 거겠죠. 크으. 이렇게 생각하니 찡합니다. 예언의 아이들 나쁜 놈들.

그러면 모 어둠의 군주께 경의를 바치면서 이만 줄입니다! 또 봬요!

고블린 슬레이어 2

1판 1쇄 발행 2017년 5월 10일
1판 6쇄 발행 2019년 1월 18일

지은이_ Kumo Kagyu
일러스트_ Noboru Kannatuki
옮긴이_ 박경용

발행인_ 신현호
편집국장_ 김은주
편집진행_ 최은진 · 김기준 · 김승신 · 원현선 · 권세라
편집디자인_ 양우연
국제업무_ 정아라
관리 · 영업_ 김민원 · 조인희

펴낸곳_ (주)디앤씨미디어
등록_ 2002년 4월 25일 제20-260호
주소_ 서울시 구로구 디지털로 26길 111 JnK디지털타워 503호
전화_ 02-333-2513(대표)
팩시밀리_ 02-333-2514
이메일_ lnovelpiya@naver.com
L노벨 공식 카페_ http://cafe.naver.com/lnovel11

ISBN 979-11-278-4132-4 04830
ISBN 979-11-278-4050-1 (세트)

값 9,800원

우로보로스 레코드 1권

야마시타 미나토 지음 | 시노 토코 일러스트 | 김성래 옮김

오브닐 백작가의 차남 토리우스는 현대 일본에서 죽음을 맞이한 뒤
검과 마법이 지배하는 판타지 세계에서 새로운 삶을 살아가는 전생자였다.
그의 바람은 단 하나, 「다시는 죽고 싶지 않다.」는 것이었다.
그런 망집에 사로잡힌 그는 경지에 이르면
불로불사마저도 실현시킬 수 있다는 마법《연금술》에 매달렸다.
하지만 연금술은 과대망상의 허황된 짓거리라고
세간으로부터 업신여김을 당하고 있는 마법이다.
심지어 토리우스가 수행하고 있는 연금술 연구의 내용은
정도(正道)를 벗어나 있었다. 세뇌, 개조, 인체 실험…….
저러한 비정상적인 실험을 수없이 거듭하는 사이에
주위의 두려움과 혐오를 사게 되지만, 그는 전혀 아랑곳하지 않는다.
모든 것은 불로불사의 실현을 위해.
노예 메이드 유니와 함께 토리우스는 자신의 길을 나아간다…….

살기 위해서라면 어떤 짓이라도!!
인간의 욕망, 불로불사를 향한 진정한 다크 판타지!!

© Junpei Inuzuka 2015
Illustration Katsumi Enami

이세계 식당 1~2권

이누즈카 준페이 지음 | 에나미 카츠미 일러스트 | 박정원 옮김

직장가와 인접한 상점가 한구석.
문에 고양이가 그려진 가게 「양식당 네코야」.
그곳은 창업한 이래 50년간 직장인들의 배고픔을 달래 온 곳으로,
양식당이라지만 이외의 메뉴도 풍부하다는 점이 특징인 지극히 평범한 식당이다.
그러나 「어떤 세계」 사람들에게는 특별하고 유일무이한 공간으로 탈바꿈한다.
「네코야」에는 한 가지 비밀이 있다.
정기 휴일인 매주 토요일, 「네코야」는 『특별한 손님』들로 북적거린다.
딸랑딸랑 방울 소리와 함께 찾아오는, 출신, 배경, 종족조차도 제각각인 손님들.
그들이 원하는 것은 세상 어디에서도 찾아보기 힘든 신기하고 맛있는 음식들.
사실 직장인들에게는 자주 먹어 익숙한 메뉴지만
「토요일의 손님」 = 「어떤 세계 사람들」에게는 들도 보도 못한 음식들뿐.
경이롭고 특별한 요리를 내놓는 「네코야」는 「어떤 세계」사람들에게 이렇게 불린다.
—「이세계 식당」.

그리고 딸랑딸랑 방울 소리는
이번 주에도 변함없이 울려 퍼진다.

라이트노벨의 새로운 빛! L노벨의 신간은 매월 10일에 발매됩니다. http://cafe.naver.com/lnovel11

BOOKS

창강의 모독자 1권

사카키 이치로 지음 | 아카이 테라 일러스트 | 원성민 옮김

이세계에 환생한 건 마니아 청년 아마노 유키나리는
은인의 여동생인 한 소녀와 함께 여행을 하고 있다.
여행 도중 토지신에게 습격당한 그는
환생했을 때 손에 넣은 능력과 자신의 총기 지식을 활용하여
보통 사람이라면 쓰러뜨릴 수 없는 토지신을 쓰러뜨린다.
그리고 그는 신을 이김으로써 그 토지의 새로운 신으로 숭배 받게 되는데?!

이세계 총 × 검 배틀 액션 등장!!